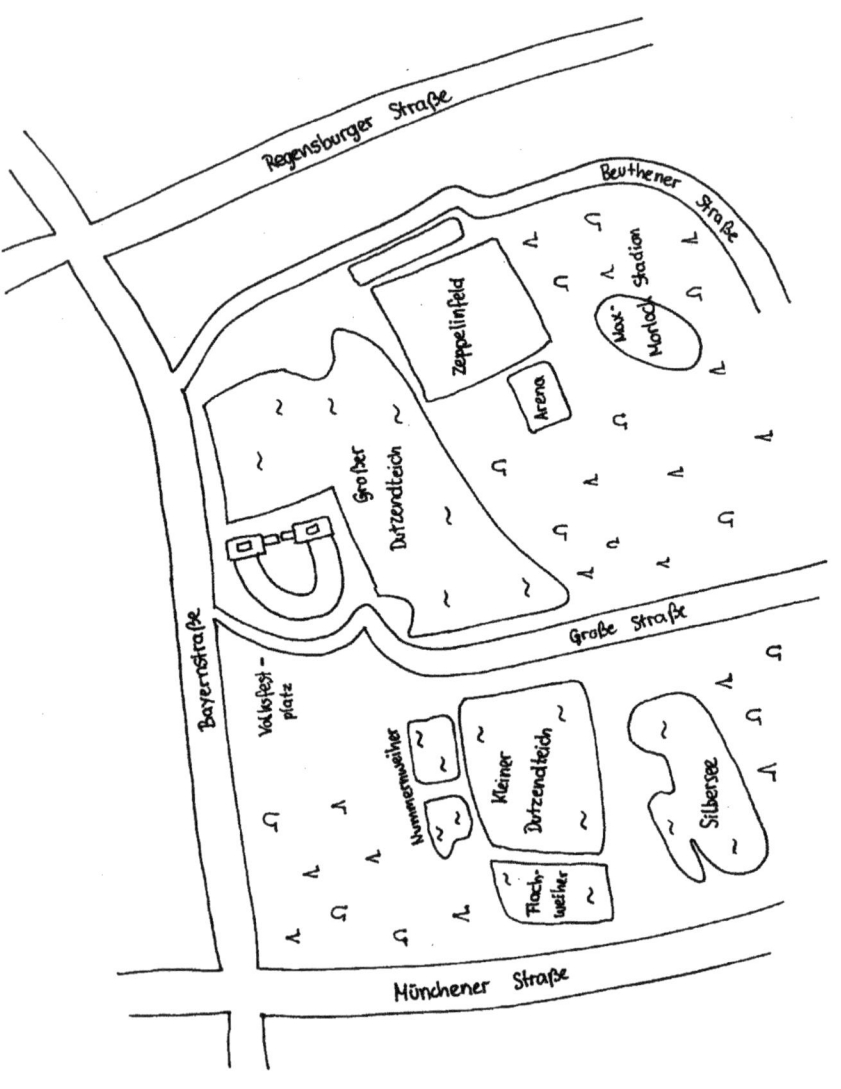

Der Volkspark Dutzendteich

Für meinen Vater

Das Buch:
Mehr Gastronomie rund um den Nürnberger Dutzendteich!
Der erfolgreiche Gastronom Friedhelm Eck stellt ein neues,
innovatives Konzept zum Ausbau des Geländes vor. Er plant
Gondelfahrten, Wasserrutschen und den Wiederaufbau des
Leuchtturms. Doch die Konkurrenz schläft nicht. Auch der
junge Unternehmer Bertram de Jong präsentiert futuristische
Entwürfe und liefert sich einen erbitterten Machtkampf mit
seinem Konkurrenten, bis eines Morgens ein Toter auf dem
Fundament des Eisbärenfelsens im Nummernweiher liegt ...

Die Autorin:
Monika Martin, Jahrgang 1969, ist Sozialpädagogin und
führt seit 1996 für das Institut für Regionalgeschichte,
Geschichte für Alle e.V., historische Stadtrundgänge in
Nürnberg durch.
„Teichwächter" ist der dritte Krimi aus der Reihe *„Krimis
mit Geschichte"*, in der die Autorin ihre literarische
Tätigkeit mit ihrem regionalgeschichtlichen Engagement zu
einem Kriminalroman mit Fakten aus der Nürnberger
Stadtgeschichte verbindet.
Monika Martin lebt mit ihrer Familie in Schwanstetten bei
Nürnberg.

Außerdem von Monika Martin bei Books on Demand
erschienen:

Aus der Reihe *„Krimis mit Geschichte"*:
„Hochgericht", Dezember 2014
„Rauschgoldengel", Oktober 2016

Aus der Reihe *„Ermitteln, wo andere Urlaub machen"*:
„Die Tote im See", August 2008
„Hitzewelle", August 2010
„Schattenschlag", Februar 2012
„Apfelrausch", August 2013

Monika Martin

Teichwächter

Charlotte Gerlach ermittelt am Dutzendteich

Bibliografische Information der Deutschen Nationalbibliothek:
Die Deutsche Nationalbibliothek verzeichnet diese Publikation in der
Deutschen Nationalbibliografie; detaillierte bibliografische Daten sind im
Internet unter http://dnb.d-nb.de abrufbar.

Dieses Buch ist auch als E-Book erhältlich

Erste Auflage im März 2018

Copyright © 2018 by Monika Endres
Layout und Gestaltung: M&M Logistics
Fotos: Michael und Monika Endres
Zeichnung: Ida Endres

Herstellung und Verlag: BoD - Books on Demand,
Norderstedt

ISBN: 9783744875530

„Ein Nürnberger, der an einem Sonntag nicht an den Ufern des Dutzendteiches weilt, weiß gar nicht, dass überhaupt Sonntag ist."

(Hanns Schödel, 1925)

Prolog

Februar 1988

Der Schnee glitzerte im Mondlicht. Das Thermometer an der kleinen Hütte zeigte -3°C. Das schlechte Gewissen trieb die beiden Männer aus der heimeligen Wärme hinaus in die unwirtliche, tief verschneite Landschaft.

„Die Gefahr kommt nicht von drüben, sondern von unten", leierte einer von ihnen den viel zitierten, aber zutreffenden Spruch herunter und schnallte sich die Skier an die Füße. Sollte sie ihr Vorgesetzter, der *von unten*, also aus der Polizeidienststelle am Fuß des Hangs kam, dabei erwischen, dass sie in der Hütte saßen, statt an der Grenze entlang zu patrouillieren, dann gnade ihnen Gott. Sie wagten es nicht, Licht zu machen und wärmten sich flüsternd im Dunkeln am Bollerofen, doch auch der Chef war mit allen Wassern gewaschen. Manchmal schaltete er schon kurz vor der letzten Kurve die Scheinwerfer seines Dienstfahrzeugs aus, um seine Untergebenen nicht vorzuwarnen. Es herrschte schließlich Zucht und Ordnung!

Der Hund hechelte und tänzelte aufgeregt um die Füße der Männer herum. Wenn auch die Menschen nur ungern zu dieser späten Stunde im tiefen Schnee unterwegs waren, den Hund freute es. Schließlich machten sich die dick vermummten Gestalten auf den Weg zum Zaun. Sie fragten sich nicht zum ersten Mal, was sie eigentlich hier taten. Sie wollten diese Grenze nicht, hätten sie am liebsten längst abgerissen.

Die von drüben hatten sie gebaut. Weshalb mussten auch diesseits der menschenverachtenden Anlagen Männer entlangpatrouillieren? Worauf sollten sie achten? Dass niemand die Grenze passierte?

Wer wollte schon nach drüben? Und wenn, dann konnte er am Übergang hinüberspazieren. Ganz unspektakulär, ganz unproblematisch.

Anders war es, wenn welche von drüben rüberkamen, verängstigt, erschöpft, manchmal verletzt, aber glücklich. Sie halfen ihnen. Brachten sie in Sicherheit. In Sicherheit vor ihren eigenen Landsleuten.

Das war schlimm, würde sich aber so schnell nicht ändern.

Es war anstrengend, mit Hund an der Leine und Skiern an den Füßen in der Dunkelheit und Kälte im Wald unterwegs zu sein. Bald hatten sie es geschafft. Die Ablösung stand wahrscheinlich schon mit müden Augen im Badezimmer, die Uniform sorgfältig auf einem Bügel an der Tür. Noch schnell die Krawatte gebunden und gleich ging es los.

Doch noch war es nicht soweit. Die Nachtschicht glitt lautlos in den Spuren der Spätschicht dahin. Bald würden sie frische Spuren ziehen müssen - es hatte begonnen zu schneien.

Die Männer erreichten eine kleine Lichtung, spähten durch ihre Ferngläser hinüber. Nur mühsam konnten sie die einzelnen Sicherheitszäune erkennen, die dafür sorgen sollten, dass alle Menschen dort blieben, wo sie zu sein hatten.

Da! Bewegte sich da nicht etwas?

Einer der Männer starrte gebannt hinüber, gab seinem Kollegen ein Zeichen. Der Hund spitzte die Ohren.

Und wieder!

Da waren zwei Gestalten, die geduckt im Zickzack durch die Todeszone hasteten. Einer versteckte sich hinter einem schmalen Baumstamm, der andere lief mit tief gebeugtem Rücken weiter.

Langsam, viel zu langsam kamen sie näher. Die Männer an den Ferngläsern hielten die Luft an. Würden die beiden es schaffen? Einer von ihnen stolperte, fiel in den Schnee, rappelte sich wieder auf, rannte um sein Leben.

An einem der Wachtürme ging Licht an, ein gewaltiger Suchscheinwerfer richtete sich auf die Flüchtenden. Gespenstisch hoben sich die Schatten von dem grellen Licht der Scheinwerfer ab.

Noch hundert Meter, hundert lange Meter.

Rufe waren zu hören, Schüsse.

Eine Gruppe schwer bewaffneter Männer rannte auf die Flüchtenden zu, Schnee stob auf.

Noch fünfzig Meter und ein drei Meter hoher Zaun, dann hätten sie es geschafft.

Plötzlich zerriss ein lauter Knall die unheimliche Szenerie.

Schreie waren zu hören.

Eine Mine!

Angeblich sollten diese Minen niemanden töten, sondern lediglich fluchtunfähig machen.

Rauchschwaden waberten durch den winterlichen Wald.

Es roch nach Schwefel.

Dann war es ruhig.

1

April 2010

Die Nacht war still, so still wie sie in unmittelbarer Nähe einer vierspurigen Straße nur sein konnte. Aus der Ferne erklang ein Martinshorn, gelegentlich fuhr ein Auto vorbei. Der laue Südwind blies durch die noch nahezu blattlosen Zweige der mächtigen, alten Bäume. Endlich schien sich der lange, schneereiche Winter verabschieden zu wollen, endlich waren die frostigen Nächte vorbei. Die Natur sammelte frische Kräfte, verströmte den ersten Frühlingshauch. Blüten spitzten vorsichtig aus den schützenden Knospen hervor und verbreiteten ihren betörenden Duft, der später Tausende von Bienen anlocken würde. Das Wasser der kleinen Weiher gurgelte leise, das Mondlicht spiegelte sich in der glatten Oberfläche wider.

Es waren die wenigen ruhigen Stunden, die dem großen Park rund um den Dutzendteich jeden Tag vergönnt waren, die wenigen Stunden zwischen dem hektischen Lärm des Volksfestes, dem Schreien und Lachen der spielenden Kinder, den aufdringlichen Stimmen bunt gekleideter Menschen, die bereits am frühen Morgen mit klappernden Stöcken unterwegs waren.

Bald würde der neue Tag mit dem Gezwitscher unzähliger Vögel erwachen, die Luft erfüllt sein vom vielstimmigen Quaken der Frösche und dem aufgeregten Schnattern der Enten, bevor dann wieder Spaziergänger, Jogger und Radfahrer das Gelände bevölkerten.

Doch noch war es nicht soweit.

Noch war es ruhig, ein tiefer Frieden lag über dem nächtlichen Park, die Bäume und Büsche gehörten den Tieren, die im Schutze der Dunkelheit auf Beutefang gingen.

Es knackte, plätscherte, ächzte, es raschelte, knisterte und rauschte.

Allmählich frischte der Wind auf und ließ die jungen Blätter an Ästen und Zweigen tanzen. Erste dunkle Wolken schoben sich vor die funkelnden Sterne.

Mit einem Mal mischten sich fremde Laute unter die Geräusche der Natur, menschliche Laute. Ein dunkler Schatten huschte geduckt den feuchten Kiesweg entlang, atmete stoßweise, kickte kleine Steinchen ins Wasser. Immer wieder blieb er im Schutz der riesigen Bäume stehen und blickte sich lauernd um, doch niemand außer ihm war zu dieser Uhrzeit zwischen den beiden Nummernweihern unterwegs.

Zögernd näherte sich der Schatten einem morschen, alten Baum, der nicht so aussah, als habe er in diesem Jahr noch einmal die Kraft, zu neuem Leben zu erwachen. Der Stamm war tief zerfurcht, viele Äste bereits abgebrochen. Niedergebeugt hing er schräg über der Wasseroberfläche, als wolle er jeden Moment hineinfallen.

Die Böen wurden stärker, wirbelten die trockenen Blätter des vergangenen Herbstes hoch auf und trieben sie vor sich her.

Der zarte Lichtkegel einer kleinen Taschenlampe blitzte auf und leuchtete in das Innere des hohlen Stammes. Die dunkle Gestalt fasste in das Loch hinein, zog vorsichtig einen kleinen unscheinbaren Gegenstand hervor und presste ihn an sich. Langsam ließ sie sich mit dem Rücken am Stamm hinabgleiten, kauerte sich auf den Boden und betrachtete den Fund im fahlen Licht des Mondes, bevor dieser wieder von einer Wolkenwand verdeckt wurde. Beinahe liebevoll streichelten ihre Finger über das kleine Etwas, bevor sie sich erhob und es wieder zurück in sein Versteck legte. So unbemerkt wie die Gestalt gekommen war, verschwand sie auch wieder in der hereinbrechenden Dämmerung.

Der Sturm war immer mächtiger geworden, schien mit den Kronen der mächtigen Bäume spielen zu wollen, doch die über hundert Jahre alten Stämme trotzten den Kräften der Natur. Zum Pfeifen des Windes kam ein immer lauter werdendes Ächzen und Knarzen. Der morsche, alte Baum wogte in den Böen hin und her, wurde von der Macht des Windes in Richtung Wasser gedrückt, suchte mit seinen knorrigen Wurzeln Halt in der aufgeweichten Uferböschung. Vergeblich.

Mit dem nächsten heftigen Windstoß gab der Baum seinen Widerstand auf, knickte mit einem lauten Seufzer ab und stürzte in den Weiher hinein.

2

Der große Sitzungssaal des Nürnberger Rathauses füllte sich langsam. Abgeordnete der einzelnen Fraktionen und Vertreter verschiedener Genehmigungsbehörden trudelten nach und nach ein, packten Unterlagen aus ihren Aktentaschen, stellten sich ein Glas und ein Fläschchen Wasser bereit. Man tauschte Freundlichkeiten aus, traf noch schnell kurze Absprachen, verabredete sich zum Mittagessen. Stühle wurden gerückt, Hände geschüttelt und letzte Telefonate geführt. Der Facility Manager, der früher einfach nur Hausmeister hieß, hatte bereits die Leinwand und den Beamer vorbereitet. In zehn Minuten sollte die Präsentation beginnen.

Ein stattlicher Mann Ende fünfzig in teurem Anzug, mit gepflegtem, vollem, grau meliertem Haar, lehnte lässig an einem Tisch, die Arme verschränkt. Durch die randlose Brille beobachtete er interessiert das geschäftige Treiben. Neben ihm saß eine junge Frau und tippte mit ihren perfekt manikürten Fingern auf der Tastatur eines Laptops. Dabei war das leise Klacken ihrer dunkelrot lackierten Fingernägel deutlich zu hören. Sie trug ein blaues, maßgeschneidertes Kostüm, eine eng sitzende weiße Bluse mit gewagt tiefem Ausschnitt und hochhackige Pumps. Eine Perlenkette zierte ihr leicht gebräuntes Dekolletee, in den zierlichen Ohrläppchen glitzerten edle Ohrstecker. Das lange, hellblonde Haar war zu einer Hochfrisur aufgesteckt.

„Sind Sie soweit, Frau Haas?", erkundigte sich Friedhelm Eck bei seiner Assistentin, legte ihr wie zufällig von hinten eine Hand auf die schmale Schulter und warf einen Blick auf das Display des Laptops. Dabei beugte er seinen Kopf so weit hinab, dass er problemlos am teuren Schmuck der jungen Frau hätte knabbern können.

„Ich bin bereit", lautete die zweideutige Antwort, begleitet von einem hingebungsvollen Augenaufschlag.

Friedhelm Eck strich ihr leicht über die gepuderte Wange und wandte sich anschließend dem Vorsitzenden des Gremiums zu, der eben den Raum betreten und auf seinem Stuhl Platz genommen hatte.

„Meine sehr verehrten Damen und Herren, liebe Kollegen", begann der Vorsitzende, als die Gespräche langsam verstummt und alle Augen auf ihn gerichtet waren. „Ich begrüße Sie herzlich zu unserer heutigen Sitzung. Ein herzliches Willkommen auch an unsere Gäste, Herrn Friedhelm Eck und seine Kollegin. Schön, dass Sie da sind."

Er wartete den kurzen, höflichen Applaus ab und fuhr fort.

„Der Wettbewerb zur Neugestaltung des Areals süd-westlich der Großen Straße im Volkspark Dutzendteich läuft jetzt bereits seit einigen Monaten, und es sind sehr viele kreative Vorschläge eingegangen. Dankenswerterweise hat sich eine Kommission bereits mit den Einsendungen befasst und eine Vorauswahl getroffen. Herr Eck, der ja schon etliche erlebnisgastronomische Projekte erfolgreich umgesetzt hat, wird uns heute sein Gastronomie- und Freizeitkonzept vorstellen. Bitte, Herr Eck."

Wieder verhaltener Applaus.

„Herzlichen Dank, Herr Vorsitzender", begann der Gastronom betont lässig und lächelte charmant in die Runde. „Sehr geehrte Stadträtinnen und Stadträte, Vertreter aus dem Bauamt, dem Wasserwirtschaftsamt, dem Kultur- und Verkehrsamt und natürlich dem Ordnungsamt. Auch ich möchte Sie recht herzlich begrüßen. Ich freue mich sehr, dass ich Ihnen heute meinen Vorschlag zur Umgestaltung des Areals rund um die beiden Nummernweiher präsentieren darf."

Das Licht im Saal wurde gedimmt, leise Klaviermusik ertönte und auf der vorbereiteten Leinwand erschien ein Foto vom Nürnberger Dutzendteich:

Sonnenuntergangsstimmung mit orangerot gefärbten Wölkchen, sanft gekräuselter Wasseroberfläche, ein händchenhaltendes Liebespaar im Schwanen-Tretboot. Ein weiteres Fingernagel-Klacken beförderte einen geschwungenen, pinkfarbenen Schriftzug ins Bild:

Der Dutzendteich –

ein Kleinod in Nürnbergs Südosten

„Der Dutzendteich, ein Kleinod in Nürnbergs Südosten",
referierte Friedhelm Eck mit tiefer Stimme und
einschläferndem Tonfall, als handelte es sich um eine
Verkaufsveranstaltung für Dessous und nicht um eine
sachlich-nüchterne Stadtratssitzung.
Im Zeitlupentempo wechselten die Fotos auf der Leinwand
und zeigten das Gelände rund um den Dutzendteich aus
unterschiedlichen Perspektiven, doch immer in perfekter
romantischer Stimmung und mit Liebespaar im Schwanen-
Tretboot.
„Der Dutzendteich. Anders, als viele glauben, kommt dieser
Name nicht daher, dass es hier einst ein Dutzend - also zwölf
- Seen gab. Er leitet sich vielmehr von der sogenannten
Dutze ab, einer alten Bezeichnung für den Schilfrohrkolben.
Bereits seit Jahrhunderten ist dieser See magischer
Anziehungspunkt für Erholungsuchende und Familien, für
Ausflügler und Verliebte. Um es mit den Worten des
Nürnberger Autors Hanns Schödel auszudrücken: *Der
Dutzendteich wurde vom Schicksal erschaffen, damit die
lieben Nürnberger wissen, wann ein Sonntag ist* ", fuhr der
Gastronom hingebungsvoll fort, während im Saal amüsiertes
Gemurmel zu hören war.
„Ich halte es für sehr wichtig, Sie zunächst über die
historisch belegte Bedeutung des Volksparks Dutzendteich
zu informieren, bevor ich Ihnen im Anschluss daran mein
neues Konzept vorstelle. Ich glaube, nur dann können Sie
ermessen, wie wichtig und unabdingbar eine Aufwertung
des Geländes ist. Ich möchte gemeinsam mit Ihnen an den
Glanz vergangener Zeiten anknüpfen."
Die Mienen der Zuhörer zeugten von Interesse und
gespannter Erwartung.
„Viele Mitbürgerinnen und Mitbürger wissen heutzutage gar
nicht mehr, was es dort vor den einstigen Toren der Stadt

alles zu bestaunen gab. Denken wir nur an den Tiergarten, der 1912 angelegt und erst 1939 an den Schmausenbuck verlegt wurde. Oder die großartigen Attraktionen, die im Rahmen der Landesausstellung von 1906 entstanden, wie beispielsweise der Leuchtturm oder die Wasserrutsche."

Nun lösten historische Darstellungen und kolorierte Postkartenmotive die romantischen Aufnahmen ab. Man sah Damen in weißen Blusen und mit blumengeschmückten Hüten in Ruderbooten, Männer in Frack und Zylinder beim Eislaufen und eine voll besetzte Gondel mit Baldachin.

„Neben all diesen Sensationen gab es im Gegensatz zu heute zahlreiche Wirtshäuser und Cafés, wie beispielsweise die *Waldlust*, die *Seerose*, das *Café Bellevue* und das vornehme *Teichrestaurant*."

„War nicht die *Seerose* jahrelang das Vereinslokal vom Club?", unterbrach ihn ein junger Mann aus dem Plenum und erhielt dafür begeisterte Zurufe.

„Das ist richtig", stimmte Friedhelm Eck zu und hatte Mühe, sich in der plötzlichen Unruhe wieder Gehör zu verschaffen. „Das Gebäude, das 1896 errichtet wurde, musste leider in den 1990er Jahren dem Bau der Ringstraße weichen ... Aber lassen Sie mich fortfahren."

Die prunkvoll gekleideten Damen mit ihren ausladenden Hüten und bodenlangen Rüschenkleidern verschwanden von der Leinwand. Die Musik verstummte.

Es erschienen aktuelle Aufnahmen des Geländes, die es mit der Stimmung der vorherigen Fotos bei weitem nicht aufnehmen konnten. Parkende Autos im Nieselregen, eine halb verfallene Imbissbude, Müll auf der Wiese, eine tote Ente. Und alles überragend der düster wirkende Torso der Kongresshalle, das beeindruckendste und mächtigste Überbleibsel des Reichsparteitagsgeländes, der damals größten Baustelle der Welt.

„Heute ist nur noch wenig von dem übrig, was damals den Charme des Dutzendteiches ausgemacht hat." Ecks Stimme war nun ebenso freudlos wie die Bilder auf der Leinwand.

„Im Moment gibt es gerade mal eine gastronomische Einrichtung. Eine!"

Er machte eine bedeutungsschwangere Pause.

„Wenn wir nicht schnell handeln, wird unser Volkspark in der Bedeutungslosigkeit versinken."

Der Vorsitzende schmunzelte.

„Nun, Herr Eck, ich denke, Sie haben uns eindrucksvoll vor Augen geführt, dass es diesbezüglich fünf vor zwölf ist. Wir sind jetzt sehr gespannt zu erfahren, wie Ihr Rettungsversuch aussehen könnte. Bitte sehr."

Leises Gelächter war zu hören.

Friedhelm Eck setzte ein professionell-distanziertes Lächeln auf und griff zu einem Laserpointer in Form eines silbernen Stiftes. Auf der Leinwand erschien eine Skizze des gesamten Areals.

„Wie Sie sicherlich wissen", fuhr er unbeeindruckt fort, „befinden sich im gesamten Volkspark neben dem großen Dutzendteich mehrere andere Seen und Teiche. Der prominenteste ist sicherlich der Silbersee."

Er ließ den roten Lichtpunkt des Laserpointers über die Leinwand flitzen. *Der Todesteich vom Dritten Reich,* wie ihn die Zeitungen nach Kriegsende betitelten, der See, um den sich skurrile und grausige Geschichten ranken", ergänzte er in geheimnisvoll anmutendem Tonfall. „Weiter in nördlicher Richtung befindet sich neben dem kleinen Dutzendteich der Flachweiher, ein Biotop der besonderen Art, findet man doch dort die in Bayern vom Aussterben bedrohten Schwarzhalstaucher. Und schließlich die beiden Nummernweiher, einst Teile des Nürnberger Tiergartens. Von den vormals vier Teichen wurden zwei zugeschüttet. Die beiden, die heute noch erhalten sind, waren die Becken für die Schwimmvögel, die Eisbären und die Seelöwen, was Sie an den Resten des Seelöwenfelsens erkennen können."

„Bitte halten Sie uns keinen Vortrag über die einzelnen Teiche, Herr Eck", meldete sich nun ein untersetzter Mann in grauem Anzug und mit geröteten Wangen aufgebracht zu Wort. „Sie können davon ausgehen, dass wir uns mit der Topografie des Geländes vertraut gemacht haben."

„Aber natürlich, Herr Hügelschäffer. Daran habe ich gar keine Zweifel." Friedhelm Eck hatte nicht vor, sich aus der Ruhe bringen zu lassen, oder auch nur einen kleinen Teil seiner Präsentation zu kürzen, egal, wer welche Einwände bringen würde.

„Dann erzählen Sie uns doch endlich, wie Ihr Konzept aussieht und stehlen Sie uns nicht die Zeit!"

Die beiden Männer kannten sich seit Jahren, denn Karl Hügelschäffer war als Leiter der Abteilung für Lebensmittelüberwachung des Nürnberger Ordnungsamtes regelmäßig in Ecks gastronomischen Betrieben unterwegs. Das hieß aber nicht, dass sie sich auch mochten – im Gegenteil. Hügelschäffer, Bürokrat aus Leidenschaft, legte allergrößten Wert auf die Einhaltung sämtlicher Vorschriften, Regeln und Gesetze, während der Gastronom immer wieder Ausnahmeregelungen für Sonderfälle beantragte, die ihm aufgrund seiner Prominenz und womöglich auch seiner finanziellen Möglichkeiten meist gewährt wurden.

„Das weitläufige Ensemble an Seen und Teichen ist ein unbedingt erhaltenswertes ökologisches Juwel mitten in der Stadt." Er nickte dem Vertreter der Umweltbehörde zu. „Und doch darf nicht vergessen werden, dass auch die Menschen, damals wie heute, diesen einzigartigen Park dringend zur stadtnahen Erholung benötigen. Hat der große Dutzendteich zumindest einen gastronomischen Betrieb und einen Tretbootverleih zu bieten, gibt es westlich der Großen Straße außer einem heruntergekommenen Toilettenhäuschen und einer Imbissbude keinerlei Angebote und Einrichtungen."

„Weswegen wir ja auch den Wettbewerb ausgeschrieben haben", warf der Vorsitzende ein.

„Richtig. Meine Damen und Herren ...", es fehlte nur noch der Trommelwirbel, „... hier ist mein Vorschlag!"

Das Licht im Saal ging an, die Tür öffnete sich, zwei Männer schleppten einen flachen, hölzernen Kasten herein und legten ihn auf einem freien Tisch in der Mitte des Raumes ab.

„Bitte kommen Sie doch näher. Ich möchte Ihnen meine Ideen für den neuen *Erlebnispark Nummernweiher* anhand eines Modells präsentieren."

Wieder Musik - diesmal dramatische Fanfaren.

„Kommen Sie zu mir", forderte Friedhelm Eck erneut die

Anwesenden auf. Zögernd und mit fragenden Gesichtern standen sie auf und versammelten sich rund um den unscheinbar aussehenden Kasten.

Als alle da waren, löste Eck die Verriegelungen an der schmalen Seite und klappte mit Unterstützung seiner Assistentin den Deckel auf.

Ein Raunen ging durch die Menge.

Zum Vorschein kam ein täuschend echt aussehendes, aufwendig gestaltetes Modell des Geländes mit glitzerndem Wasser, Bäumen, Blumen, schwimmenden Enten und vielen Spaziergängern, Joggern und Menschen auf Picknickdecken, alles in Miniaturgröße.

„Der Volkspark Dutzendteich", holte Eck erneut aus, „viel Natur - wenig Erlebnis. Doch das soll sich ändern. Frau Haas ..."

Die junge Frau reichte ihrem Chef einen kleinen, blumenumrankten Pavillon mit einer begrünten Terrasse, auf der unter Sonnenschirmen winzige weiße Tische, Stühle und Bänke aufgestellt waren.

„Zunächst wird das *Strandcafé Seerose* wieder auferstehen."

Stolz platzierte Friedhelm Eck das Mini-Café auf einer Anhöhe zwischen den beiden Nummernweihern. „Hier, etwas erhaben über der wunderschönen Seenlandschaft, hat der Erholungsuchende einen fabelhaften Ausblick auf die beeindruckende Flora und Fauna. Wer sich näher für all die Wasservögel interessiert, die auf der Insel im östlichen Nummernweiher brüten, kann sich auf unsere neue Beobachtungsplattform begeben."

Vorsichtig stellte er einen schmalen, hölzernen Steg mit verschiedenen Ausbuchtungen und Bänken über das angedeutete Wasser. Der Weg endete auf einer Insel, die unter einer vollständig zugewachsenen Kuppel versteckt lag. Wie Gewehrmündungen lugten mehrere Fernrohre unauffällig aus dem Dickicht.

„Im westlichen Weiher lebten zur Zeit des ersten Tiergartens die Seelöwen, was ich ja bereits erwähnte, und die Eisbären."

Begeistert blickte er sich um.

„Hier am südwestlichen Ende des Teiches stand der

Eisbärenfelsen, der leider gesprengt wurde. Man sieht heute nur noch wenige Überreste aus Beton. Das wird bald vorbei sein, denn der Teich wird in naher Zukunft wieder zum Eisbärenweiher werden."

„Aber ...", meldete sich der Vertreter der Umweltbehörde zu Wort, doch Friedhelm Eck ließ ihn nicht ausreden.

„Keine Angst, ich werde keine echten Eisbären ansiedeln, das wäre sogar für meine Begriffe übertrieben." Er lachte kurz auf. „Nein, es sind andere gestalterische Elemente, die das Gewässer aufwerten sollen."

Wieder reichte ihm Frau Haas verschiedene Elemente, die der Gastronom anschließend mit theatralischen Gesten an den entsprechenden Stellen anbrachte.

„Das Prunkstück wird natürlich der Eisbärenfelsen sein, auf dem Kinder und Jugendliche klettern können. Außerdem können Familien in schnuckeligen Eisbärenbooten über den See schippern oder die interaktive Eisbärenausstellung im Inneren des Felsens besuchen. Am südlichen Ende des Flachweihers entsteht die Hauptattraktion des Geländes: der neue Leuchtturm mit Turmterrasse und VIP-Lounge."

Die Zuhörer beobachteten fasziniert, wie Friedhelm Eck mit leuchtenden Augen den rot-weiß gestreiften Leuchtturm mitten in den Flachweiher stellte und eine mit bunten Fähnchen geschmückte Brücke anbrachte.

Jetzt war er nicht mehr zu bremsen.

Es folgten noch das Freibad mit Wasserrutsche im kleinen Dutzendteich sowie mehrere Premium-Grillplätze mit luxuriösem Mobiliar, Stromanschluss für Kühlgeräte und einem kleinen Pool.

„Meine sehr verehrten Damen und Herren", schloss Eck seine Ausführungen, „ich bin überzeugt davon, dass der Volkspark Dutzendteich durch diese innovativen, zukunftsweisenden Ideen massiv aufgewertet und dadurch weit über die Grenzen unserer fränkischen Metropole hinaus Aufsehen erregen wird. Ich bedanke mich für Ihre Aufmerksamkeit und hoffe, bald mit den Bauarbeiten beginnen zu können."

Der Vorsitzende räusperte sich. „Vielen Dank für die eindrückliche Präsentation. Ich denke, wir machen eine kurze Pause und gehen dann dazu über, die Fragen aus den einzelnen Gremien zu beantworten."

Nach einer weiteren Stunde waren die wichtigsten Punkte bezüglich Finanzierung, Umweltverträglichkeit und Rentabilität geklärt. Der Vorsitzende konnte die Sitzung beenden.

„Wir haben alle einen sehr guten Eindruck davon gewinnen können, wie Sie sich die Ausgestaltung des Areals vorstellen. Sobald wir alle Vorschläge gehört haben, werden wir Ihnen unsere Entscheidung mitteilen. Bei einem Projekt dieser Größenordnung können wir keine voreiligen Entscheidungen treffen."

„Aber ..."

„Wenngleich sicher viele Kolleginnen und Kollegen aus dem Gremium Ihre Erfahrungen und Kompetenzen zu schätzen wissen", fügte der Vorsitzende lächelnd hinzu.

„Dessen bin ich mir sicher", gab Eck betont selbstbewusst zurück und schüttelte seinem Gegenüber herzlich die Hand. „Auf Wiedersehen."

Frau Haas hatte inzwischen alle Cafés, Wasserrutschen, Leuchttürme und Eisbärenboote wieder sicher verstaut und mithilfe der beiden jungen Männer die Kiste aus dem Saal getragen.

Auf dem Gang wischte sich Friedhelm Eck mit einem Taschentuch über die Stirn und zog sein Jackett aus.

„Sie haben das wieder sehr souverän gemacht", meinte Franziska Haas und nahm ihrem Vorgesetzten das Jackett ab. „Sehr überzeugend und professionell. Sie werden sicher den Zuschlag bekommen."

„Aber natürlich." Eck schenkte seiner Assistentin ein gewinnendes Lächeln. „Wer wäre sonst dazu in der Lage, ein solches Projekt zu stemmen?"

„Ich zum Beispiel."

Ein auffallend großer Mann Mitte vierzig mit gepflegtem Bart und einer Sonnenbrille im halblangen, blonden Haar kam auf ihn zu und streckte ihm die Hand entgegen. Er trug eine enge Jeans und ein weites, weißes Hemd, das über die Hose hing und dessen obere Knöpfe offen waren. Die weißen Zähne blitzten und die grünen Augen leuchteten im braungebrannten Gesicht. Neben ihm stand eine ebenso attraktive, geschmackvoll gekleidete Dame in beigem Hosenanzug und mit langem, dunklem Haar.

„Guten Tag, Herr Eck, ich denke, wir kennen uns noch nicht. Mein Name ist Bertram de Jong, und das ist meine Frau Inga."

Zögernd schüttelte Friedhelm Eck die dargebotene Hand.

„Wie ich hörte, sind Sie hier in Nürnberg ein erfolgreicher, wenn nicht gar der erfolgreichste Gastronom, der bereits viele innovative Projekte realisiert hat. Habe ich recht?"

„Ja, wenn Sie das gehört haben ..."

„Ich denke vor allem an Ihr Angebot im Lochgefängnis."

Bertram de Jong legte ihm anerkennend die Hand auf die Schulter. „Es ist großartig, die Leute so hautnah in die Welt der mittelalterlichen Kriminalgeschichte eintauchen zu lassen. Die Termine sind sicherlich gut ausgebucht, nehme ich an."

„Ja, ich ..."

„Darling, diese Aktionen sind wirklich einzigartig. Man kann sich ein kratziges Büßerhemd überziehen, sich in eine stockdunkle Zelle im Lochgefängnis sperren lassen, den Gestank menschlicher Exkremente einatmen und die Schreie anderer Gefangener über eine Lautsprecheranlage hören", berichtete de Jong mit einer Begeisterung, die leicht übertrieben wirkte. „In der Folterkammer werden dem Delinquenten dann authentische Folterszenen vorgespielt. Gruselig, was?"

Inga de Jong wurde etwas blass um die Nase.

„Bei der anschließenden Henkersmahlzeit können dann die Kunden ihre Erfahrungen austauschen. Unglaublich! Was ist eigentlich aus Ihrer Idee mit den inszenierten Hinrichtungen auf dem Augustinerhofgelände geworden? Ich habe in jüngster Zeit nichts mehr darüber in der Presse lesen können."

„Nein, ich habe ..."

„Sie brauchen mir nichts zu erzählen, ich komme selbst aus der Branche und weiß, dass es oft ein harter Kampf ist, kreative Ideen gegen all die bürokratischen Hürden durchzusetzen. Wenn wir so könnten, wie wir wollten ..."

Er zwinkerte ihm verschwörerisch zu. „Sehen wir mal, was auf dem Gelände am Dutzendteich möglich ist und wer von uns beiden die Bürokraten überzeugen kann. Wir sehen uns."

Damit öffnete er schwungvoll die Tür, ließ seiner Frau galant den Vortritt und verschwand im Sitzungssaal.

Ärgerlich starrte ihm Friedhelm Eck hinterher.

„Das ist also dieser Emporkömmling, der angeblich ein so fabelhaftes Konzept eingereicht hat. Wissen Sie etwas über ihn? Bertram de ... was?"

„De Jong. Bertram de Jong", erläuterte Franziska Haas. „Er ist vor einigen Monaten nach Nürnberg gezogen."

„Ach ja! Und jetzt will er gleich einen so lukrativen Auftrag an Land ziehen." Friedhelm Eck blitzte seine Assistentin aufgebracht an. „Für ein so großes Projekt braucht man nicht nur reichlich Erfahrung, sondern auch umfangreiches Wissen über die historischen Hintergründe des gesamten Geländes. Man muss eine über Jahre gewachsene emotionale Bindung haben, um ermessen zu können, welche Bedeutung der Volkspark Dutzendteich für die Bevölkerung hat."

Franziska Haas nickte zustimmend.

„Wie soll jemand, der erst seit wenigen Wochen hier wohnt, all diese Erfahrung aufbringen?"

Friedhelm Eck schien sie mit seinem Blick zu durchbohren.

„Besorgen Sie mir alle Informationen, die Sie über diesen Mann finden können. Alle!"

3

Die Sonne schien vom wolkenlosen Himmel, und die Luft war erfüllt vom Gesumme der Bienen und Gezwitscher der Vögel. An Bäumen und Büschen war erstes zartes Grün zu entdecken. Die Natur erwachte aus ihrem langen Winterschlaf, reckte und streckte sich und war wieder bereit, alles zu geben, um das Gelände rund um den Dutzendteich in eine üppig grüne Landschaft zu verwandeln.

Auch die Menschen blühten förmlich auf. Überall sah man noch etwas blasse, aber fröhliche Gesichter, die sich glücklich den warmen Sonnenstrahlen entgegenstreckten.

„Ist das nicht unfassbar schön?", rief Sandra Watzlawick ihrer Freundin Charlotte euphorisch zu, während sie leise mit ihren Inlinern auf dem glatten Asphalt dahinglitten. Wie viele andere junge Leute waren auch die beiden Frauen an diesem ersten richtig schönen Frühlingstag des Jahres am Dutzendteich verabredet, um sowohl ihre eingerosteten Muskeln, als auch ihre über den Winter ziemlich eingestaubten Inliner zu bewegen.

„Ich liebe es!", stimmte Charlotte nicht minder begeistert zu, schloss die Augen und rollte mit weit ausgebreiteten Armen dahin. „Wenn nur nicht dieser fürchterliche Heuschnupfen wäre", schränkte sie kurz darauf ein, nieste herzhaft und schnäuzte sich anschließend geräuschvoll in ein Taschentuch. „Ich habe leider gestern Abend vergessen, meine Tablette zu nehmen."

Die Freundin warf ihr einen bedauernden Blick zu.

„Du Arme! Vielleicht solltest du doch über eine Hyposensibilisierung nachdenken?"

Sandra war Krankenschwester und kannte sich mit der Behandlung von Allergien gut aus.

„Hyper ..., was?" Erneut wurde Charlotte von einer

gewaltigen Niesattacke geschüttelt.

„Hypo, nicht Hypersensibilisierung", erläuterte Sandra, nun ganz in ihrem Element. „Über einen Zeitraum von zwei bis vier Jahren werden dem Patienten geringe Dosen des entsprechenden Allergens verabreicht ..."

„Zwei bis vier Jahre?", fuhr Charlotte entsetzt dazwischen, doch Sandra setzte ihren Vortrag ungerührt fort.

„... um eine Gewöhnung des Immunsystems an das Allergen zu erreichen und eine Überreaktion zu verhindern."

„Und das wirkt?", fragte Charlotte ungläubig nach und kramte ein weiteres Taschentuch hervor.

„Es kann auch sein, dass sich die allergischen Reaktionen durch Hormonumstellungen, zum Beispiel im Rahmen einer Schwangerschaft, verändern und sich möglicherweise dann in Form von Hautausschlägen zeigen."

„... sprach Frau Professor Doktor Watzlawick", spottete Charlotte und zog missbilligend die Augenbrauen nach oben.

Sandra zuckte mit den Schultern. „Es war ja nur ein Vorschlag. Du kannst gerne auch weiter leiden."

„Lass dich nicht ärgern. Komm, ich lade uns auf ein Eis ein." Charlotte klopfte der Freundin versöhnlich auf die Schulter. Sie hatte nicht vor, sich die Freude über diesen herrlichen Tag von ihrem Heuschnupfen oder unnötigen Streitereien nehmen zu lassen.

Alles war perfekt.

Sie hatte einen Tag frei, hatte ihre eher unsportliche Freundin zu einem kleinen Inliner-Ausflug überreden können - und das auch noch bei herrlichem Wetter.

Was wollte man mehr?

Glücklich ließ sie ihren Blick über den See gleiten. Noch wenige Wochen zuvor waren hier Schlittschuhläufer unterwegs gewesen, jetzt warteten die Tretboote wieder auf Kundschaft. Vielleicht sollte sie mit ihrem Freund Tim wieder einmal eine kleine Fahrt wagen. Es fühlte sich immer ein bisschen an wie Urlaub.

Inzwischen waren sie im Schatten der mächtigen und imposanten Fassade der Kongresshalle angekommen. Vor dem Eingang ins Dokumentationszentrum waren jede

Menge Besuchergruppen unterwegs. Seit ihrer Eröffnung im Jahr 2001 hatte sich die Einrichtung zu einem Besuchermagneten entwickelt, zu einem absoluten Muss eines jeden Nürnberg-Touristen.

Doch heute wollte sich Charlotte nicht mit der braunen Vergangenheit ihrer Heimatstadt befassen, heute war Erholung angesagt.

Die vergangenen Wochen und Monate hatten an ihren Kräften gezehrt, sie fühlte sich erholungsbedürftig und ausgelaugt, und das nicht nur wegen des trüben und kalten Winterwetters. Als Kriminalhauptkommissarin hatte sie zwei nervenaufreibende Mordfälle bearbeitet und sehnte sich jetzt nach Sonne, Licht, Luft, Wärme und etwas Freizeit. Da war ein Tag am Dutzendteich genau das Richtige.

Das einzige, was Charlottes Glück etwas dämpfte, war das Frühlingsvolksfest, das jetzt am frühen Mittwochnachmittag so langsam Fahrt aufnahm. Schrill und aufdringlich lärmte die Musik der Fahrgeschäfte, das Plärren der Schausteller und Kreischen der Besucher über das Gelände.

Es war Familientag.

Charlotte hatte noch nie etwas für die *Wilde Maus*, die Wildwasserbahn oder den Gruseltempel übrig gehabt - auch wenn es heute nur die Hälfte kostete. Die monotonen Ansagen der Schausteller, dieses nervtötende *immer-wieder-dabei-sein, immer-wieder-mitmachen, kommen-Sie-kommen-Sie*, waren für sie unerträglich.

Einzig der Duft nach gebrannten Mandeln oder die Aussicht auf eine leckere, in Zartbitterschokolade gehüllte Banane konnten sie dazu bewegen, sich ins Getümmel zu stürzen.

„Gilt die Einladung auch für eine Schokobanane?" Sandra schien Gedanken lesen zu können. „Jetzt ist noch nicht so viel los."

Wenig später hielten beide einen dicken Holzspieß mit köstlicher Schokofrucht in den Händen und sahen sich nach einer adäquaten Sitzgelegenheit um, doch leider waren alle Bänke bereits besetzt.

„Komm, wir setzen uns dort vorne auf die Wiese", schlug Sandra vor, nicht gewillt, noch länger mit der Banane in der Hand spazierenzufahren. Etwas ungelenk staksten die

Freundinnen mit ihren schweren Inlinern an den Füßen über das weiche Gras und ließen sich unweit des Ufers auf den Boden fallen.

„Lass es dir schmecken", wünschte Charlotte, öffnete den Mund und schob sich die duftende Banane hinein. Mit einem wohligen Seufzer knackte sie die dicke Schokoladenhülle und genoss die unwiderstehliche Mischung aus Banane und Schokolade auf der Zunge. Viel schneller als ihr lieb war, verschwand der letzte Rest in ihrem Mund. Selig kauend wollte sie den leeren Spieß neben sich ins Gras legen, als sie plötzlich hinter sich ein vornehmes Hüsteln hörte.

Sie drehte sich um und erkannte einen Mann in einem altmodischen, braun-karierten Jackett, der vorwurfsvoll auf sie herabsah. Er trug eine weite Hose, deren Beine im Schaft hoher, schwarz glänzender Lederstiefel steckten und einen Hut, der offensichtlich aus Sherlock Holmes' Garderobe stammte. In der rechten Hand hielt er eine Reitgerte, mit der er rhythmisch in die linke Hand klopfte wie Lehrer Lämpel bei Max und Moritz.

Mit tränenden Augen blinzelte Charlotte in die Sonne. „Ja? Was ist denn?"

„Sie fragen mich ernsthaft, was denn sei?", ließ sich der Herr in seiner eigenartigen Fistelstimme vernehmen. „Junge Frau, ich bitte Sie!"

Überrascht setzte sie sich auf, hielt die Hand schützend über die Augen und betrachtete ihr Gegenüber fragend.

„Erst bohren Sie die Räder Ihrer modernen Rollschuhe in die schutzlose Erde, dann setzen Sie sich auch noch auf den frühlingshaft-jungfräulichen Rasen, um anschließend den Müll Ihrer gesundheitsbelastenden Süßigkeit auf ebendiesem abzulegen. Und dann fragen Sie auch noch, was denn sei? Ich für meinen Teil halte dieses Verhalten für mehr als unangemessen. Und jetzt darf ich Sie dringend bitten, sich Ihres zerstörerischen Schuhwerks zu entledigen und stante pede auf die für Ihre Zwecke zur Verfügung gestellten Wege zu begeben und unverzüglich den unnötigerweise produzierten Müll in dem dafür vorgesehenen Behälter zu entsorgen. Bitte!"

Damit strich er sich mit dem Finger über seinen akkurat

gestutzten Schnauzer dessen Enden professionell in die Höhe gezwirbelt waren.

„Wie bitte?", presste Charlotte hervor.

Auch Sandra starrte die skurrile Erscheinung mit offenem Mund an. Verstohlen verstaute sie den Holzspieß und die Serviette in ihrem Rucksack.

„Sie haben mich schon verstanden. Wenn ich Sie jetzt bitten dürfte."

Der Blick des Mannes wurde strenger, unnachgiebiger und trotz seiner fast lächerlich wirkenden Aufmachung beinahe etwas furchteinflößend.

„Jetzt hören Sie mal", entfuhr es jetzt Sandra, doch Charlotte legte ihr beruhigend die Hand auf den Arm. Sie hatte heute keine Lust, die Situation eskalieren zu lassen. Das war es ihr nicht wert. Wenn dieser komische Typ ein Problem damit hatte, dass sie hier im Gras eine Schokobanane aßen, dann konnte sie es auch nicht ändern. Sie würde sich deshalb nicht mit ihm streiten.

„Bitte verzeihen Sie", antwortete sie stattdessen mit einem sanften Lächeln und beschloss, diese Episode unter der Rubrik *skurrile Erlebnisse* abzuheften. „Wir waren uns unseres frevelhaften Verhaltens nicht bewusst und entschuldigen uns in aller Form dafür. Natürlich werden wir alles in unserer Macht Stehende dafür tun, dass es nicht wieder vorkommt. Haben Sie Dank für den freundlichen Hinweis."

Nach einem abschließenden reuevollen Augenaufschlag zog sie die Inliner aus und spazierte ehrfürchtig über den Rasen. Sandra folgte ihr kopfschüttelnd.

Auf dem Weg angekommen drehten sie sich um und konnten amüsiert beobachten, wie Meister Lämpel gerade mit forschem Schritt auf eine Gruppe junger Männer zuging, die es sich mit Bierflaschen, Pizzakartons und Ghettoblaster gemütlich gemacht hatten.

„Meine Herren! Ich muss Sie eindringlich darauf hinweisen, dass Sie..."

Charlotte sah Sandra schmunzelnd an, zuckte ungläubig mit den Schultern und zog sich ihre Inliner wieder an. „Ist es nicht unglaublich, was es für Leute gibt?"

„Kennt ihr den nicht?", fragte eine ältere Dame mit fleckiger Schürze aus den Tiefen eines Imbisswagens hervor. Mit hochroten Wangen und freundlichen Lachfältchen um die Augen strahlte sie die beiden Freundinnen an und lachte laut auf. „Das ist der Teichwächter. Der sorgt hier für Zucht und Ordnung."

„Das haben wir gemerkt", gab Sandra leicht angesäuert zurück.

„Lasst euch nicht ärgern, er meint es nicht böse", behauptete die Frau, die eine gewisse Ähnlichkeit mit Bratwurst-Gerti hatte, der Besitzerin einer Bratwurstküche am Hauptmarkt, bei der Charlotte regelmäßig zu Gast war.

„Teichwächter? Das klingt interessant." Charlotte stützte sich neugierig auf den Tresen und wurde augenblicklich in eine riesige, fettige Wolke gehüllt. „Was ist das für ein Typ?"

„Ein komischer Kauz. Er fühlt sich als Aufpasser und behauptet, er müsse hier am Dutzendteich für Ordnung sorgen. Er quatscht die Leute an, die friedlich im Gras sitzen oder grillen. Die meisten nehmen ihn nicht ganz ernst und reagieren so wie ihr gerade eben, aber manchmal fühlt sich auch jemand belästigt und es kommt zu heftigen Auseinandersetzungen. Ein paarmal war auch schon die Polizei da, aber unser Teichwächter kommt immer wieder. Er gehört einfach zum Dutzendteich wie das Tretboot mit dem Schwan und eine leckere Portion Pommes. Wollt ihr?"

Charlotte winkte freundlich ab. „Nein, danke. Ich hatte gerade erst eine üppige Schokobanane."

„Und was ist mit dir?", rief die Frau Sandra zu. „Du siehst noch ein bisschen hungrig aus. Ich hab gerade eine frische Portion fertig."

„Da sage ich nicht nein", strahlte Sandra und nahm kurz darauf eine gut gefüllte Pappschale fettig glänzender und mit einem ordentlichen Klecks Ketchup garnierter Pommes entgegen.

„Vielen Dank. Das ist jetzt genau das Richtige nach der Zuckerbombe von eben."

„Lass es dir schmecken."

„Oh, danke. Wir kommen sicher wieder einmal hungrig

vorbei. Tschüß!"
Zufrieden grinsend ignorierte Sandra Charlottes ungläubiges
Kopfschütteln und hielt ihr die dampfende Schale entgegen.
„Willst du?"

Unterdessen verließ ein kleiner Schwarzhalstaucher sein
halbfertiges, schwimmendes Nest auf dem Flachweiher und
watschelte auf der Suche nach Baumaterial hinüber zu einem
der beiden Nummernweiher. Er liebte den ruhigen, flachen
Teich, an dem nur wenige lärmende Menschen unterwegs
waren. Ebenso liebte er die vielen Pflanzen, die
abgestorbenen Äste und Baumstämme, die in Ufernähe im
Wasser lagen. Die schwarzgefiederte Ente ließ sich in das
kühle Naß gleiten und schwamm auf einen Baum zu, der vor
Kurzem noch nicht hier gelegen hatte. Der Stamm war unter
die Oberfläche gesunken, die kahlen, morschen Äste ragten
hilfesuchend empor.
Hungrig streckte der Wasservogel auf der Suche nach
kleinen Insekten seinen Kopf unter Wasser, sah mit seinen
auffallend roten Augen ein kleines, glänzendes Ding auf
dem schlammigen Boden liegen und schnappte zu. Doch
statt der erhofften stärkenden Mahlzeit spürte er ein
ungewohntes Gewicht an seinem Schnabel hängen. Mit aller
Kraft paddelte er ans Ufer und zerrte das Ding aus dem
Wasser.

4

Nürnberger Nachrichten 08.04.2010

Sensationsfund am Flachweiher
Vogelliebhaber entdeckt wertvollen Ring

NÜRNBERG Damit hatte Harry F. nicht gerechnet! Seit mehreren Tagen macht sich der Vogelliebhaber allabendlich auf den Weg zum Flachweiher im Volkspark Dutzendteich, um ein seltenes Paar Schwarzhalstaucher zu beobachten. Am gestrigen Abend machte er eine Entdeckung der besonderen Art: Statt der erwarteten Eier fand er einen wertvollen Ring im Nest der Wasservögel.

„Ich beobachte das Vogelpärchen schon seit über zwei Wochen", berichtet der Hobby-Ornithologe. „Gestern am späten Abend waren die beiden ungewöhnlich aufgeregt. Sie tänzelten um ihr Nest herum, pickten immer wieder auf etwas ein, das ich nicht erkennen konnte."

Harry F. näherte sich vorsichtig und sah etwas glitzern. Schließlich fand er zwischen dem Nistmaterial den wertvollen Schmuck, dessen Wert Experten auf einen hohen vierstelligen Betrag schätzen. Nach Aussagen der Polizei handelt es sich bei dem Ring um ein handgefertigtes Einzelstück. Bei der Suche nach dem rechtmäßigen Besitzer bitten die Behörden die Bevölkerung um Mithilfe.

5

Der Parkplatz auf der Großen Straße war für diese frühe Uhrzeit erstaunlich voll. Friedhelm Eck stellte seinen Wagen ab und beobachtete erstaunt, wie Grüppchen von Menschen mit Fototaschen, Ferngläsern und Gummistiefeln bewaffnet in Richtung Flachweiher unterwegs waren. Was wollten all die Leute dort? Es interessierte sich doch sonst auch kaum jemand für den abseits gelegenen Teich - noch nicht!
Er lächelte siegessicher in sich hinein. Wenn im nächsten Frühjahr erst der Leuchtturm stand, die interaktive Ausstellung im neu errichteten Eisbärenfelsen eröffnet war und die hübschen Bärenboote über das Wasser glitten, würden regelmäßig Prozessionen Erholungssuchender hierher pilgern und ansehnliche Summen an Eintrittsgeldern in seine Kasse spülen. Alle würden das schnuckelige *Strandcafé Seerose* besuchen und reichlich konsumieren.
Vorausgesetzt er würde den Zuschlag erhalten, wovon er selbstverständlich ausging. Allerdings musste er zugeben, dass ihm das Auftauchen dieses Möchtegern-Gastronomen mit dem lächerlichen holländischen Namen keine Ruhe ließ. Dieser überhebliche Gesichtsausdruck mit der arroganten Ausstrahlung war ihm ins Gedächtnis gebrannt.
Frau Haas hatte recherchiert, dass dieser Fatzke irgendwo im Ruhrpott das eine oder andere recht erfolgreiche Projekt auf die Beine gestellt hatte, aber was hieß das schon? Es gab wohl einen Prozess wegen irgendwelcher angeblich illegaler Aktivitäten. Er war zwar freigesprochen worden, aber sein Ruf war wohl ruiniert. Und jetzt bildete er sich ein, ihm sein Revier streitig machen zu können.
Da hatte er die Rechnung ohne den Wirt gemacht!
Friedhelm Eck atmete tief durch und wetzte in Gedanken bereits die Messer. Er würde sich keinesfalls von einem

dahergelaufenen Kriminellen das Wasser abgraben lassen.

Ein feiner Duft nach fettigen Pommes und köstlicher Currywurst stieg ihm in die Nase. Sein Magen knurrte vernehmlich. Seit seine Frau auf dem Ökotrip war und sich einbildete, ihrem - und bedauerlicherweise auch seinem - Körper mit ausschließlich veganer Nahrung zu Gesundheit und Wohlbefinden zu verhelfen, hatte er ununterbrochen mit ausgeprägten Heißhungerattacken zu kämpfen. Nächtelang träumte er von gebratenen Hühnchen, dicken, saftigen Steaks und riesigen Schäufele mit sensationeller Kruste. Er nutzte jede sich bietende Gelegenheit, dem veganen Wahn zu entfliehen und seinem Körper das zu geben, wonach er verlangte - Fleisch!

Durch die dauerhafte Enthaltsamkeit hatte er seine kulinarischen Ansprüche Stück für Stück heruntergefahren und war inzwischen so weit, dass er für eine Currywurst mit Pommes meilenweit gehen würde. Zum Glück lag an diesem Donnerstagvormittag das Ziel nicht meilenweit, sondern nur wenige Meter entfernt. Aus der Imbissbude am Ufer des großen Dutzendteichs qualmte und brutzelte es schon vielversprechend.

Friedhelm Eck lehnte sich an den Tresen und sog gierig den köstlich würzigen Bratwurstduft ein. „Eine Currywurst mit Pommes, bitte."

„Bin gleich soweit", hörte er eine Stimme aus dem inneren des Wagens. „Noch zwei Minuten!"

Hungrig und voller Vorfreude sah er sich um. Um Punkt 10:00 Uhr waren sie hier verabredet.

„Sie wollten mich sprechen?" Karl Hügelschäffer tauchte so plötzlich neben Eck auf, dass dieser zusammenzuckte.

„Ah, guten Morgen, Herr Hügelschäffer. Schön, dass Sie es möglich machen konnten. Darf ich Sie zu einem kleinen Imbiss einladen?"

Der Lebensmittelkontrolleur bedachte zunächst sein Gegenüber mit einem fassungslosen, anschließend den Imbisswagen mit einem angewiderten Blick. Er nahm sich vor, auch dieses Etablissement wieder einmal einer ausgiebigen Kontrolle zu unterziehen.

„Kommen Sie zur Sache, Herr Eck. Ich bin nicht zum

Vergnügen hier."

In diesem Moment wurde eine Pappschale mit dicken Wurstscheiben, einem See von roter Soße und reichlich gelbem Currypulver vor ihm abgestellt. Daneben eine weitere Schale mit fetttriefenden Pommes.

„Sind Sie sicher, dass Sie nicht ...""

„Herr Eck!", unterbrach ihn Hügelschäffer scharf. „Sagen Sie, was Sie zu sagen haben und verschonen Sie mich mit diesem grauenvollen Fast-Food."

„Natürlich", lenkte Eck ein, spießte das erste Scheibchen auf die kleine Holzgabel und steckte es genüsslich in den Mund.

Karl Hügelschäffer beobachtete ihn ungeduldig. Er ahnte bereits, dass es sich bei diesem Treffen nicht um einen offiziellen Termin handeln konnte.

„Es geht um den Wettbewerb", presste Eck zwischen heißer Wurst und Ketchup hervor und bemühte sich dabei, sich nicht den Mund zu verbrennen.

„Das dachte ich mir."

„Wissen Sie schon ...""

„Nein, weiß ich nicht. Und selbst wenn, würde ich Ihnen darüber keine Auskunft geben, das dürfte Ihnen bekannt sein."

„Aber natürlich. Ich habe im Rathaus Herrn de Jong getroffen."

„Ja, und?"

„Er hat auch einen Vorschlag eingereicht."

Karl Hügelschäffer visierte ihn streng an.

„Herr Eck! Sie erwarten doch nicht ernsthaft von mir, dass ich Ihnen jetzt darüber Auskunft gebe? Was denken Sie von mir? Wenn Sie sonst nichts zu besprechen haben, gehe ich wieder. Ich kann nicht glauben, dass Sie mich hierher bestellt haben, um mich über Interna auszuhorchen. Sie werden noch von mir hören!"

„Aber Herr Hügelschäffer!"

„Ich schicke Ihnen die Taxirechnung!"

Damit drehte er sich um und eilte in seinem typischen leicht hinkenden Gang davon.

Friedhelm Eck war der Appetit vergangen. Ärgerlich warf er die beiden Pappschalen in den Müll. Was glaubte dieser

Mann eigentlich, wer er war? Stellte sich so rechtschaffen, grundehrlich und aufrichtig dar, dass einem beinahe die Tränen kamen, während er an anderer Stelle kleinen Zuwendungen gegenüber nicht abgeneigt war, wie man hörte. Wahrscheinlich war dieser Holländer schneller gewesen, hatte ihm etwas Kleingeld zugesteckt, dass er sich noch mehr von diesen unsäglichen, grauenvollen Bügelfaltenhosen und ballonseidenen Blousons kaufen konnte. Man fragte sich, wo diese modischen Anachronismen überhaupt noch verkauft wurden. Im Kostümverleih?

Vor Wut schnaubend stapfte Friedhelm Eck über die Große Straße hinüber zum Flachweiher, um sich die Örtlichkeiten seiner neuesten Pläne noch einmal anzusehen.

Anders als sonst standen heute die Leute Schulter an Schulter am Ufer des Sees und hielten sich Ferngläser vor die Augen. Was gab es da nur zu sehen? Wasser. Enten. Schilf.

„Wollen Sie auch mal schauen?", fragte ihn ein älterer Herr freundlich und hielt ihm den Feldstecher hin.

„Was ist denn heute so besonderes?", wunderte sich Eck und nahm das Angebot an.

„Haben Sie nicht heute Morgen von diesem Ring in der Zeitung gelesen?"

„Welcher Ring? Ich hatte heute leider noch keine Zeit gehabt, in die Zeitung zu schauen."

„Na, dieser kleine Schwarzhalstaucher hatte ihn doch in seinem Nest. Die Tiere sind doch wirklich erstaunlich. Wissen Sie, wir können uns hier in Nürnberg richtig glücklich schätzen, dass sie hier brüten. Hier, mitten in der Stadt! Sie stehen auf der roten Liste und sind vom Aussterben bedroht. Eigentlich suchen sie die Nähe von Lachmöwen, aber ..."

„Danke für die Information, aber ich habe noch einen Termin", unterbrach Eck möglichst höflich den Redefluss des Mannes und gab das Fernglas wieder zurück. Er wollte sich jetzt nicht mit den Lebensgewohnheiten dieser Taucher befassen. Was ihn viel mehr interessierte war, ob sie möglicherweise für die Umsetzung seiner Pläne ein Problem darstellen würden, aber das ließe sich ja schnell in Erfahrung bringen. Er erinnerte sich daran, dass vor einiger Zeit in Würzburg der Bau eines großen, schwedischen Möbelhauses fast gescheitert war, weil eine Familie Feldhamster auf dem Areal gelebt hatte.

„Siehe da, der Herr Kollege", hörte er eine tiefe, angenehme Stimme hinter sich. „Das ist ja eine schöne Überraschung, Sie hier zu treffen."

Eck drehte sich um und erkannte Bertram de Jong mit seiner Frau. Die beiden waren etwa im gleichen Alter wie Karl Hügelschäffer, hatten aber einen ungleich besseren Modegeschmack. Sie wirkten beide, als seien sie eben einer Modezeitschrift entsprungen, was sie aber für Friedhelm Eck nicht gerade sympathischer machte - im Gegenteil. Nach der Pleite mit dem Lebensmittelkontrolleur war Ecks Stimmung auf dem Nullpunkt. Er sah sich nicht in der Lage, mit seinem Konkurrenten ein zwangloses Schwätzchen zu führen, was für diesen offensichtlich kein Problem darstellte.

„Ist es nicht spannend, wer von uns beiden den Zuschlag für die Gestaltung dieses wunderschönen Geländes bekommen wird? Ich habe gehört, Sie wollen auf Althergebrachtes setzten."

„Woher ..."

Bertram de Jong lachte. „Glauben Sie wirklich, Sie können solch phantastische Pläne unter Verschluss halten? Auch ich habe mir erlaubt, in der Vergangenheit zu recherchieren. Die Leute stehen ja immer auf die gute, alte Zeit, nicht wahr?"

Er klopfte Eck vertraulich auf die Schulter, was diesem den Kamm schwellen ließ.

„Diese Leuchtturmidee ist großartig! Ich frage mich nur, warum Sie ihn nicht dorthin bauen, wo er hingehört: in den großen Dutzendteich! Dort haben die Besucher doch eine viel schönere Aussicht und das schmucke Gebäude wird besser gesehen. Ich habe mir erlaubt, einen diesbezüglichen Plan einzureichen. Darüber hinaus möchte ich die Gondel *Preciosa* wieder aufleben lassen. Ich nehme an, Sie haben die Bilder gesehen? Natürlich ist die Gondel für die kleinen Nummernweiher zu groß, deshalb werde ich viele schnuckelige Mini-Gondeln zu Wasser lassen. Außerdem ist es doch an der Zeit, exklusive Grillhütten anzubieten, die man sich mieten kann, um nicht mit den vielen südeuropäischen Großfamilien um jeden Zentimeter Wiese kämpfen zu müssen. Was halten Sie davon?"

„Sagen Sie mir sofort, von wem Sie diese Informationen haben." Friedhelm Eck konnte vor Wut kaum an sich halten. War es wirklich möglich, dass ihm dieser Emporkömmling gefährlich werden konnte? Ihn ausspioniert hat? Wer aus dem Gremium steckte dahinter? Karl Hügelschäffer?

„Lieber Kollege, Sie tun so überrascht, als hätten Sie tatsächlich angenommen, Ihre Pläne seien streng geheim." De Jong lächelte verschmitzt. „Sie sind doch wirklich schon lange genug im Geschäft, um zu wissen, dass es immer eine undichte Stelle gibt. Wie alt sind Sie? Sechzig? Fünfundsechzig?"

Inga de Jong legte ihrem Mann beschwichtigend die Hand auf den Arm. „Jetzt ist es aber gut, Bertram. Entschuldigen Sie, Herr Eck. Mein Mann ist etwas impulsiv. Bitte sehen Sie es ihm nach."

„Da gibt es nichts nachzusehen", brauste Eck auf und zog damit die Aufmerksamkeit vieler Fernglasbesitzer auf sich. „Sie haben jemanden aus dem Gremium bestochen! Das ist unlauterer Wettbewerb."

„Machen Sie sich nicht lächerlich." Bertram de Jong blieb gelassen und genoss die Situation sichtlich. „Sie können mir nicht weismachen, dass Sie noch nie bei geeigneter Gelegenheit die Brieftasche gezückt haben. Oder warum sollten Sie sonst immer Bestnoten bei den Lebensmittelkontrollen erhalten? Weil unser Herr Hügelschäffer ein alter Freund von Ihnen ist? Das glauben Sie doch selbst nicht."

„Sie widerlicher ..." Friedhelm Eck schnellte vor und packte seinen Widersacher am Kragen.

„Schluss jetzt!", ging Inga de Jong energisch dazwischen. „Nehmen Sie sich zusammen. Wir sind doch hier nicht im Wirtshaus!"

Vor den teils erschrockenen, teils sensationslüsternen Blicken der Umstehenden brachten die beiden Streithähne ihre Garderobe wieder in Ordnung.

„Lassen Sie uns doch vernünftig über alles reden", schlug Inga diplomatisch vor. „Dort vorne gibt es sicher eine Tasse Kaffee. Ich lade uns ein."

„Ganz bestimmt werde ich nicht mit Ihnen Kaffee trinken", keuchte Eck aufgebracht. „In dieser Sache ist das letzte Wort noch nicht gesprochen!"

Mit hochrotem Gesicht ließ er die beiden stehen, bahnte sich einen Weg durch die Gaffer und rauschte davon.

„Dieser schmierige Hügelschäffer", murmelte er wütend vor sich hin. „Spielt vor mir den gesetzestreuen Bürokraten und steckt auf der anderen Seite der Konkurrenz die Informationen zu. Nicht mit mir."

6

Das graue Metalltor öffnete sich langsam und machte den Blick frei auf eine ruhige Seitenstraße mit vierstöckigen Mehrfamilienhäusern, einzelnen Straßenbäumen und parkenden Autos.

Eine ganz normale Straße, nichts besonderes und doch das Schönste, das sich Adam Latzko in diesem Moment vorstellen konnte.

Häuser, Autos, Menschen. Radfahrer, Lastwagen, ein Bus.

Keine Gitter. Keine grauen Mauern. Keine Uniformierten.

Niemand, der einem vorschreibt, was zu tun ist, keine Überwachung mehr.

Endlich Freiheit! Freiheit! Freiheit!

Mit einem glücklichen Lächeln auf den Lippen inhalierte er die frische Stadtluft, sog sich die Lungen voll mit dem Duft nach feuchtem Asphalt und frischem Grün, dem Duft nach Freiheit.

Nur wenige Meter hinter ihm, hinter den hohen Mauern und dem riesigen Tor war die Luft ganz anders gewesen: dünn, beklemmend, aussichtslos, ohne Hoffnung. Zwanzig Jahre, drei Monate und vier Tage hatte er diese Luft atmen müssen, war er hier eingesperrt gewesen, seiner Freiheit beraubt.

Er spürte einen unbändigen Lebenswillen in sich aufsteigen, konnte nur mit Mühe einen gewaltigen Schrei unterdrücken.

Adam Latzko war wieder da, zurück aus der Verbannung, zurück im Leben.

Er hatte einen Menschen getötet, jemandem sein Leben genommen. Manchmal dachte er an ihn, dachte daran, dass dieser Mann seit über zwanzig Jahren gar nicht mehr atmen konnte, dass seine sterblichen Überreste irgendwo unter der Erde lagen und vermutlich längst zerfallen waren.

Diese Gedanken hatten ihn immer wieder heimgesucht in

der Einsamkeit seiner Zelle, in der Verzweiflung und Hoffnungslosigkeit angesichts der langen, langen Zeit, die er in diesem fürchterliche Gemäuer hatte verbringen müssen.

Er hatte nie Reue gespürt, das Schicksal des Mannes war ihm immer gleichgültig gewesen.

Wieder und wieder hatte er in seinen Träumen die Szene vor sich gesehen, die Unschuldsbeteuerungen, das flehende Bitten, die vorgetäuschte Unwissenheit.

Auch nach dieser langen Zeit spürte Adam Latzko bis heute die unbändige Wut in sich, die hundertprozentige Überzeugung, dass dieser Mann, der da vor ihm gelegen hatte, ihn angelogen, ihm etwas vorgemacht hatte.

Es hatte keine Alternative gegeben. Er hatte ihn töten müssen!

Und doch war er seinem Ziel keinen Schritt näher gekommen, hatte seine besten Jahre verloren und wusste nicht, was die Zukunft bringen würde.

Würde er nach zwanzig Jahren in der Lage sein, sich in der veränderten Gesellschaft zurechtzufinden?

Zwanzig Jahre sind eine verdammt lange Zeit, das war ihm schon bei seinem ersten Freigang vor einem halben Jahr klar geworden. Er kannte sich nicht mehr aus, alles war so schnell geworden, so laut, so fremd. Zu wem sollte er gehen? Er kannte niemanden in dieser Stadt, die nie seine Heimat gewesen war. Wie sollte er alleine zurechtkommen, ohne den geregelten Gefängnisalltag, ohne den verhassten Weckruf und die arroganten Beamten, die ihm ständig vorgeschrieben hatten, wann er zu essen, zu arbeiten und zur Toilette zu gehen hatte?

Er hatte Angst.

Schreckliche Angst.

Nie hätte er es zugegeben, sich niemals einer dieser unfähigen Psychotanten anvertraut.

Er lächelte in sich hinein.

Niemand hatte ihn durchschaut, keinem war es gelungen, auch nur den kleinsten Blick hinter die Fassade zu werfen, die er sich mühsam aufgebaut hatte.

Angeblich war er vollständig resozialisiert, stellte keine Gefahr für die Allgemeinheit mehr dar, konnte wieder in die

Gesellschaft integriert werden.

Angeblich hat er seine Tat bereut, Buße getan, glaubhaft versichert, so etwas nie mehr wieder zu tun.

Er lächelte wieder.

Sie hatten keine Ahnung.

„Herr Latzko?"

Ein junger Justizbeamter stand neben ihm und hielt ihm eine schäbige Reisetasche mit seinen wenigen Habseligkeiten entgegen. „Ich wünsche Ihnen viel Glück."

„Danke."

Er sparte sich das *Auf Wiedersehen*, denn das wollte er auf gar keinen Fall: ihn oder irgendjemand anderes hier wiedersehen. Er drehte sich nicht mehr um und stieg in das bereitstehende Taxi.

„Wohin?", brummte der Taxifahrer, doch Adam Latzko gab ihm keine Antwort. Er konnte es nicht, brachte keinen Laut hervor. Jedes Wort blieb ihm im Halse stecken. Sein Herz schien vor Glück bersten zu wollen.

Endlich, endlich, endlich ...

„Wohin?" Der Fahrer wurde zunehmend ungeduldig.

Adam Latzko hielt ihm ein zerknittertes Stück Papier hin.

„Schanzäckerstraße - hab ich mir gedacht."

Fast lautlos setzte sich der Mercedes in Bewegung, glitt die Fürther Straße entlang und war bereits fünf Minuten später am Ziel.

„Acht neunzig", brummte der Taxifahrer unwirsch. Die Fahrt hatte sich nicht gelohnt.

Adam Latzko griff in seine Hosentasche und zog einen Zehn-Euro-Schein hervor. Als er zum letzten Mal in Freiheit war, gab es noch die D-Mark.

„Stimmt so", meinte er und fühlte sich großartig.

Man hatte ihm etwas Geld gegeben, für den Start in seine neue Existenz. Er hatte im Gefängnis auch gearbeitet. Zuerst in der Wäscherei, später in der Schlosserei, hatte sogar eine Ausbildung abgeschlossen. Der Verdienst aus zwanzig Jahren Arbeit lag auf einem Konto. Viel war es nicht, aber immerhin.

Auf dem Klingelschild war bereits sein Name zu lesen:

Adam Latzko, dritter Stock, links.

Seine Wohnung, sein neues Zuhause, wenn auch nur für sechs Monate. So lange hatte man ihm Zeit gegeben, wieder Fuß zu fassen, sich an seinem neuen Arbeitsplatz einzuleben und eine eigene Wohnung zu finden. In einem halben Jahr würde der nächste Ex-Knacki in die Schanzäckerstraße 3 einziehen, vermutlich mit ähnlichen Glücksgefühlen wie er, mit ähnlichem Herzklopfen, mit ähnlicher Vorfreude.

Das Treppenhaus war eng und dunkel. Im dritten Stock hing neben der linken Wohnungstür wieder ein golden glänzendes Namensschild: Adam Latzko.

Sein Bewährungshelfer hatte ganze Arbeit geleistet.

Mit zitternden Fingern steckte er den Schlüssel ins Schloss und öffnete die Tür.

Es roch fremd und ungelüftet. Das Einzimmerapartment war schnell erkundet: ein großes Zimmer mit Bett, Schrank, Kommode, Sofa, Tisch und Fernseher. Eine kleine Küchenzeile und ein winziges Bad. Fertig.

Klein, aber gemessen an seiner winzigen Zelle nahezu ein riesiges Universum, vor allem weil es eine Tür nach draußen besaß, eine Tür, durch die er jederzeit rausgehen konnte, so oft er wollte, wann immer er wollte.

Er stieß ein glucksendes Lachen aus, machte die Tür auf und wieder zu, auf und zu, auf und zu ...

Alle Viere von sich gestreckt lag er wenig später auf dem Bett und versuchte, etwas zur Ruhe zu kommen.

Was sollte er als erstes tun? Ein erstes Schläfchen in Freiheit? Nein, lieber doch ein Einkauf im nahegelegenen Supermarkt, oder erst ein Spaziergang durch das Viertel?

Egal, was auch immer er tat, es würde einzig und alleine seine Entscheidung sein, seine Verantwortung. Morgen früh sollte er seine Stelle bei einer Reinigungsfirma antreten. Offenbar war das Putzen öffentlicher Toiletten die Art Arbeit, die zur Resozialisierung von Mördern und anderen Gewaltverbrechern geeignet war.

Das würde er ganz sicher nicht tun.

Nicht Adam Latzko!

Seit er am Morgen den Artikel in der Zeitung gelesen hatte, hatte er andere Pläne. Wie paralysiert hatte er auf die Zeilen gestarrt, hatte nicht glauben können, was da geschrieben stand, dass ausgerechnet am Tag seiner Entlassung dieser Ring gefunden worden war.

Es musste ein Wink des Schicksals sein.

Er würde bei einem der Schausteller auf dem Volksfest anheuern. Sicher waren auch heute noch *junge Männer zum Mitreisen* gesucht, wenngleich er mit seinen 48 Jahren nicht mehr ganz jung war. Aber er war kräftig, gesund und motiviert. Das musste genügen.

Sein Bewährungshelfer würde sicher nichts dagegen haben, wenn er sich etwas Neues suchte, einen Job, der seiner Konstitution, seiner Begabung und Interessenlage viel angemessener war. Das konnte er doch nur befürworten.

Gut, er hatte keine Zeit zu verlieren. Das Schläfchen, der Einkauf und der Spaziergang mussten warten.

Er musste zum Dutzendteich.

7

Ein Schatten huschte durch die mondlose Nacht. Geduckt, beinahe geräuschlos, zielstrebig. Am Nummernweiher angekommen nahm er im Schutz tief hängender Zweige seinen unscheinbaren, braunen Rucksack ab und zog eine dunkelgrüne Anglerhose daraus hervor. Der Mann blickte sich vorsichtig um, denn er wollte unter keinen Umständen beobachtet werden.

Er wusste um das Risiko, doch es musste sein.

Das, was er am Morgen gelesen hatte, hatte ihn erstarren lassen. Er wäre am liebsten sofort hierher gekommen, um mit eigenen Augen zu sehen, ob man ihm wirklich das Liebste genommen, ihm seinen Schatz geraubt hatte. Der Tag war unerträglich langsam vergangen, Minute um Minute, Stunde um Stunde, bis endlich die Dämmerung hereingebrochen war. Es musste sich um einen Irrtum handeln, musste so sein, dass sich jemand getäuscht hatte. Es war völlig unmöglich, dass man sich an seinem Schatz vergriffen hatte.

Eine Ente. Eine seltene Ente. Ein Schwarzhalstaucher.

Was sollte das sein? Ein Schwarzhalstaucher?

In all den Jahren hatte er noch nie von der Existenz eines solchen Tieres gehört und jetzt soll ihn ebendieser Vogel bestohlen haben?

Das Wasser war schwarz, die Oberfläche ruhig. Ab und zu quakte ein Frosch. Wie eine knorrige Hand ragten die Äste des alten Baumes aus dem Wasser, gespenstisch, tot.

Der Mann spähte in die Dunkelheit. Da war niemand. Keiner, der sich zu dieser späten Stunde in den Park verirrt hatte.

Er war alleine.

Langsam setzte er sich auf den mitgebrachten Klapphocker,

zog seine hohen Lederstiefel aus und stellte sie sorgsam neben dem Hocker ab. Mit ungelenken Bewegungen schlüpfte er in die steifen Beine der Anglerhose, zog das voluminöse Kleidungsstück umständlich hoch und legte sich schließlich die Hosenträger über die Schultern. Das Quietschen des gummierten Materials durchschnitt die Stille. Ängstlich sah sich der Mann erneut um und stellte erleichtert fest, dass noch immer niemand zu sehen war.

Vorsichtig näherte er sich dem dicht bewachsenen Ufer des kleinen Teiches. Die vertrockneten Halme des Schilfgrases raschelten, es gluckste unter seinen Gummisohlen, mehrere Frösche hüpften aufgeregt ins Wasser.

Bedächtig watete er auf den toten Baum zu. Das kalte Wasser umspülte seine Beine, seine Füße versanken knöcheltief. Noch wenige Meter, dann hatte er sein Ziel erreicht.

Plötzlich nahm er aus dem Augenwinkel eine Bewegung wahr. Da war jemand!

Eine Person in dunkler Jacke und Mütze auf dem Kopf kam langsam aus Richtung des großen Dutzendteiches direkt auf ihn zu. Sie hinkte leicht, blieb immer wieder stehen und sah sich um.

Der Mann im Wasser erschrak. Hatte man ihn gesehen?

Hektisch duckte er sich, versuchte, sich im Dickicht der Schilfhalme zu verbergen. Sein Herz raste, er hielt die Luft an.

„Hallo", wisperte die Person kaum hörbar, „Wo bist du?"

Er gab keinen Laut von sich, bewegte sich nicht, fühlte sich nicht angesprochen. Mit weit aufgerissenen Augen starrte er reglos aus seinem Versteck hervor auf die Gestalt, die immer näher kam. Jetzt würde sie gleich den Hocker und die Stiefel entdecken...

„Hier", flüsterte eine zweite Stimme hinter ihm.

Er wagte nicht, sich umzusehen.

Keine fünf Meter vom Ufer entfernt trafen sich die beiden Gestalten. „Wir müssen hinüber zum Flachweiher", gab die zweite Person an. Zu seiner grenzenlosen Erleichterung wandten ihm die beiden Unbekannten den Rücken zu und schlichen davon.

8

Die Mikrowelle gab ein leises *Pling* von sich und die Verriegelung sprang auf. Inga de Jong nahm das Kännchen mit der aufgewärmte Milch heraus, hielt den kleinen Aufschäumer hinein und krönte anschließend den ersten Kaffee des Tages mit cremigem Milchschaum.

Es war noch sehr früh am Morgen. Die Sonne war noch nicht aufgegangen, ein Dunstschleier lag über dem Tal. Im Haus war es still.

Inga setzte sich zufrieden in den bequemen Korbsessel im Wintergarten, legte die Füße hoch und sog die melancholische Stimmung des neuen Tages in sich auf. Der Cappuccino auf dem Beistelltischchen verbreitete seinen verführerischen Duft, ihr Puls beruhigte sich langsam. Seit sie vor einigen Monaten in dieses wunderschöne Haus gezogen waren, hatte sie damit begonnen, den Tag mit einer Stunde Yoga zu beginnen. Nur sie alleine, ohne Hektik, ohne Termine, ohne Stress. Bertram hatte sie anfangs belächelt, dann aber akzeptiert, dass er sie nicht davon abhalten konnte, dass ihr diese Stunde am Morgen wichtig war.

Das Haus war ein Traum. Modern und schlicht, mit viel Glas und grauem Sichtbeton. In Richtung Süden erstreckte sich eine weitläufige Terrasse, die im Winter von allen Seiten durch Glaswände verschlossen werden konnte. Auf den fußbodenbeheizten Fliesen konnte sich Inga ganz ihren Übungen hingeben und dabei die großartige Aussicht auf den wunderschönen Garten genießen, der nach dem ungewöhnlich langen Winter langsam erwachte. Überall blühten Krokusse und Hyazinthen, Tulpen und Veilchen. Im naturbelassenen Bach, der sich durch das ganze Grundstück zog, plätscherte das Wasser, die Büsche und Bäume strahlten in frischem, zartem Grün. Inga war gespannt, was dieser Garten noch alles zu bieten hatte.

Das Haus war ein Glücksgriff gewesen, ein Architektenhaus, das mit viel Liebe zum Detail geplant und gebaut worden war. Leider für den Hausherrn, aber zum Glück für Inga und Bertram war es mit der Liebe vorbei gewesen, sobald das Haus fertig war. Das Ehepaar de Jong war zur richtigen Zeit am richtigen Ort gewesen und hatte sich sofort in das Anwesen in Nürnbergs Stadtteil Brunn verliebt.

Inga schätzte die Abgeschiedenheit des kleinen Stadtteils sehr, hatte sie doch die meiste Zeit ihres Lebens in lauten, überfüllten Städten verbracht. Davon war hier nichts zu spüren. Außer einem ständigen Rauschen der nahe gelegenen Autobahn war es still. Erstaunlich, dass dieses kleine Örtchen tatsächlich zur Stadt Nürnberg gehörte. Glücklich nahm sie die Tasse, trank einen Schluck und schleckte sich anschließend genüsslich den Milchschaum von den Lippen.

Die Haustür wurde geöffnet.

„Darling? Bist du da?"

„Hier draußen!"

Bertram de Jong kam im verschwitzten Sportdress herein, drückte ihr einen salzigen, feuchten Kuss auf den Mund und ließ sich auf den Liegestuhl fallen.

„Hast du wieder deine Turnübungen gemacht?", fragte er erheitert, setzte die mitgebrachte Mineralwasserflasche an den Mund und trank sie in einem Zug aus. „Warum gehst du nicht einmal mit mir joggen? Der Wald ist grandios."

„Warum machst du nicht einmal mit mir diese Turnübungen? Etwas mehr Beweglichkeit könnte dir nicht schaden", gab Inga schlagfertig zurück. Sie ließ sich nicht ärgern, auch wenn ihr Mann die Tendenz hatte, sich selbst über alles zu stellen. Sein Sport war besser als ihrer, seine Freunde interessanter, sein Job aussichtsreicher. Sie wusste, wie sie ihn zu nehmen hatte.

Dynamisch sprang er wieder auf.

„Ich gehe duschen. Bist du so lieb und machst mir auch so einen Cappuccino?", hörte sie ihn noch aus dem Bad rufen, bevor er das Wasser aufdrehte.

Lächelnd stand Inga auf und ging in die Küche. Auch wenn ihr Mann viel arbeitete, oft bis tief in die Nacht hinein, nahm er sich doch regelmäßig die zwei Stunden am frühen Morgen Zeit für seinen Sport und für ein anschließendes Plauderstündchen mit seiner Frau. Die Ruhe und Entspannung nach der körperlichen Anstrengung und vor einem meist ereignisreichen Tag genossen sie beide sehr. Abgesehen davon war dies die einzige Zeit des Tages, in der sie die Muße hatten, sich zu unterhalten, Termine zu koordinieren und Absprachen zu treffen. Seit Bertram selbstständig war, hatte sie ihren Job aufgegeben, um ihn voll und ganz in seiner Tätigkeit zu unterstützen. Sie war seine Assistentin, Sekretärin und natürlich bei den vielen repräsentativen Anlässen die attraktive, charmante Frau an seiner Seite. Kinder hatten sie keine, was sie etwas bedauerte, ihm aber ganz recht war. Er wollte sich ganz auf seinen Job konzentrieren und auch seine Frau nicht mit einem oder mehreren Kindern teilen müssen.

Bertram de Jong hatte in den vergangenen Jahren bereits in Düsseldorf viele innovative gastronomische Projekte umgesetzt und dabei sehr gut verdient. Für seinen Erfolg war er bereit, bis an die Grenzen der Legalität zu gehen, was Inga schon immer gestört hatte. Ende 2009 hatte er versucht, bei der Vergabe eines Auftrags das Gremium zu schmieren. Die Aktion kam heraus und Bertram hatte es einzig seinem fähigen Anwalt zu verdanken, dass er einigermaßen glimpflich aus der Sache herausgekommen war. Anschließend fand er einen Umzug nach Nürnberg ratsam. Hier kannte er niemanden und konnte neu anfangen.

„Das hat gut getan." Er setzte sich in den Korbsessel und griff dankbar nach der großen Tasse mit der Kakaoherzchen-Verzierung auf der cremigen Milchschaumhaube. „Vielen Dank mein Schatz. Du machst den besten Cappuccino in ganz Brunn." Er zwinkerte sie liebevoll an und tauchte seinen gepflegten Bart in den Schaum. „Der alte Eck hat gestern ganz schön geschwitzt, was?" Triumphierend biss er in den kleinen Keks, den ihm seine Frau traditionell zum Cappuccino servierte.

„War es wirklich nötig, ihn so zu provozieren?", gab Inga

missbilligend zurück. Sie war im Gegensatz zu ihrem Mann sehr harmoniebedürftig, würde niemals auf die Idee kommen, eine Situation so eskalieren zu lassen. Und schon gar nicht in der Öffentlichkeit. Ihre Strategie war in einem solchen Fall immer professionelle Distanz und Zurückhaltung. Doch leider war ihr Mann anders gestrickt, impulsiv, offensiv und viel zu wenig diplomatisch.

„Wo warst du denn gestern Abend? Ich hatte gedacht, wir beide haben einmal ein paar Stunden für uns?"

Bertram de Jong strich seiner Frau liebevoll über die Wange. „Ich war doch mit Hügelschäffer beim Essen, das hatte ich dir doch gesagt. Wolltest du nicht gemütlich einen Film ansehen?"

„Ach ja richtig, das so genannte Geschäftsessen mit einem Mitglied aus dem Entscheidungsgremium", schimpfte Inga vorwurfsvoll. „Irgendwann wird dir das alles um die Ohren fliegen. Du balancierst ständig am Rande des Abgrunds und riskierst damit unsere Existenz. War dir die Verhandlung im letzten Jahr nicht Warnung genug?"

„Jetzt übertreibe doch nicht so, mein Schatz. Das ist alles ganz normal in der Branche."

„Ganz normal wäre es, wenn du den Auftrag mit legalen Mitteln an Land ziehen würdest. Du bist auch ohne gekaufte Informationen gut genug."

„Das hast du schön gesagt", säuselte Bertram in einem Tonfall, den Inga nur allzu gut kannte. Gleich würde er näher an sie heranrücken, sie küssen und streicheln und schließlich mit ihr im Bett landen, was per se nicht schlecht war, in der aktuellen Situation aber nur von einem Thema ablenken sollte, über das er nicht weiter reden wollte.

Inga sprang wütend auf.

„Ich erwarte, dass du sofort mit diesen Machenschaften aufhörst. Ich kann das nicht länger mit meinem Gewissen vereinbaren und habe keine Lust, alle paar Jahre umzuziehen. Haben wir uns verstanden?"

9

Die Luft an diesem frühen Freitagmorgen war kühl und trug trotzdem einen Hauch Frühling mit sich. Noch eine Stunde, dann würde die Sonne aufgehen und die Stadt zum Leben erwachen. Jetzt war noch alles ruhig.

Die Ruhe vor dem Sturm.

Franziska Haas lief mit gleichmäßigen Schritten durch die Straßen des Nibelungenviertels, überquerte die Brücke hinüber in den Luitpoldhain und weiter in Richtung Dutzendteich. Bei jedem Atemzug stieß sie eine kleine, weiße Atemwolke aus. Sie genoss die frühmorgendliche Stimmung im Park, liebte es, die weitläufigen Flächen für sich alleine zu haben, keinen grüßen und mit keinem reden zu müssen. Sie konnte ihre Gedanken schweifen lassen, über den vergangenen Tag nachdenken und sich auf die kommenden Termine vorbereiten. Diese erste Stunde ihres Tages war ihr heilig, besonders seit sie ihren neuen Job bei Friedhelm Eck angetreten hatte.

Assistenz der Geschäftsleitung nannte sich die Stelle offiziell. Franziska lachte innerlich kurz auf, als sie daran dachte, wie aufgeregt sie gewesen war, als sie vor acht Monaten die Zusage bekommen hatte. Sie hatte gerade ihre Ausbildung beendet und konnte ihr Glück kaum fassen. Ein Traumjob mit Traumgehalt und erstklassigen Aufstiegschancen - so dachte sie zumindest.

Hochmotiviert war sie am ersten Arbeitstag im Büro erschienen, voller Ehrgeiz und Tatendrang. Die Ernüchterung hatte nicht lange auf sich warten lassen. Nach nur wenigen Tagen war ihr klar geworden, dass sie all die Kenntnisse über betriebswirtschaftliche Zusammenhänge und Marktwirtschaft zur Ausübung ihres Jobs nicht brauchen würde. Auch die vielen Kurse zu Kommunikations- und

Verhandlungsstrategien und die Kenntnisse über die europäischen, asiatischen und amerikanischen Märkte hatte sie offenbar umsonst besucht.

Wichtig war für sie als Assistentin der Geschäftsleitung einzig und allein die professionelle Zubereitung verschiedenster Kaffeespezialitäten, das Protokollieren langatmiger Sitzungen, das Tragen perfekter Schminke und edler, eng anliegender Kostüme (die sie natürlich selbst zahlen musste), sowie das ständige Lächeln und Nicken. Jegliche Art von Eigeninitiative und das Äußern einer eigenen Meinung waren nicht gewünscht. Die ersten Versuche in diese Richtung wurden sogar ziemlich deutlich unterbunden. Bereits am Ende der ersten Woche hatte sie ihrer Freundin tränenüberströmt ihr Leid geklagt, doch sie wollte sich nicht so schnell geschlagen geben.

Sie hatte beschlossen, die Zähne zusammenzubeißen und das Beste daraus zu machen. Parallel dazu sah sie sich die Stellenanzeigen an, die allerdings bislang noch keine bessere Alternative geboten hatten.

In ihren Augen war Friedhelm Eck ein unangenehmer Mensch, der stets auf seinen eigenen Vorteil bedacht war und im Zweifelsfall auch über Leichen gehen konnte. Das Wohl seiner Mitmenschen interessierte ihn nur solange, wie er einen Vorteil daraus schlagen konnte. Natürlich war die freie Wirtschaft kein Ponyhof, das war Franziska spätestens während der Ausbildung klar geworden, aber es war trotz allen Profits immer wichtig, seine Mitarbeiter, Kollegen und Geschäftspartner respektvoll zu behandeln.

Und das konnte man von Eck nicht gerade behaupten.

Es war nicht nur so, dass er oftmals die Würde seiner Mitmenschen mit Füßen trat, sondern auch in der Auswahl und Gestaltung seiner Projekte keinen Wert darauf legte.

Das beste Beispiel dafür waren die geschmacklosen Aktionen im Lochgefängnis. Franziska dachte noch manchmal mit Schaudern an die grauenvolle Viertelstunde, die sie in völliger Finsternis und Kälte in einem dieser entsetzlich stinkenden Löcher hatte sitzen müssen, um die *rücksichtslose Grausamkeit der mittelalterlichen Strafjustiz am eigenen Leib zu spüren*, wie es im aufwendig gestalteten

Werbeflyer angekündigt wurde.

Friedhelm Eck hatte sie zu Beginn ihrer Tätigkeit dazu angehalten, alle Restaurants, Cafés und Angebote kennenzulernen, die der Gastronom in Nürnberg betrieb. Sie musste die ganze Bandbreite des Eck'schen Imperiums kennenlernen - und dazu gehörte nun mal auch die Aktion im Lochgefängnis.

Furchtbar!

Sie konnte gut verstehen, dass sich vor etwa einem halben Jahr eine Bürgerinitiative gegen diese Sache konstituiert hatte. Leider war es nach dem Tod der Sprecherin ruhig um die Gruppe geworden.

Verglichen zu fingierten Folterszenen und Henkersmahlzeit war das neue Projekt vergleichsweise harmlos.

Mehr Gastronomie am Dutzendteich - warum nicht?

Andererseits schätzte sie die Stille auf ihren morgendlichen Joggingrunden sehr. Wenn sie es sich wünschen dürfte, würde sie alles so lassen, wie es war. Aber bekanntlich war das Leben kein Wunschkonzert.

Auch nicht für einen erfolgreichen Geschäftsmann wie Friedhelm Eck.

Franziska musste grinsen.

Auch für ihn kam der Wind machmal von vorne. Diesmal in Person von Bertram de Jong.

Bertram de Jong!

Wie das klang ...

Wie eine Melodie, ein wohlklingender Reim, ein Gedicht.

Wie plump kam dagegen ein Friedhelm Eck daher? Wie hart, kantig, unnahbar.

Bertram de Jong ...

Abgesehen von seinem bemerkenswerten Namen war die ganze Person   interessant - etwa zwanzig Jahre älter als sie und verheiratet, aber interessant. Nicht zuletzt deshalb, weil er ihrem Chef so forsch die Stirn geboten hatte. So wie sie es gelernt hatte: respektvoll, aber bestimmt.

Das erste Zusammentreffen der beiden Kontrahenten hatte Franziska ausnehmend gut gefallen. Selten hatte sie Friedhelm Eck so sprachlos erlebt.

Es gab einen anderen Gott neben ihm, jemanden, der es mit

ihm aufnehmen wollte und allem Anschein nach auch konnte. Wenn sie an die Szene zurückdachte, musste sie schmunzeln. Natürlich hatte sie schnellstmöglich alles recherchiert, was über de Jong herauszufinden war. Er schien eine echte Konkurrenz zu Friedhelm Eck zu sein, hatte bereits mehrere große Projekte erfolgreich umgesetzt und, laut Aussage ihrer Freundin aus dem Umweltreferat, auch diesmal ein beeindruckendes Konzept abgeliefert. Darüber, wie das konkret aussah, konnte und wollte die Freundin nichts sagen, was auch verständlich war. Franziska war gespannt, wie sich der Ausschuss entscheiden würde und welche Kämpfe ihr Chef noch auszutragen hatte.

Inzwischen hatte sie den Weg zwischen den beiden Nummernweihern erreicht. Der feine Kies knirschte unter ihren Füßen, sie begann langsam zu schwitzen. Noch war sie alleine unterwegs, sah man von all den Wasservögeln ab, die ein ums andere Mal hungrig ihre Köpfe unter die Wasseroberfläche streckten.

Ob einer von ihnen der berühmte Schwarzhalstaucher war, der den wertvollen Ring gefunden hatte? Es passierten schon wirklich erstaunliche Dinge. Wo hatte der Vogel das Schmuckstück gefunden? War es nicht im Flachweiher gewesen? Oder doch in einem der beiden Nummernweiher? Franziska ließ neugierig ihren Blick über die Oberfläche des kleinen Teiches gleiten. Das Ufer war dicht mit Schilfgras bewachsen, hie und da ragte der Ast eines abgeknickten Baumes aus dem Wasser. Mitten im Weiher lag ein riesiger Felsblock, auf dem es sich einige Enten gemütlich gemacht hatten. Es war kaum vorstellbar, dass vor hundert Jahren auf diesem Felsen Seehunde gelegen haben sollten.

Franziska joggte hier mehrmals wöchentlich. Seit sie sich allerdings beruflich mit dem Gelände beschäftigte, sah sie alles mit ganz anderen Augen. Was würde wohl mit all den Wasservögeln passieren, wenn im nächsten Jahr Tretboote im Eisbärendesign unterwegs sein würden? Wenn lärmende Kinder auf der Wasserrutsche in den kleinen Dutzendteich platschten und Heerscharen angeblich interessierter Hobbyornithologen den eigens dafür angelegten Steg bevölkerten? Wie lange würden die Tiere das mitmachen?

Vermutlich wäre es dann schnell vorbei mit den einzigartigen Brutmöglichkeiten mitten in der Stadt.

Ein leichter Wind kam auf, die Sonne spitzte hinter dem spärlichen Laub der mächtigen Bäume hervor. Franziska hatte mit Bedauern festgestellt, dass sie schnellstmöglich den Rückweg antreten musste. In anderthalb Stunden musste sie im Büro sein, geduscht, frisiert und geschminkt.

Sie beschleunigte den Schritt und spürte kurz darauf das, was sie immer spürte, wenn sie hier vorbeikam:

Sie musste mal.

Immer zur gleichen Zeit, immer an der süd-westlichen Ecke des Nummernweihers, an der Stelle, an der noch die Reste des Eisbärenfelsens zu sehen waren.

Seufzend fügte sie sich dem Unvermeidlichen, sah sich um und stakste in die Büsche. Zu dieser Jahreszeit musste sie noch tiefer ins Unterholz krabbeln, um vor neugierigen Blicken geschützt zu sein. Auch diesmal stellte sie schnell fest, dass zwischen den noch frischen Blättern der Büsche bereits ausgewachsene Dornen darauf warteten, die Ärmel ihrer neuen, teuren Laufjacke mit unschönen Löchern zu verzieren. Auch das eine oder andere Haar fiel den unerbittlichen Dornen zum Opfer. Sie hatte sich schon öfter nach einem anderen geeigneten Platz für ihr Vorhaben umgesehen. Ohne Erfolg.

War sie sonst immer alleine auf weiter Flur, so war mit an Sicherheit grenzender Wahrscheinlichkeit davon auszugehen, dass in dem Moment, in dem sie dabei war, ihre verschwitzte Hose herunterzuziehen, eine Gruppe junger Männer vorbeikommen und sie in flagranti ertappen würde. Und das galt es unter allen Umständen zu vermeiden.

Tief gebückt setzte sie ihren Weg fort, immer darauf bedacht, möglichst wenig Schäden an Haaren und Kleidung zu verursachen.

Sie stutzte. Irgendetwas war heute anders als sonst. Zweige waren abgeknickt, manche lagen abgebrochen auf dem Boden. Hatte noch jemand außer ihr diesen Platz entdeckt? Neugierig spähte sie tiefer hinein in die Büsche und hielt Ausschau nach weißen Taschentüchern, die viele Frauen nach Erledigung ihres kleinen Geschäftes leider überall in der Landschaft hinterließen. Sie konnte nichts entdecken. Dennoch beschlich sie ein ungutes Gefühl.

Der Druck auf ihre Blase wurde stärker. Ein letzter Blick. Die Gelegenheit war günstig. Noch immer war niemand unterwegs.

Nervös tänzelnd nestelte sie an ihrer Hose herum und zog sie umständlich die verschwitzten Beinen hinab. Breitbeinig hockte sie sich hin und ignorierte die lästigen Ästchen, die sich in ihren Po piksten. Endlich!

Plötzlich hörte sie ein lautes Rascheln hinter sich.

Erschrocken sprang sie auf, schlug sich den Kopf an einem Ast an und versuchte hektisch, Hose und Unterhose wieder hochzuziehen.

Es raschelte erneut.

Sie fuhr herum und starrte in das Dickicht.

Ein kleiner Vogel hüpfte aus der Hecke hervor und würdigte sie keines Blickes.

Franziska schüttelte den Kopf. Jetzt jagte ihr schon ein kleiner Vogel einen Schreck ein. Was war nur los mit ihr?

Sie zupfte ihre Hose zurecht und trat den Rückweg an, möglichst ohne auf die nasse Stelle zu treten, die sie hinterlassen hatte.

Da hörte sie lautes Summen. War es nicht noch zu früh für Wespen? Vermutlich waren es Bienen, die von den ersten Blüten der Bäume und Büsche angelockt wurden. Allerdings waren in diesem Gebüsch keine Blüten zu sehen.

Das Summen wurde aufgeregter, lauter. Es schien ganz aus der Nähe zu kommen.

Franziska hatte genug. Sie wollte so schnell wie möglich raus aus diesem Gestrüpp, doch sie stolperte und stürzte der Länge nach auf den Boden. Dornen zerkratzten ihr Gesicht, die Handgelenke schmerzten. Mit Tränen in den Augen rappelte sie sich auf und sah erstaunt, worüber sie gestolpert war. Es war ein brauner Lederschuh. Er sah noch ziemlich neu aus, konnte noch nicht lange hier gelegen haben. Wo war der zweite? Wo der Besitzer?

Eine leise Angst beschlich sie, eine schreckliche Befürchtung.

Abgeknickte Zweige, ein Schuh, lautes Summen...

Sie sollte schnellstens hier weg, doch die Neugier siegte. Keuchend ließ sie ihren Blick schweifen und entdeckte unter einer dichten Hecke einen länglichen Haufen, der notdürftig mit trockenem Laub abgedeckt war. Mit einem langen Ast schob sie vorsichtig die Blätter zur Seite.

Zum Vorschein kam ein bleiches Gesicht mit offenen Augen.

10

Lautlos glitt die moderne Straßenbahn auf den beeindruckenden Torso der Kongresshalle zu. Vorbei an Meistersingerhalle und Luitpoldhain hielt sie an der neu gebauten Haltestelle *Dokuzentrum*. Mit einem feinen Zischen öffneten sich die Türen und spuckten die ersten Touristen, Jogger und Spaziergänger aus.

Adam Latzko wäre gerne sitzen geblieben, hätte sich am liebsten den ganzen Tag quer durch die Stadt fahren lassen. Er konnte sich noch an Straßenbahnen erinnern, die mit ohrenbetäubendem Geknatter, Gerumpel und Gequietsche über veraltete Gleise geholpert waren, hölzerne Wagen, in denen man in den Kurven gerne einmal von den harten Bänken gerutscht war und ein Schaffner mit einem silbernen Gerät kleine Löcher in die Fahrkarten gestanzt hatte.

Diese modernen Bahnen glichen eher futuristischen Fahrzeugen aus einem Science-Fiction-Film. Bequeme, gepolsterte Sitze, große Panoramafenster, kleine Bildschirme mit Informationen zur Fahrstrecke, gut verständliche Ansagen in Deutsch und Englisch. Auch gestern hatte sich Adam auf seiner Fahrt zum Volksfestplatz nicht satt sehen können an dieser großen Stadt mit all ihren Errungenschaften, all den Neuerungen, all ihrer Hektik und Lautstärke. Er hatte nicht den Mut gehabt, mit der U-Bahn zu fahren, wollte nicht in einer unterirdischen Röhre eingesperrt sein. Diese Zeiten waren endgültig vorbei. Er war am Plärrer in die Straßenbahn gestiegen und hatte mit offenem Mund jeden Meter der Fahrt genossen.

Erwartungsgemäß hatte sein Bewährungshelfer nichts dagegen gehabt, dass er sich nach einem Job auf dem Volksfest umsah. Die öffentlichen Toiletten konnte er auch in zwei Wochen noch reinigen, wenn die Schausteller weitergezogen waren.

Er hatte bei einem Fahrgeschäft angeheuert, dessen Namen er schon wieder vergessen hatte. Seine Aufgabe war es, nach dem Einsteigen der Gäste die Sicherheitsbügel zu überprüfen und die Fahrchips an sich zu nehmen. Die Probezeit von zwei Stunden hatte er mit Bravour bestanden - viel konnte man ja nicht falsch machen.

Er hatte sich großartig gefühlt, wie er mit Zigarette im Mundwinkel ganz wichtig an den Bügeln gerüttelt und mit ernster Miene Anweisungen gegeben hatte, doch bitte Sonnenbrillen und Handys wegzupacken. Die Leute hatten auf ihn gehört, ihn ernst genommen, respektiert. Er war derjenige gewesen, der den Ton angab, der sagte, was zu tun war.

In seiner Pause war er dann wie zufällig zu den Nummernweihern geschlendert. Enttäuscht hatte er festgestellt, dass es dort nichts zu sehen gab.

Was hatte er erwartet? Ein Schild mit der Aufschrift:

Hier wurde gestern der Ring gefunden?

Sicher nicht.

Er brauchte mehr Zeit, wollte heute noch einmal sehen, was die Vögel so alles in ihren Nestern hatten.

Die Anspannung wuchs.

Der Volksfestplatz erwachte langsam. In den Wohnwagen wurden die Frühstückstische abgeräumt, Schausteller schwangen den Besen, wischten über Stehtische und Plastikstühle, räumten gigantische rosa Plüschtiere in die Regale und füllten gebrannte Mandeln in spitze, rot-weiß gemusterte Tütchen. Es wurden Schrauben nachgezogen, Teppiche ausgeschüttelt und massenweise Fleisch und Bratwürste zu den Hintereingängen der riesigen Festzelte gekarrt. Bald war Halbzeit und der Wetterbericht versprach angenehme Temperaturen und wenig Regen.

Beste Voraussetzungen für gute Geschäfte.

Adam Latzko schlenderte durch die Budengassen, sog den Duft von Schokofrüchten, Schaschlikspießen und Pizza in sich auf, den Duft von Freiheit. Noch wenige Tage und er würde viele der Leute kennen, die sich jetzt am frühen

Vormittag auf den langen Tag vorbereiteten und hofften, ein gutes Geschäft zu machen.

Er - Adam Latzko - war jetzt einer von ihnen, ein freier Mann, der sein Leben selbst in der Hand hatte, der selbst über seinen Tagesablauf bestimmen und bald überall hin gehen konnte, wohin er wollte.

Bei aller Euphorie fühlte sich diese wiedergewonnene Freiheit dennoch neu und ungewohnt an, einschüchternd, beängstigend. Wie bereits die Nacht davor war er auch vergangene Nacht wieder schweißgebadet aufgewacht, panisch aufgeschreckt von einem Traum ...

Ich erwache.

Es ist so still und dunkel, dass ich glaube, plötzlich blind und gehörlos geworden zu sein. Ich reiße die Augen auf und will vorsichtig meine Umgebung abtasten, doch meine Hände gehorchen mir nicht. Auch mein Kopf lässt sich nicht bewegen. Es fühlt sich so an, als sei mein Körper in Beton gegossen. Verzweifelte Panik steigt in mir auf.

Es ist heiß, mein Schlafanzug klebt völlig durchnässt an meinem schwitzenden Körper. Ich will ihn mir vom Leib reißen, doch ich kann mich keinen Millimeter bewegen. Mein Atem geht stoßweise. Ich will schreien, weinen, um Hilfe rufen.

Vergeblich!

Kein Laut kommt über meine Lippen.

Mein Hals schwillt an, ich kann kaum noch atmen, drohe zu ersticken.

Plötzlich ein Geräusch, ein Kratzen und Knirschen.

Mein Herz macht einen Sprung vor Freude.

Ich kann hören!

Plötzlich ein schwacher Lichtschein.

Ich kann sehen!

Ich liege auf dem Bett, reglos, lasse die Augen hin und her wandern, sehe im schummrigen Licht den kleinen Tisch, das Regal mit den wenigen Büchern, den veralteten Fernseher, das schmutzige Waschbecken.

Es stinkt.

Mein Herz rast, all die Geräusche und Gerüche, die mich

seit zwanzig Jahren umgeben, scheinen mich erschlagen, mich auffressen zu wollen.
Verzweifelt schnappe ich nach Luft.
Wieder dieses Knirschen.
Die Bücher im Regal wackeln. Ich traue meinen Augen kaum.
Die Wände kommen auf mich zu!
Noch immer kann ich mich nicht bewegen, kann nicht fliehen, nicht um Hilfe rufen, liege wie versteinert da.
Hilflos, machtlos, ausgeliefert.
Die Wände kommen näher, die Decke senkt sich herab. Der ohnehin viel zu kleine Raum wird enger und immer enger.
Der Schweiß läuft in Bächen an meinem Körper herab.
Ich möchte die Arme ausstrecken, mich schützen, doch es geht nicht.
Reglos muss ich mit ansehen, wie die Wände näher kommen.
Noch wenige Zentimeter. Ich kann schon den feuchten Beton riechen.
Tränen rinnen über mein Gesicht.
Ich bin gefangen in einer Gruft, lebendig begraben.
Die Wände haben meine Schultern erreicht, die Decke meine Nasenspitze.
Gleich werde ich zerquetscht werden. Ich hole tief Luft.
Ein erlösender Schrei entfährt meinen Lungen ...

Mit rasendem Puls war Adam Latzko am frühen Morgen erwacht, um sich schlagend, schreiend. Nur langsam hatte er sich beruhigen können, hatte realisiert, wo er sich befand und dass alles nur ein Traum gewesen war.
Tropfnass geschwitzt und heftig atmend hatte er sich unter die Dusche geschleppt und nur langsam beruhigen können.
Auch jetzt, über zwei Stunden später, spürte er noch das Grauen des Traumes, die Panik und Aussichtslosigkeit.
Es würde wohl noch einige Zeit dauern, bis er sich an die ungewohnte Freiheit gewöhnt hatte.
„Da bist du ja", holte ihn eine kratzige Stimme in die Realität zurück. „Du kannst gleich anfangen, die Sitze abzuwischen."
Joachim Kohl, der Besitzer des Fahrgeschäftes, drückte ihm

einen Eimer Wasser und einen Lappen in die Hand.

„Ja, natürlich", murmelte Adam und machte sich ans Werk. Nach einer halben Stunde war er fertig und brachte den Eimer zum Wohnwagen zurück.

„Was gibt es noch zu tun?", fragte er Kohl, der inzwischen mit einer Tasse Kaffee und einer Zigarette an einem klapprigen Campingtisch saß.

„Setzt dich her und trink eine Tasse Kaffee mit mir. Wir haben noch eine Stunde, bevor es losgeht."

Verwundert ließ sich Adam auf einem nicht sehr vertrauenerweckenden Plastikstuhl nieder und nahm dankbar eine gefüllte Tasse entgegen.

„Was sagst du zu dem Toten drüben am Nummernweiher?", fuhr Joachim Kohl fort, drückte seine Zigarette aus und steckte sich gleich die nächste in den Mund.

„Welcher Tote?" Adam hätte sich beinahe an seinem Kaffee verschluckt.

„Hast du´s noch nicht gehört? Heute Nacht haben sie einen erschlagen. Alles ist voller Bullen. Besser, du lässt dich nicht dort blicken. Sonst denken die noch, du hast was damit zu tun."

„Wieso, ich hab doch nicht ..."

Kohl lachte laut auf und schlug Adam mit seiner riesigen tätowierten Pranke auf die Schulter.

„Lass gut sein, war nur ein Scherz."

Adam fehlte eindeutig der Humor für diese Art Scherze, aber er beschloss, nichts dazu zu sagen.

„Erschlagen? Wen?"

„Keine Ahnung, geht mich nichts an und interessiert mich auch nicht. Uns kann`s recht sein. Wenn sich das rumspricht, kommen die Leute scharenweise, um zu glotzen. Und danach ...", er grinste breit und zeigte dabei etliche Zahnlücken und glänzende Goldzähne, „... kommen sie zu uns. War gestern auch schon so, als so ein Vogelheini diesen Klunker gefunden hatte."

Adam spitze die Ohren.

„Klunker?", fragte er scheinheilig, doch Joachim Kohl nahm ihm seine angebliche Unkenntnis nicht ab.

„Ha, ha, ha, du machst mir Spaß! Du willst mir doch nicht

ersthaft weismachen, du hättest nichts von dem sensationellen Fund mitgekriegt. Ich bin selbst mal rüber zum Weiher, um zu sehen, ob noch mehr von dem Zeug dort rumliegt."

„Und? Lag noch mehr rum?"

„Ich hab nichts gesehen, aber ich bin auch nicht richtig rangekommen. Ab dem Nachmittag haben die alles absperren müssen, sonst wären die Leute scharenweise über die Vogelnester hergefallen."

Adam sah auf die Uhr. „Vielleicht schaue ich trotzdem noch kurz, was da los ist. Mein Leben war die letzten Jahre nicht gerade ereignisreich."

„Du gefällst mir", lachte Joachim Kohl laut auf, doch dann wurde sein grobschlächtiges Gesicht schlagartig ernst. „Jetzt mal unter uns, Kumpel. Lass dich lieber nicht dort blicken, sonst wollen dich die Bullen noch als Zeugen befragen, nehmen deine Personalien auf und - schwupp - haben sie dich, ob du jetzt was gemacht hast oder nicht. Weswegen hast du eigentlich gesessen? Zwanzig Jahre kriegt man nicht für einen kleinen Taschendiebstahl."

„Ich bin in einer Viertelstunde wieder da", wich Adam aus, erhob sich und ließ seinen Chef schulterzuckend zurück. Er hatte nicht vor, mit dem Mann über seine Vergangenheit zu plaudern, das hatte er im Gefängnis zur Genüge getan. Wildfremden Leuten hatte er von seinen Beweggründen erzählen müssen, von seinem Motiv, von seinen Aggressionen, die er lernen musste, zu beherrschen. In größerer und kleinerer Runde hatte er unter Anleitung (oder Befehl?) diverser Psychologen sein Innerstes nach Außen kehren, sich *der Umgebung öffnen und dabei sich selbst kennenlernen* müssen.

Er hatte alles brav mitgemacht, den gut gekleideten Ladys all das erzählt, was sie hören wollten, hatte alles bereut, reumütig versichert, nie wieder Gewalt anzuwenden, seine Konflikte in Zukunft friedlich zu lösen.

Sie hatten keine Ahnung!

Jetzt war Schluss damit, Schluss mit Gesprächen und Beteuerungen, mit Schuldzuweisungen und Reue.

Jetzt war Privatsphäre angesagt. Es ging niemanden etwas

an, was er getan hatte. Er würde ein neues Leben beginnen in dieser großen Stadt, in der ihn so gut wie niemand kannte. Langsam schlenderte er durch die Budengassen in Richtung Dutzendteich. Die ersten Besucher waren bereits unterwegs. Es würde heute wieder voll werden.

Als er das letzte Fahrgeschäft hinter sich gelassen hatte, konnte er bereits rot-weiße Absperrbänder, etliche Polizeifahrzeuge und einen schwarzen Leichenwagen erkennen. Mehrere Beamte in Zivil beugten sich über einen Körper, der gerade in einen Leichensack gelegt wurde.

Unzählige Gestalten in weißen Overalls durchkämmten das Gelände, stellten kleine nummerierte Täfelchen auf, machten Fotos.

Immer mehr Menschen blieben tuschelnd an der Absperrung stehen und starrten neugierig auf das Szenario. Beamte in Uniform hatten alle Hände voll zu tun, die Leute zurückzuhalten.

Nur zu gerne wäre Adam unter dem Band hindurch geschlüpft und hätte einen Blick auf den Toten geworfen. Wer hat sein Leben lassen müssen? War es einer der Schaulustigen? Oder doch ...?

Warum hier und warum jetzt?

Es konnte kein Zufall sein, dass es kaum einen Tag nach dem phantastischen Fund einen Toten gab.

Aber wenn es kein Zufall war, was war es dann?

11

Charlotte seufzte. Musste das sein? Musste dieser friedliche, wunderschöne Ort wirklich zu einem Tatort werden? Die Menschen sollten sich dort erholen, entspannen, zur Ruhe kommen. Sicher, welcher Ort hatte es schon verdient, dass dort jemand gewaltsam zu Tode kam, aber musste es ausgerechnet hier sein?

Mitten in dieser grünen Insel, die gerade im Begriff war, aus ihrem langen Winterschlaf zu erwachen, inmitten blühender Bäume und Büsche, zwischen schnatternden Enten und zwitschernden Vögeln war ein Toter gefunden worden.

Angesichts des schönen Frühlingswetters hatte sich Charlotte entschieden, mit dem Rad zum Dutzendteich zu fahren. Es hätte so schön sein können, wenn sie nicht einen brutalen Mord aufzuklären hätte.

„Guten Morgen", begrüßte sie ihr Praktikant Torsten Klein fröhlich. Er war, wie so oft, schon vor ihr am Tatort gewesen und hatte bereits die ersten Tatsachen in Erfahrung gebracht.

„Der Tote ist ein Mann um die Vierzig. Man hat ihm den Kopf eingeschlagen, vermutlich mit einem Stein. Seine Identität konnten wir noch nicht feststellen, er hat keine Papiere bei sich."

Seit einem halben Jahr war Torsten Klein im Rahmen seines Umlaufpraktikums ihrer Abteilung zugeordnet. Er wollte vom mittleren in den gehobenen Dienst wechseln und musste dazu verschiedene Kommissariate durchlaufen. Sie schätzte die Zusammenarbeit mit dem motivierten und engagierten jungen Mann sehr und bedauerte es jetzt schon, dass er Ende des Monats würde gehen müssen.

„Wer hat ihn gefunden?"

„Eine junge Frau, Franziska Haas. Sie sitzt dort drüben im Krankenwagen. Sie ist noch nicht ansprechbar."

„Gut, dann geben wir ihr noch ein paar Minuten. Wo ist das Opfer?"

„Er liegt hier drüben im Gebüsch."

Charlotte bückte sich und folgte Torsten ins Dickicht. Nach wenigen Metern erreichten sie die Stelle, an der die Leiche lag. Der Tote trug eine altmodische, graue Stoffhose mit Bügelfalte, ein weißes Polohemd und darüber einen Blouson, der ebenfalls seinen modischen Zenit schon lange überschritten hatte. Zwischen den spärlichen Haaren war eine beachtliche blutige Kopfwunde zu sehen. Irritiert bemerkte Charlotte, dass der Mann nur einen Schuh trug und der nackte Fuß, der unter dem heruntergerutschten Socken zum Vorschein kam, aussah wie der Plastikfuß einer Schaufensterpuppe.

„Guten Morgen, Frau Kriminalhauptkommissarin. Haben Sie auch schon ausgeschlafen?" Jens Kohlbrenner, der Rechtsmediziner, knuffte Charlotte freundschaftlich in die Seite. Ähnlich wie ihren Praktikanten kannte sie auch Jens nur in bester Laune. Egal zu welcher Tages- oder Nachtzeit, egal bei welchem Wetter oder unter welchen Umständen. Der junge Arzt strahlte immer Optimismus und Lebensfreude aus, was angesichts seines Jobs für manche verwunderlich sein dürfte.

„Ich wusste doch, dass du mich sowieso nicht zum Opfer lässt, bevor du nicht fertig bist. Da habe ich mich einfach noch einmal umgedreht", konterte Charlotte schlagfertig.

„Punkt für dich", grinste Kohlbrenner und zog sich die dünnen Handschuhe von den Händen. „Der Mann wurde erschlagen. Vermutlich mit einem Stein. Der Tod ist etwa zwischen ein und drei Uhr nachts eingetreten. Ich habe keine Abwehrspuren gefunden. Es sieht so aus, als sei er entweder überrascht worden - die Wunde ist am Hinterkopf - oder er hat den Täter gekannt. Aber das herauszufinden, ist eure Sache."

„Was ist mit seinem Fuß?"

„Er trug eine Prothese vom Knie abwärts. Ich denke, dass wir ihn spätestens damit schnell identifizieren können. Es gibt nicht allzu viele männliche Prothesenträger um die vierzig in Nürnberg."

„Ist dir sonst noch etwas aufgefallen?"

„Ja, so wie es aussieht, ist dies nicht der Tatort. Wir haben Schleifspuren gefunden, die vom direkten Seeufer bis hierher führen."

Charlotte sah sich um und erkannte die Mitarbeiter der Spurensicherung, die einige Meter entfernt das Ufer absuchten.

„Was sind das für Betonklötze?", fragte sie verwundert. „Es sieht so aus, als habe hier ein Gebäude gestanden."

„Das war der Eisbärenfelsen", erklärte Kohlbrenner während er seine Tasche packte.

„Ja, richtig. Hier war seinerzeit der Tiergarten. Es ist schon erstaunlich, dass in diesen Weihern vor hundert Jahren Eisbären, Seelöwen und Flamingos unterwegs waren. Das kann man sich heute gar nicht mehr vorstellen."

„Alles ist Veränderung ...", sinnierte der Arzt augenzwinkernd. „Nach der Obduktion weiß ich mehr. Bis später dann im Krematorium."

Charlotte schüttelte sich innerlich, als sie daran dachte, dass sie vermutlich nicht darum herumkommen würde, bei der Obduktion, die in den Räumen des Krematoriums am Westfriedhof durchgeführt wurde, anwesend zu sein. Alleine der Gedanke an den Gestank nach Verwesung und Desinfektionsmitteln drehte ihr kurzzeitig den Magen um. Das war eigentlich das einzige Manko an ihrem Praktikanten: Er durfte sie nicht bei der Autopsie vertreten. Ihren Vorgesetzten brauchte sie erst gar nicht zu fragen. Kriminalhauptkommissar Tilman Peter hatte ihres Wissens nach noch nie das Krematorium betreten. Sie fragte sich, wie der Mann überhaupt Kommissariatsleiter hatte werden können. Das Einzige, was er wirklich gut konnte und auch ständig tat, war, andere herumzukommandieren, zu maßregeln und zu kritisieren. Offenbar genügte das, um die Karriereleiter erklimmen zu können. Damit war für Charlotte klar, dass sie es in der Hierarchie nie weit bringen würde. Sie war dafür einfach viel zu sozial eingestellt.

Plötzlich brach an der Absperrung ein Tumult aus. Offensichtlich versuchte jemand, sich Zutritt zu dem abgesperrten Gelände zu verschaffen. Zwei Beamte hatten alle Hände voll zu tun, die Person zurückzuhalten.

Charlotte kämpfte sich durch das Dickicht, lief auf die Menschentraube zu und erkannte einen älteren Mann, der ihr nur allzu bekannt vorkam.

„Ich muss doch wirklich bitten, meine Herren! Ihr rüpelhaftes Verhalten wird ein juristisches Nachspiel haben", echauffierte sich ein Herr, der aussah, als sei er ein Zeitreisender aus dem 19. Jahrhundert: karierte Hosen, deren Beine in hohen Lederstiefeln steckten, ein ebenso kariertes Jackett, lederne Handschuhe ohne Fingerspitzen und ein akkurat gezwirbelter Schnauzer. „Das Tragen einer Uniform berechtigt Sie keinesfalls dazu, handgreiflich zu werden. Dieser willkürliche Übergriff kann als tätlicher Angriff gewertet werden und bedarf dringend strafrechtlicher Ahndung!"

„Bitte treten Sie zurück!", wiederholte einer der Polizisten mit einem verzweifelten Unterton in der Stimme und versuchte erneut, den Mann zurückzudrängen.

„Mäßigen Sie sich, junger Mann. Es ist völlig unangemessen, wie Sie mich behandeln. Hat man Ihnen denn als Kind keine Manieren beigebracht? Ich bin ein freier Bürger und habe das Recht, diese Oase der Stille und des Friedens zu besuchen. Und jetzt lassen Sie mich endlich vorbei!"

Damit begann er, mit seiner mitgebrachten Reitgerte demonstrativ auf den Beamten einzuschlagen, der daraufhin reflexartig nach seiner Pistole griff.

„Schluss jetzt! Das geht zu weit! Treten Sie zurück!"

„Hilfe! Hilfe!", kreischte der Zeitreisende und blickte sich panisch um. „So retten Sie mich doch vor diesem brutalen Vorgehen der Exekutive! Ich werde mit einer Waffe bedroht!"

Charlotte hatte das Grüppchen erreicht und ging beschwichtigend dazwischen.

„Bitte nehmen Sie doch die Waffe weg, Kollege. Ich glaube nicht, dass der Herr gefährlich ist. Und Sie hören sofort auf, mit dieser Peitsche um sich zu schlagen. Worum geht es hier überhaupt?"

„Ich denke nicht, dass Sie befugt sind, mir Anweisungen zu

erteilen, mein Fräulein", erwiderte der ältere Mann aufgebracht. „Abgesehen davon handelt es sich bei diesem Utensil keineswegs um eine Peitsche, sondern vielmehr um eine Reitgerte. Ein einzigartiges Unikat! Und jetzt wäre ich Ihnen dankbar, wenn sich der direkte Vorgesetzte dieses Beamten hier einfinden und diese unangenehme Angelegenheit ins Reine bringen könnte."

Charlotte streckte ihm ihren Ausweis entgegen. „Guten Tag, mein Name ist Gerlach, Kriminalhauptkommissarin Charlotte Gerlach von der Kripo Nürnberg. Ich bin die direkte Vorgesetzte dieses Beamten und möchte jetzt gerne einmal Ihre Papiere sehen, Herr Teichwächter."

Voller Erstaunen zog der Mann jetzt zu allem Überfluss auch noch ein Monokel aus seiner Jackentasche, klemmte es sich ans Auge und studierte das Dokument Zentimeter für Zentimeter.

Die Situation war so skurril, dass Charlotte Mühe hatte, sich das Lachen zu verbeißen.

„Potzblitz, mein Fräulein. Sie scheinen wohl tatsächlich eine kompetente Person zu sein. Frauen als Kommissare", er schüttelte missbilligend den Kopf, „das hätte es früher nicht gegeben."

„Tja, die Zeiten ändern sich. Kann ich jetzt bitte Ihren Ausweis sehen?"

„Ich verstehe zwar nicht, was meine Personalien zur Klärung dieses unangenehmen Sachverhalts beitragen können, aber wenn Sie darauf bestehen."

Beleidigt zog er eine voluminöse, lederne Brieftasche aus der Innentasche seines Sakkos und fischte mit spitzen Fingern einen Personalausweis daraus hervor, der schon bessere Zeiten gesehen hatte. Charlotte nahm das speckige Papier entgegen. Es war 1990 ausgestellt und seit zehn Jahren ungültig.

„Waldemar Rossdeutsch", las sie vor, „geboren am 26. Februar 1945 in Suhl, wohnhaft in Nürnberg, Baldurstr.4."

Sie gab ihm den Ausweis zurück.

„Herr Rossdeutsch, Sie müssen einen neuen Ausweis beantragen. Dieser hier ist seit zehn Jahren abgelaufen."

„Sagen Sie mir nicht, was ich zu tun habe, Fräulein", gab

Rossdeutsch eingeschnappt zurück. „Sorgen Sie lieber dafür, dass diese Absperrung verschwindet. Was soll das alles? Warum stehen hier all die Autos? Sie wissen doch selbst, dass die Einfahrt für Kraftfahrzeuge jeglicher Art verboten ist! Die brütenden Vögel und all die erholungssuchenden Stadtbewohner werden dadurch massiv gestört."

„Sie sind doch hier als Teichwächter unterwegs", begann Charlotte diplomatisch. „Wenn ich richtig informiert bin, sorgen Sie für Ordnung und passen auf, dass sich alle angemessen verhalten. Ist das richtig?"

„Da sind Sie genau richtig informiert, junge Frau", stimmte Rossdeutsch mit stolz geschwellter Brust zu und zwirbelte an seinem Schnauzer. „Heutzutage ist es ja so wichtig, dass sich jemand darum kümmert, dass ..."

„Das glaube ich Ihnen gerne", unterbrach ihn Charlotte. „Sie sind jeden Tag hier und beobachten alles, was vor sich geht."

„Richtig."

„Dann sind Sie in diesem Fall ein wichtiger Zeuge." Sie beugte sich näher zu ihm und flüsterte in verschwörerischem Tonfall: „Es geht nämlich um ein Gewaltverbrechen."

„Himmel!", rief Rossdeutsch entsetzt aus. „Ich dachte mir schon so etwas, als ich den Leichenwagen gesehen habe. Wie kann ich Ihnen helfen?"

„Es wäre sehr hilfreich, wenn Sie uns sagen könnten, ob Sie etwas Verdächtiges bemerkt haben. Sie haben doch sicherlich viele wertvolle Informationen gesammelt."

„Aber natürlich." Waldemar Rossdeutsch war jetzt ganz in seinem Element. Er schien sein vormals so dringendes Erholungsbedürfnis vergessen zu haben und griff abermals in die Jackentasche.

„Hier habe ich all die Ungeheuerlichkeiten notiert, die sich respektlose Mitbürger haben zu Schulden kommen lassen", berichtete er leidenschaftlich und schlug ein kleines, in Leder gebundenes Büchlein auf. „Nehmen wir nur vergangenen Mittwoch ..."

Noch bevor er beginnen konnte, die Sündenregister unzähliger Nürnberger vorzulesen, unter denen sich sicherlich auch ihr eigenes befand, hakte sich Charlotte bei ihm unter und führte ihn unter dem Absperrband hindurch zu einem der Streifenwagen.

„Das sind wichtige Informationen, die unsere Ermittlungsarbeit erheblich erleichtern können. Ich wäre Ihnen sehr verbunden, wenn Sie meinem Kollegen Einblick in Ihre Aufzeichnungen gewähren könnten."

Damit gab sie einem Uniformierten ein Zeichen, sich um den Mann zu kümmern. „Ich danke Ihnen sehr für Ihre Kooperation."

„Aber es ist doch selbstverständlich, dass ich meiner Bürgerpflicht nachkomme", gab Rossdeutsch geschmeichelt zurück. „Aber sagen Sie mal, junge Frau, kennen wir uns nicht?"

„Das kann ich mir nicht vorstellen", rief ihm Charlotte im Weggehen noch zu und war froh, die Befragung nicht selbst durchführen zu müssen.

„Was war das denn?", fragte Torsten amüsiert. Er hatte die Szene aus der Entfernung beobachtet. „Ich muss dich wirklich für deine Gelassenheit bewundern. So ein anstrengender und eigenartiger Typ. Kennt ihr euch wirklich?"

Charlotte schüttelte grinsend den Kopf. „Sandra und ich waren am Mittwoch mit Inlinern hier am Dutzendteich unterwegs. Als wir uns mit einer Schokobanane ins Gras gesetzt hatten, kam er vorbei und hat uns zurechtgewiesen."

Torsten sah sie verständnislos an. „Was ist falsch daran, auf der Wiese eine Schokobanane zu essen?"

„Wir haben mit unseren zerstörerischen Rädern das Gras verletzt und waren im Begriff, den Holzspieß nicht fachgerecht zu entsorgen. Angeblich."

„Ah ja, ich verstehe. Jetzt wird mir einiges klar ..."

„Die Dame von der Imbissbude hat uns erklärt, dass sich der Typ als selbsternannter Teichwächter sieht. Er fühlt sich berufen, für Ordnung am Dutzendteich zu sorgen."

„Teichwächter. Das ist ein interessantes Wort. Glaubst du, es hat früher hier wirklich einen solchen Wächter gegeben?"

„Keine Ahnung. Ich kann ja heute Abend mal Tim fragen. Der weiß so etwas meistens."

Charlottes Freund Tim unterrichtete Deutsch und Geschichte

am Gymnasium und war ihr erster Ansprechpartner, wenn es um die Nürnberger Stadtgeschichte ging.

„Vielleicht kann ich dir morgen mehr berichten. Jetzt sollten wir dringend mit der Frau sprechen, die den Toten gefunden hat. Weißt du, ob sie schon ansprechbar ist?"

„Ja, der Notarzt hat gemeint, wir könnten jetzt zu ihr." Torsten zog bedeutungsschwanger die Augenbrauen nach oben. „Sie hat gesagt, sie kennt den Toten."

Die junge Frau saß zitternd auf einer Trage im Krankenwagen, eine Decke um die Schultern, einen Becher heißen Tee in der Hand. Ihr Gesicht war blass, die dunklen Augen starr auf den Boden gerichtet. Sie sah nicht so aus, als sei sie in der Lage, eine verwertbare Aussage zu machen.

„Ich denke, es ist besser, wenn ich alleine mit ihr rede", entschied Charlotte. „Bitte geh doch zu unserem Teichwächter in den Streifenwagen. Ich denke, der Kollege kann Hilfe gebrauchen."

Torsten verdrehte die Augen. „Aber ..."

„Du schaffst das schon." Charlotte klopfte ihm aufmunternd auf die Schulter und stieg in den Krankenwagen.

„Frau Haas", versuchte sie behutsam ihr Glück, „mein Name ist Charlotte Gerlach. Ich bin die ermittelnde Beamtin."

Keine Reaktion.

„Frau Haas? Können Sie mich hören? Wir müssen Ihnen einige wichtige Fragen stellen."

Langsam hob Franziska Haas den Kopf.

„Sie haben den Toten gefunden?"

Die junge Frau nickte kaum merklich.

„Sie waren hier joggen?"

Wieder ein schwaches Nicken.

„Ich nehme an, Sie laufen regelmäßig?", schloss Charlotte aus der sportlichen Figur der Frau. „Ist Ihnen heute etwas Besonderes aufgefallen?"

Kopfschütteln.

„Der Tote lag tief im Gebüsch. Wie konnten Sie ihn dort entdecken?"

„Ich musste mal." Ein kaum merkliches Lächeln huschte über ihr Gesicht. „Ich muss immer an dieser Stelle."

Charlotte lächelte zurück. „Das kenne ich. Wahrscheinlich

muss man nur, weil man an dieser Stelle immer daran denkt."

Jetzt schien es so, als öffne sich die junge Frau etwas.

„Es ist noch sehr früh. Sind Sie Frühaufsteherin?"

„Ich laufe am liebsten vor der Arbeit. Da ist es so schön ruhig und ich bin alleine mit meinen Gedanken."

Für einen Moment durchzuckte Charlotte der Anflug eines schlechten Gewissens. Warum ist sie noch nie auf die Idee gekommen, den Tag mit einer frühmorgendlichen Sporteinheit zu beginnen? Allein begleitet vom gleichmäßigen Knirschen des Kieses unter ihren perfekten Laufschuhen, eins mit sich und ihrem Atem ...

„Sie kannten den Mann?"

Franziska Haas nickte.

„Verraten Sie uns, wer es ist?", fuhr Charlotte geduldig fort. Sie hatte es nicht zum ersten Mal mit Zeugen zu tun, die unter Schock standen und wusste, dass man nur mit Geduld und Einfühlungsvermögen eine Chance hatte, an Informationen zu kommen.

„Herr Hügelschäffer", flüsterte Franziska und räusperte sich. „Karl Hügelschäffer vom Ordnungsamt."

Charlotte notierte sich den Namen und gab ihn gleich an die Kollegen im Präsidium weiter.

„Woher kannten Sie ihn?"

„Ich hatte beruflich mit ihm zu tun."

„Inwiefern?"

„Ich arbeite für Friedhelm Eck, den Gastronomen", fuhr Franziska Haas fort. „Herr Hügelschäffer war für die Lebensmittelkontrolle zuständig und regelmäßig in unseren Betrieben unterwegs."

„Ach", entfuhr es Charlotte überrascht. „Sieh mal einer an. Herr Eck." Sie dachte an den spektakulären Henker-Fall vom vergangenen November. War es nur Zufall, dass der Name Eck wieder in Verbindung mit einem Mordfall auftauchte, oder hatte er seine Finger mit im Spiel?

„Wann haben Sie Herrn Hügelschäffer zum letzten Mal gesehen?"

„Am Dienstag im Rahmen einer Präsentation im Rathaus."

„Worum ging es dabei?"

„Die Stadt hat einen Wettbewerb ausgeschrieben zur gastronomischen Aufwertung des Geländes westlich der Großen Straße. Herr Eck hat einen Vorschlag eingereicht und diesen am Dienstag dem Gremium vorgestellt. Herr Hügelschäffer war Mitglied des Gremiums."

Charlotte sah sich interessiert um.

„Westlich der Großen Straße. Also genau hier? Und wie sieht der Vorschlag aus?"

Franziska Haas legte besorgt die Stirn in Falten. „Ich weiß nicht, ob ich Ihnen darüber Auskunft geben darf. Noch ist alles streng geheim." Sie warf einen schnellen Blick auf ihre Uhr. „Kann ich dann gehen? Ich muss in einer halben Stunde im Büro sein. Herr Eck hasst Verspätungen."

„Frau Haas", versuchte Charlotte die junge Frau zu beruhigen. „Wir müssen Ihnen leider noch einige Fragen stellen und anschließend Ihre Aussage noch zu Protokoll nehmen. Das wird sicherlich noch eine Weile dauern. Am besten, Sie rufen kurz im Büro an und sagen Bescheid, dass Sie heute nicht mehr kommen. Ich bin sicher, Ihr Chef hat Verständnis dafür. Immerhin haben Sie einen Toten gefunden."

Tränen liefen über Franziskas Gesicht.

„Er hat für gar nichts Verständnis", schluchzte sie. „Er denkt immer nur an sich." Erschrocken starrte sie Charlotte an. „Das dürfen Sie ihm aber nicht sagen, sonst bin ich sofort meinen Job los."

„Keine Sorge, ich kenne Herrn Eck bereits ein bisschen und kann mir vorstellen, was Sie damit meinen. Ist es Ihnen lieber, wenn wir bei Ihnen im Büro anrufen?"

Franziska wischte sich über das verheulte Gesicht. „Nein, nein, das mache ich schon selbst. Haben Sie ein Handy für mich? Ich habe beim Laufen nie eines dabei."

Charlotte zog ihr Handy aus der Tasche, gab die PIN ein und reichte den Apparat weiter.

„Ich warte draußen", meinte sie noch und verließ den Krankenwagen. Nachdenklich lehnte sie sich an das Fahrzeug und verschränkte die Arme.

Und wieder einmal Friedhelm Eck ...

Was heckte er diesmal aus? Nach dem Tod der Sprecherin

der Bürgerinitiative war es ruhig um die Aktionen im Lochgefängnis geworden. Was hat er jetzt für den Volkspark Dutzendteich geplant? Ob er sich wieder so geschmacklose Aktionen ausgedacht hat? Womöglich will er seine fingierten Hinrichtungen vor der Kulisse der Kongresshalle inszenieren? Ihm wäre alles zuzutrauen.

Trotz aller Phantasie musste Charlotte vorsichtig sein. Bis jetzt war es einfach nur so, dass jemand erschlagen wurde, den Eck gekannt hatte.

Mehr nicht.

Deshalb hatte er noch lange kein Motiv, jemanden umzubringen. Es gab sicher auch noch andere Leute, die den Toten gekannt und beruflich mit ihm zu tun gehabt hatten. Als Lebensmittelkontrolleur hatte er bestimmt nicht nur Freunde.

Charlotte war gespannt, mehr über Karl Hügelschäffer zu erfahren und freute sich darauf, Herrn Friedhelm Eck wieder einmal einen dienstlichen Besuch abstatten zu dürfen.

12

Im kleinen *café al fiume* auf der Trödelmarktinsel wurde es langsam ruhiger. Charlotte und Torsten hatten es sich an ihrem Lieblingsplatz am Fenster gemütlich gemacht und genossen den ersten Schluck Espresso.

„Und? Was sagt unser Teichwächter?", erkundigte sich Charlotte. „Wie viele Sünden hast du dir anhören müssen?"

Die beiden hatten beschlossen, die ersten Aussagen nicht in der Hektik des Büros zu besprechen, sondern ganz entspannt in ihrem Lieblingscafé.

„Frage nicht", stöhnte Torsten matt. „Mir klingeln jetzt noch die Ohren von all den Verfehlungen, derer sich unsere respektlosen Mitbürger angeblich schuldig gemacht haben. Dass bei so viel krimineller Energie unsere Gefängnisse nicht längst aus allen Nähten platzen, grenzt an ein Wunder." Um seiner Erschöpfung noch zusätzlich Ausdruck zu verleihen, wischte er sich demonstrativ mit einem Taschentuch über die erhitzte Stirn. „Am Dutzendteich werden offensichtlich pausenlos die grundsätzlichsten Regeln gesellschaftlichen Zusammenlebens mit Füßen getreten. Von den moralischen oder ökologischen ganz zu schweigen."

Charlotte grinste amüsiert.

„Da zerstören junge Leute mutwillig den Rasen, lassen achtlos ihren Müll liegen und traktieren rücksichtslos das Gehör Unschuldiger mit überlautem Lärm, den sie auch noch als Musik bezeichnen."

Man konnte aus Torstens geschwollener Ausdrucksweise eindeutig den Teichwächter heraushören. Er hatte sogar seine eigentlich tiefe Tonlage etwas angehoben, was nahe an die unangenehme Fistelstimme von Waldemar Rossdeutsch herankam.

Charlotte hatte fast ein schlechtes Gewissen, ihrem Praktikanten diese Aufgabe zugemutet zu haben, aber als Polizist kann man sich nicht immer die Rosinen herauspicken.

„Kam auch etwas Verwertbares heraus?"

„Das kann man noch nicht so genau sagen. Es sind täglich nahezu hundert Einträge, die geprüft werden müssen. Erstaunlicherweise sind auch etliche Adressen und Telefonnummern verzeichnet. Es sieht so aus, als hätten ihm manche Leute sogar ihre Daten gegeben."

„Hast du auch Sandra und mich gefunden?"

„Selbstverständlich", bestätigte er ernst. „Euer Fehlverhalten füllt immerhin eine halbe Seite. Aber es wurde auch wohlwollend notiert, die jungen Damen hätten sich reumütig gezeigt."

„Dann ist ja alles gut. Gibt es eine Aussage über letzte Nacht? Hat er irgendjemanden bemerkt, der sich auffällig verhalten hat?"

„Du meinst noch auffälliger als Inliner fahren und Musik hören?"

„Du weißt schon, was ich meine."

„Nein. Um Punkt 18:00 Uhr hat der Teichwächter Feierabend. Dann fährt er mit seinem Fahrrad nach Hause und wertet die gesammelten Daten aus."

Charlotte seufzte. Sie hatte gehofft, in den Aufzeichnungen des Mannes auch etwas über die Tatnacht zu finden. Sie würden aber trotzdem nicht umhin kommen, die Dokumente durchzuarbeiten.

„Ich habe von Matthias erste Infos zum Opfer bekommen", berichtete sie. „Er wurde 1962 in Meiningen / Thüringen geboren und kam 1990 nach Nürnberg, war unverheiratet und hatte keine Kinder. Andere Verwandte gibt es wohl auch keine. Seit Ende 1990 arbeitete er bei der Stadt Nürnberg. Er galt als sehr zuverlässig und streng. Matthias schickt uns seine Adresse aufs Handy, damit wir uns seine Wohnung ansehen können."

„Und in der Zwischenzeit könnt ihr bestimmt einen Espresso und etwas Süßes brauchen", meinte Attila Benkö, der Besitzer des Cafés und Charlottes ehemaliger Chef schmunzelnd. Er setzte sich zu ihnen und stellte ein Tellerchen köstlich duftender Kekse auf den Tisch.

„Habt ihr einen neuen Fall?"

Charlotte griff glücklich nach den Leckereien und steckte sich gleich zwei auf einmal in den Mund.

„Fiet man unf daf an?", presste sie mit vollem Mund hervor und verteilte damit unfreiwillig eine Handvoll Brösel über ihre Hose.

„Ich schon", bestätigte Attila augenzwinkernd. „Worum geht es denn?"

Vor etwa zwei Jahren hatte Attila den Dienst quittiert und gemeinsam mit seiner Frau Mariella die kleine Espressobar in der Nürnberger Altstadt eröffnet. Zu Charlottes Bedauern hatte er genug gehabt von Mord und Totschlag und wollte sich ganz seiner großen Leidenschaft widmen: dem Espresso. Seine Frau probierte immer neue Plätzchenrezepte aus, während er sich in Sachen Espressobohnen und neuester Röstverfahren verwirklichte. Bisher hatte er seine Entscheidung noch keine Sekunde bereut, wenngleich er trotz allem noch durch und durch Polizist war und mit regem Interesse die Arbeit seiner ehemaligen Assistentin verfolgte. Vor zwei Monaten war er selbst in einen Fall verwickelt gewesen und seine Frau beinahe zum Opfer geworden. Er dachte noch manchmal mit Schrecken an die Verfolgungsjagd durch das unterirdische Labyrinth der Felsengänge. Doch das war vorbei und sein kriminalistischer Spürsinn wieder erwacht.

„Wir haben heute morgen draußen am Dutzendteich einen Toten gefunden."

„Oha! Diesmal also kein unterirdischer Tatort?"

„Das macht es auch nicht viel besser", meinte Charlotte nüchtern und kratzte mit ihrem Löffel den letzten Rest Kaffee aus der Tasse.

„Stell dir vor, wer den Toten gefunden hat."

Attila blickte sie neugierig an.

„Die Assistentin von Friedhelm Eck."

„Der Friedhelm Eck mit den Lochgefängnis-Aktionen?"

„Genau der."

„Und? Hat er etwas damit zu tun? Wer ist denn der Tote?"

„Es war Leiter der Lebensmittelkontrolle beim Ordnungsamt Nürnberg. Und Eck hat ihn gekannt."

Attila runzelte die Stirn.

„Du meinst aber nicht Karl Hügelschäffer, oder?"

Jetzt war Charlotte diejenige, die ein ungläubiges Gesicht aufsetzte.

„Du kanntest ihn auch?"

„Aber natürlich. Jeder Gastronom in Nürnberg kennt ihn, beziehungsweise kannte ihn. Und jetzt ist er tot?"

„Man hat ihm mit einem Stein den Schädel eingeschlagen. Wie war er so?"

Attila überlegte.

„Naja, was soll ich sagen? Er hat keinen Spaß verstanden, nicht das Geringste durchgehen lassen, immer zu hundert Prozent auf die Einhaltung der Vorschriften gepocht. Kein Aufschub, keine Ausreden, keine Kompromisse. So viel ich weiß, wurde so mancher Betrieb aufgrund seiner Einschätzung geschlossen."

„Du meinst, er könnte einige Feinde gehabt haben?", fragte Charlotte vorsichtig.

„Kann sein. Hügelschäffer war kein angenehmer Mensch. Wenn der Betrieb ordentlich geführt war, hatte man nichts zu befürchten, aber wehe, es gab eine Beanstandung."

„Dann ...?"

„Dann konnte er sehr unangenehm werden. Ich habe von Kollegen gehört, dass er jede Kleinigkeit in seinen Berichten erwähnte und dann viel zu wenig Zeit gab, den Missstand zu beseitigen. Man konnte dann angeblich den Laden für drei Tage dicht machen und mit der ganzen Belegschaft ununterbrochen putzen, bis alles so war, dass es seinen überzogenen Ansprüchen genügte."

„Na, dann werden wir uns wohl mal eine Liste all derjenigen besorgen, die in den Genuss dieser Aktivitäten gekommen sind", nahm sich Charlotte vor.

„Vor Kurzem hat er einen Würstchengrill dichtgemacht. Der Mann stand seit Jahren auf dem Volksfest. Dieses Jahr nicht mehr."

„Schwieriges Thema", grübelte Charlotte. „Aus der Sicht einer Verbraucherin ist es natürlich wichtig, dass auf

Lebensmittelhygiene geachtet wird. Es ist ja schon manchmal ekelig, was in diesen Fernsehsendungen alles gezeigt wird: völlig verdreckte Küchen, verschimmeltes Fleisch und Ungeziefer."

„In so einem Fall muss der Betrieb natürlich geschlossen werden, aber nur weil jemand Ketchupränder auf dem Tresen hat und seinen Spüllappen einen Tag zu lange benutzt hat, muss ich ihm doch nicht gleich die Konzession entziehen."

Eine leise Melodie drang aus Charlottes Tasche. Sie zog ihr Handy heraus und sah auf das Display.

„Eine Nachricht von Matthias. Er hat was für uns. Vielen Dank für die Infos und den Kaffee, Attila. Wir halten dich auf dem Laufenden."

Matthias Steffens war die gute Seele im Präsidium. Nach einem schweren Motorradunfall vor einigen Jahren saß er im Rollstuhl und übernahm seither die Recherche- und Koordinationsarbeiten. Kaum eine Information, die er nicht beschaffen konnte. Jetzt hatte er die Adresse Hügelschäffers per SMS geschickt und angekündigt, einen Kollegen von der Spurensicherung ebenfalls zur Wohnung zu schicken.

„Der Mann lebte alleine", teilte Charlotte ihrem Praktikanten mit, als sie vor dem Café auf der Karlsbrücke standen. „Er wohnte in der nördlichen Altstadt in der Nähe des Ordnungsamtes. Die Adresse klingt interessant: Sieben Zeilen 8-10."

„Ist das dein Ernst?", fragte Torsten ungläubig. „Wo soll das denn sein?"

„Oben beim Paniersplatz. Dort haben früher die Weber gewohnt", erklärte Charlotte stolz. So manche Information über die Stadtgeschichte war bei ihr hängengeblieben, wenn auch das meiste, worüber ihr Freund Tim manchmal referierte, wenige Sekunden später wieder vergessen war.

Die beiden machten sich zu Fuß auf den Weg, denn das Autofahren in der Nürnberger Altstadt war kein Vergnügen. Da waren die vielen Fußgängerzonen, die engen Gässchen und Einbahnstraßen. Nicht zu vergessen die gesperrte Durchfahrt vom östlichen in den westlichen Teil der Altstadt. So mancher Besucher oder Tourist war schon an der unübersichtlichen Verkehrsführung verzweifelt.

„Schon interessant, was Attila da über Hügelschäffer gesagt hat", begann Torsten. „Er hat ihn auch gekannt - genauso wie Friedhelm Eck."

„Und du meinst, er ist damit genauso verdächtig oder unverdächtig wie alle anderen Gastronomen der Stadt auch?"

„Ist doch so", bekräftigte er. „Ich finde nur, wir sollten mit möglichen Verdächtigungen vorsichtig sein."

„Da hast du natürlich recht. Trotzdem war er aktuell an diesem Wettbewerb für die Aufwertung des Geländes am Dutzendteich beteiligt - und Attila nicht."

Torsten warf ihr einen schrägen Blick zu.

„Spaß beiseite", beschwichtigte Charlotte schnell. „Wir müssen herausfinden, worum es bei diesem Wettbewerb geht, wie Ecks Konzept aussieht und wer noch Vorschläge eingereicht hat. Außerdem brauchen wir die Liste der Betriebe, die Hügelschäffer in den letzten Wochen und Monaten besucht hat - und natürlich die entsprechenden Ergebnisse."

„Warte mal kurz", bat Torsten, zog sein Smartphone heraus und schickte Matthias eine Sprachnachricht.

Charlotte nickte ihm anerkennend zu.

„Gut, dann haben wir vielleicht schon Ergebnisse, wenn wir wieder zurück im Büro sind." Sie schielte noch einmal auf Torstens Gerät. „Kann ich das mit meinem Handy auch?"

„Was?"

„Na, eine Sprachnachricht schicken? Das geht ja viel schneller und man muss nicht so umständlich tippen."

Torsten schenkte seiner Chefin einen mitleidigen Blick.

„Vielleicht wäre es an der Zeit, dass dir Tim mal einen Vortrag über die Funktionen eines modernen Smartphones hält, statt immer nur in der Vergangenheit zu wühlen?"

Charlotte lachte auf. „Tim? Der hat nicht einmal ein Smartphone. Er sagt, er komme noch gut mit seinem Tastenhandy zurecht. Immerhin könne man damit ja auch telefonieren."

Torsten seufzte resigniert. „Euch ist echt nicht zu helfen."

13

Das Anwesen mit der bemerkenswerten Adresse *Sieben Zeilen 8-10* war eines von sieben langgestrecken, zweistöckigen Häusern, die parallel zueinander den Hügel hinab gebaut waren. Zwischen den Häuserzeilen parkten Autos, standen Roller, Kinderwagen und Mülltonnen. Charlotte zählte acht Parteien auf dem Klingelschild.

„Jetzt dachte ich, ich kenne mich in der Altstadt gut aus, aber hier war ich noch nie." Verblüfft sah sich Torsten um. „Das ist ja richtig idyllisch."

Der junge Mann kam aus der Oberpfalz und war erst vor einem halben Jahr nach Nürnberg gezogen. Er verfügte über einen bewundernswerten Orientierungssinn und könnte problemlos sofort seinen Taxischein machen. Er kannte sich deutlich besser aus als Charlotte, obwohl diese in Nürnberg geboren war und bisher alle 34 Jahre ihres Lebens hier verbracht hatte.

Obwohl sie wussten, dass Hügelschäffer alleine hier gemeldet war, klingelten sie. Erwartungsgemäß öffnete niemand. Leider hatten sie bei dem Toten keine Schlüssel gefunden und mussten nun auf den Mitarbeiter der Spurensicherung warten, der auch für das Öffnen der Tür zuständig war.

„Hallo, ihr beiden", begrüßte sie ein junger Mann und parkte sein Fahrrad samt Hänger neben dem Haus. „Das ist ja ein Timing."

„Grüß dich, Fabian. Pünktlich wie immer", freute sich Charlotte, ihn zu sehen. Fabian Rohleder war sehr sportlich und fuhr, wann immer es möglich war, mit dem Fahrrad zur Arbeit. Neuerdings hatte er sein Gefährt mit einem professionellen Anhänger versehen, um auch seine ganze Ausrüstung transportieren zu können. Das Highlight des

Jahres war für ihn die Teilnahme am Triathlon in Roth, bei dem er als Radfahrer in einer Staffel an den Start ging. Und dafür trainierte er wann immer es ging.

Er nahm den Helm ab, zog einen beachtlich großen Koffer aus dem Anhänger und öffnete ihn.

„Hier", meinte er und reichte Torsten und Charlotte zwei Paar Plastik-Überziehschuhe und Handschuhe. „Zieht das an."

„Lasst uns erst reingehen", schlug Charlotte vor. Sie hatte schon die ersten neugierigen Gesichter hinter den Gardinen an den Fenstern der Nachbarhäuser entdeckt.

„Gut, wenn du meinst." Fabian warf die Plastikschuhe wieder zurück in den Koffer und schob die Haustür auf.

„Nach euch", lächelte er galant und ließ seinen Kollegen den Vortritt.

Das Treppenhaus war klein, die Holztreppe schmal mit ausgetretenen Stufen. Es roch nach Bohnerwachs. Hügelschäffers Wohnung lag im ersten Stock. Vor der Wohnungstür stand ein kleines, hölzernes Regal mit drei Paar Schuhen, die alle frisch geputzt und poliert aussahen.

Mit wenigen Handgriffen hatte Fabian das Schloss geknackt.

„Ich frage mich wirklich, wofür die Schlüsseldienste so viel Geld verlangen, wenn das alles so einfach geht", wunderte sich Charlotte. „Wolltest du dich nicht einmal als Schlüsseldienst selbständig machen?"

Fabian machte ein ernstes Gesicht. „Ich denke jeden Morgen intensiv über diese Alternative nach, aber solange ich hier so kompetente Kollegen habe, müssen die geschlossenen Türen dieser Stadt noch etwas warten. Hier habt ihr eure Plastiktüten."

Charlotte und Torsten betraten langsam den düsteren Flur. Das Plastik an ihren Füßen raschelte leise. Es fühlte sich immer falsch an, in die Wohnung eines Menschen einzudringen, der nicht mehr am Leben war, nicht mehr in der Lage, seine Erlaubnis zu geben, oder den Zutritt zu verweigern. Vielleicht war er gestern um diese Zeit noch zu Hause gewesen, hatte sich etwas gekocht oder einen Kaffee getrunken und sicherlich nicht geahnt, dass dies sein letzter Tag sein würde. Irgendwann hatte er die Wohnung verlassen, um nie mehr zurückzukommen.

Jetzt waren drei Fremde in der Wohnung, drei Menschen, die in die Intimsphäre des Mannes eindringen, alles durchwühlen, das Innerste nach außen kehren würden.

Charlotte fühlte sich immer unbehaglich in dieser Situation, hatte Skrupel, die Schubladen zu öffnen, in die Schränke, Kommoden und sogar Mülleimer zu sehen, Unterlagen zu durchwühlen und persönliche Gegenstände an sich zu nehmen. Andererseits war es nötig, sich ein Bild von dem Menschen zu machen, der gewaltsam aus dem Leben gerissen wurde, zu sehen, wie er gelebt, wen er gekannt und wen er sich möglicherweise zum Feind gemacht hatte. Wenn sie auch den Opfern nicht mehr helfen konnte, so konnte sie doch zumindest denjenigen finden, der für ihren Tod verantwortlich war. Und dazu musste sie jede noch so unscheinbare Kleinigkeit genau in Augenschein nehmen.

Die Wohnung bestand aus einem kleinen Schlafzimmer, einem Wohnraum mit Küchenzeile und einem winzigen Bad. Die Räume waren spärlich möbliert, penibel aufgeräumt und wirkten beinahe steril. Es gab nichts Persönliches, keine Fotos, keine Bilder an den Wänden. Alles wirkte trostlos, einsam und kalt. Charlotte zog ihre Jacke fester um den Körper. Im Flur gab es lediglich zwei Garderobenhaken. An einem der beiden hing ein dunkelgraues Jackett an einem Kleiderbügel, der andere Haken war leer. Es standen keine Schuhe herum wie bei ihr zu Hause, keine Kommode voller Krimskrams, kein übervolles Schlüsselbrett, keine Mülltüte, die darauf wartete, hinunter gebracht zu werden. Auch die anderen Zimmer waren so ordentlich, dass die Wohnung ungemütlich und unbewohnt wirkte. Nirgends lagen Zeitschriften, Werbung oder schmutzige Wäsche, Bücher, benutzte Gläser oder leere Joghurtbecher. Die Küchenzeile war sauber, die Spüle glänzte, es stand kein Topf herum, keine Schüssel, keine Tasse. Auf dem Tisch gab es keine Krümel, die vier Stühle standen akkurat mit der Lehne an der Tischplatte.

Charlotte war sich sicher, dass sich ihre Wohnung niemals in einem so perfekt aufgeräumten Zustand befunden hatte. Nicht einmal kurz bevor sie mit Tim zu ihrer vierwöchigen

Reise nach Ägypten aufgebrochen war.

Entweder war Karl Hügelschäffer ein Ordnungsfanatiker gewesen, oder er hatte vorgehabt, für längere Zeit zu verreisen. Charlotte öffnete den Kühlschrank und entdeckte einen geöffneten Beutel Milch, eine Flasche Bier und eine Dose mit etwas Wurst und Käse.

Also Ordnungsfanatiker.

„Es sieht nicht so aus, als gebe es hier Spuren für mich zu sichern." Fabian Rohleder packte sein Werkzeug zurück in den Koffer. „Ich fahre zurück ins Büro. Meldet euch, wenn ihr mich braucht."

„Alles klar. Bis später", verabschiedete sich Charlotte und ging ins Schlafzimmer. Torsten stand neben dem schmalen, mit einer geblümten Tagesdecke abgedeckten Bett und wies auf den geöffneten Kleiderschrank. Neben ordentlich zusammengelegten Pullovern, perfekt gebügelten Hemden, einem Häufchen weißer Feinripp-Unterwäsche und etlichen schwarzen Socken hingen mehrere Bügelfaltenhosen und Anzugjacken in verschiedenen Grautönen. Jeans, T-Shirts, Jogginghosen oder gar Sportkleidung konnte Charlotte nirgends entdecken.

Dafür waren zwei Regalböden mit sorgfältig beschrifteten und alphabetisch sortierten Aktenordnern gefüllt.

„Ich denke, daran könnten wir uns ein Beispiel nehmen", meinte Torsten schmunzelnd. Auch er war nicht gerade mit einem ausgeprägten Ordnungssinn gesegnet und starrte ungläubig auf die Ordner mit Aufschriften wie *Finanzamt*, *Versicherungen* und *Bank*.

„Es ist doch auch mal schön, wenn wir alles fein säuberlich serviert bekommen und uns nicht erst durch Berge von Schmutzwäsche, Müll oder Papierhaufen wühlen müssen, um an die relevanten Unterlagen zu kommen", meinte Charlotte, zog den *Bank*-Ordner heraus und setzte sich damit auf den Boden. „Vielleicht sind wir dann umso schneller fertig und können pünktlich Feierabend machen."

Torsten schielte sie über den Rand seiner Brille ungläubig an. „Dein Wort in Gottes Gehörgang."

„Du hast die Wahl zwischen *Finanzamt*, *Versicherungen*, *Zeugnisse*, oder *Bewerbungen*. Such dir das Spannendste aus", setzte sie grinsend hinzu und vertiefte sich in die Kontoauszüge ab 1993.

Nach wenigen Minuten wurden ihre Augenlider schwer und sie musste aufpassen, dass sie nicht einschlief. Es sah so aus, als habe dieser Mann ein so langweiliges, eintöniges Leben geführt, dass Charlotte posthum Mitleid mit ihm bekam. Dabei war er nur etwas mehr als zehn Jahre älter als sie selbst. Die Kontobewegungen waren Monat für Monat nahezu identisch: Gehalt, Miete, Nebenkosten, Telefon, immer gleiche Barabhebungen der immer gleichen Summe zum immer gleichen Zeitpunkt im Monat. Es war kaum einmal eine Kartenzahlung vermerkt, von einer Kreditkarte ganz zu schweigen. Stöhnend stand sie auf und streckte sich ausgiebig, um die Müdigkeit zu vertreiben.

„Und? Bist du fündig geworden?", fragte sie Torsten, der nach wie vor konzentriert in Rechnungen und Anschreiben vertieft war.

„Hmm", brummte er. „Ich habe es gleich."

Plötzlich hörten sie, wie langsam ein Schlüssel ins Schloss der Wohnungstür gesteckt und vorsichtig umgedreht wurde. Erschrocken blickte sie Torsten an.

Hatte Hügelschäffer doch nicht alleine hier gewohnt?

Die Tür wurde schwungvoll aufgerissen.

„Hallo!!! Wer sind Sie und was tun Sie hier?!", schrie eine alte Dame in Kittelschürze und Lockenwicklern im lila schimmernden Haar. In der Hand hielt sie ein beachtlich großes Küchenmesser, das auf die vermeintlichen Eindringlinge gerichtet war. „Ich rufe sofort die Polizei!"

„Oh, entschuldigen Sie bitte", versuchte Charlotte, die Dame zu beruhigen. „Wir sind von der Polizei." Sie kramte ihren Dienstausweis hervor. „Gerlach, Kriminalhauptkommissarin Gerlach. Das ist mein Kollege Klein."

Die Dame funkelte die beiden an und machte keine Anstalten, ihre Waffe aus der Hand zu legen. Im Gegenteil: Sie kam immer näher auf Charlotte zu und fuchtelte gefährlich mit dem Messer vor ihrer Nase herum.

„Das kann ich nicht lesen, junge Frau. Was haben Sie hier zu suchen?"

„Bitte nehmen Sie doch das Messer weg und setzen Sie Ihre

Brille auf", versuchte nun Torsten sein Glück. „Sie hängt um Ihren Hals." Er hatte ein gutes Gespür für ältere Damen und traf oft den richtigen Ton. So auch in diesem Fall.

„Ja, natürlich."

Die Dame ließ das Messer sinken, griff zu ihrer Brille und studierte ausgiebig Charlottes Ausweis.

„So, Sie sind also von der Polizei", murmelte sie vor sich hin und lehnte sich erschöpft an die Wand.

Torsten eilte zu ihr, nahm das Messer an sich und führte sie ins Wohnzimmer.

„Setzen Sie sich doch", meinte er galant. „Möchten Sie ein Glas Wasser?"

Die alte Dame schüttelte den Kopf. „Nein, danke, es geht schon wieder. Ich bin nur eine solche Aufregung nicht mehr gewöhnt."

„Sind Sie eine Nachbarin?"

„Ja, mein Name ist Süß, Elvira Süß. Ich wohne gegenüber. Es tut mir leid, dass ich Sie erschreckt habe, aber Herr Hügelschäffer hat nie Besuch bekommen, vor allem nicht am Nachmittag. Als ich dann bemerkt habe, dass Sie in die Wohnung eingedrungen sind, ..."

Torsten legte ihr verständnisvoll die Hand auf den Arm. „Da ist es verständlich, dass Sie sich Sorgen gemacht haben."

„Was tun Sie hier? Ist etwas passiert?" Sie legte ihre ohnehin schon runzelige Stirn noch mehr in Falten. „Es muss doch etwas passiert sein, sonst würde doch nicht die Polizei ..."

„Sie haben recht, Frau Süß. Herr Hügelschäffer ist leider verstorben."

„Nein!" Elvira Süß riss die Augen auf und schlug sich beide Hände vor den Mund. „Wie ist das passiert? Er war doch noch so jung."

„Er ist leider Opfer eines Verbrechens geworden", erklärte Torsten so einfühlsam wie möglich.

Frau Süß wurde blass.

Charlotte holte nun doch ein Glas Wasser und reichte es ihr.

„Das ist ja entsetzlich", flüsterte die Dame, nachdem sie das Glas geleert hatte. „Er war ein so netter, freundlicher und hilfsbereiter Mann. Wer könnte einen Grund gehabt haben, ihn ...?"

„Wir wissen es nicht, deshalb sind wir ja hier. Können Sie uns etwas über ihn erzählen?"

„Er hat immer freundlich gegrüßt und hat oft für mich eingekauft. Ich bin jetzt 85 Jahre alt und kann nicht mehr so wie früher. Wissen Sie, mein Mann ist schon vor langer Zeit gestorben und meine Kinder wohnen weit weg. Da war ich froh, dass ich einen so netten Nachbarn hatte, der mich etwas unterstützt hat."

„Das glaube ich. Sie sagten, Herr Hügelschäffer hatte nie Besuch?"

„Nein, ich habe so gut wie nie jemanden bei ihm gesehen."

Die Aussage der Nachbarin bestätigte Charlottes Vermutung. Die Wohnung machte nicht den Eindruck, als sei ihr Bewohner sehr gastfreundlich oder gesellig gewesen.

„Was meinen Sie mit: so gut wie? Kam manchmal doch jemand?"

Frau Süß überlegte. Langsam kehrte wieder etwas Farbe in ihr Gesicht zurück.

„Naja, vielleicht einmal im Monat."

„Wissen Sie, wer das war?"

„Nein, ich habe nur die Tür gehört und jemanden auf der Treppe. Ich spioniere doch keinem hinterher."

„Das wollte ich auch nicht damit sagen", lächelte Charlotte versöhnlich. „War Herr Hügelschäffer oft zu Hause? Die Wohnung ist so aufgeräumt."

Die alte Dame lächelte. „Nicht wahr? So ein ordentlicher Mensch. Nie hat er Lärm gemacht, immer fleißig die Treppe geputzt. Natürlich war er oft zuhause. Immer dann, wenn er nicht auf dem Amt oder in Italien war."

„In Italien?" Charlotte stutzte. Das passte irgendwie nicht in das Bild, das sie von dem Toten hatte.

„Ja, er hatte dort ein Ferienhaus auf einer kleinen Insel. Dort war er oft. Er konnte ja kein Auto fahren mit seinem Bein."

„Stimmt. Er hatte eine Prothese."

„Er war so tapfer." Es hörte sich fast so an, als spräche Frau Süß von einem kleinen Jungen, der sich das Knie aufgeschlagen hatte und nicht von einem 47-jährigen Mann. Offenbar sah sie in ihm so etwas wie einen Ersatz für ihre

Kinder, die offensichtlich nicht oft zu Besuch kamen.

„Wissen Sie, was mit seinem Bein passiert ist?"

„Nein, wo denken Sie hin. Darüber hat er nicht mit mir gesprochen."

„Hat er Ihnen gegenüber jemanden erwähnt, mit dem er Probleme hatte?"

Frau Süß schüttelte den Kopf. „Er war so ein lieber Mensch. Ich kann mir nicht vorstellen, dass er mit irgendjemandem nicht zurecht gekommen ist."

„Vielen Dank, Frau Süß."

Charlotte hatte nicht das Gefühl, dass ihnen die alte Dame im Moment noch weiterhelfen konnte. Karl Hügelschäffer war für sie der perfekte Mensch gewesen, der perfekte Nachbar, ohne Fehl und Tadel.

„Sagen Sie, wer kümmert sich denn jetzt um seinen Garten? Er war immer so stolz auf sein selbstgezogenes Gemüse."

„Er hatte einen Garten? Wo denn?"

„Das weiß ich leider nicht, aber fragen Sie doch unseren Vermieter, Herrn Jaksch. Von ihm hat Herr Hügelschäffer den Kleingarten gepachtet."

„Haben Sie eine Adresse oder Telefonnummer von Herrn Jaksch?"

„Aber natürlich. Kommen Sie mit hinüber, ich gebe Ihnen die Nummer."

Torsten half ihr hoch und begleitete sie zur Tür.

Elvira Süß verschwand in ihrer Wohnung und reichte Torsten wenig später einen Zettel mit einer Telefonnummer.

„Danke, Sie haben uns sehr geholfen. Wir melden uns bei Ihnen, wenn wir noch Fragen haben."

Frau Süß blickte ihn an. „Wie ist er gestorben?"

„Er wurde erschlagen", antwortete Torsten kurz. „Der Arzt hat gemeint, er habe nicht gelitten."

Die Augen der alten Frau waren unfassbar traurig. Sie kniff die Lippen zusammen. „Bitte finden Sie den Schuldigen."

14

Am frühen Nachmittag verließen Charlotte und Torsten die Sieben Zeilen und machten sich auf den Weg zurück zum Präsidium. Die Stimmung war etwas gedrückt. Beide dachten an die alte Frau, die nun ohne die Unterstützung eines hilfsbereiten Nachbarn ihren Alltag meistern musste.

Manchmal fiel es Charlotte schwer, eine professionelle Distanz zu all den Schicksalen aufzubauen, die ihr im Rahmen ihrer Arbeit begegneten. Sie liebte ihre Arbeit, liebte es, der Wahrheit auf die Spur zu kommen und Gerechtigkeit walten zu lassen. Wenn es aber darum ging, Angehörige über den Tod eines geliebten Menschen zu informieren, oder Müttern erzählen zu müssen, dass ihr Sohn ein Mörder ist, wünschte sie sich noch immer weit, weit weg. Vielleicht würde sie mit den Jahren abgebrühter werden, vielleicht war es aber genau die Menschlichkeit, die sie brauchte, um den Job gut zu machen?

„Alles klar?", fragte Torsten mit einem besorgten Unterton in der Stimme. Allem Anschein nach hatte ihr Praktikant auch eine gehörige Portion dieser Menschlichkeit zur Verfügung - und das schätzte sie sehr an ihm.

„Ja, ja, alles gut. Ich muss nur noch an Frau Süß denken."

„Die schafft das schon", meinte Torsten zuversichtlich. „Da bin ich mir ganz sicher."

„Ich hoffe, du hast recht." Sie atmete zweimal tief durch. „Was haben wir?"

„Unser Opfer war ein vorbildlicher Nachbar, der ordnungsliebend und vermutlich nicht sehr gesellig war. Er arbeitete als Lebensmittelkontrolleur beim Ordnungsamt, trug eine Beinprothese, hatte ein Ferienhaus auf einer italienischen Insel und einen Kleingarten. Er hatte kein Auto, kein Handy und keinen Computer."

„... was doch einigermaßen erstaunlich ist", ergänzte Charlotte. „Dass Frau Süß ohne diese technischen Geräte auskommt, leuchtet mir ein, aber ein Mann Mitte vierzig? Kann es wirklich sein, dass er all diese Dinge nicht hatte?"

„Er könnte sie anderswo aufbewahrt haben."

„Wo denn?"

„Vielleicht gibt es ein Gartenhaus?"

„Das sollten wir herausbekommen. Was fehlt uns noch?"

„Die Verbindungsdaten des Festnetzanschlusses, Infos über mögliche weitere Konten, über dieses italienische Ferienhaus und über den Garten. Außerdem fehlt noch die Liste der Betriebe, die er in den letzten Wochen und Monaten kontrolliert hat."

„Hmm, das klingt nach viel Arbeit."

„Richtig! Aber zum Glück unterstützt uns unser hochgeschätzter und motivierter Kollege Matthias."

„Auch richtig. Ich glaube, er hat erste Ergebnisse."

Charlotte zog ihr vibrierendes Handy aus der Hosentasche.

„Na also", meinte sie zufrieden. „Hügelschäffer hatte einen Kleingarten im Burggraben gepachtet. Er muss hier ganz in der Nähe sein." Sie wollte den Apparat eben wieder einstecken, als er erneut vibrierte.

„Jens", meinte sie, zog eine Grimasse und nahm das Gespräch an. „Ja, Herr Doktor. Was gibt es? ... Jetzt?! ... Hat das nicht Zeit bis ... Ist ja schon gut. Ja, ich komme." Sie steckte das Handy genervt in die Tasche zurück und seufzte. „Ich fürchte, wir müssen unseren Kleingartenausflug auf morgen verschieben. Ich muss zur Obduktion."

„Soll ich mitkommen?", fragte Torsten tapfer. Auch er legte keinen großen Wert darauf, dabei zu sein, wenn Jens Kohlbrenner seiner Arbeit nachging.

„Nein, das ist nicht nötig", meinte Charlotte zu Torstens großer Erleichterung. „Geh lieber ins Büro und lass dich von Matthias auf den neuesten Stand bringen. Du weißt schon, die Liste mit den Betrieben, ..."

„Ja, Chefin, ich weiß", unterbrach er sie. „Wir sehen uns dann später."

Nachdenklich saß Charlotte drei Stunden später in der

Straßenbahn auf dem Weg zum Präsidium. Sie hatte das Gefühl, der Geruch nach Desinfektionsmittel und Verwesung hing noch immer in ihrer Kleidung, klebte förmlich auf ihrer Haut. Am liebsten würde sie sich sofort unter die heiße Dusche stellen, doch das musste noch etwas warten. Sie wollte mit Torsten das Ergebnis der Obduktion besprechen und hören, was er für Neuigkeiten hatte. Leider hatten sie in der Wohnung Hügelschäffers keinen Hinweis auf ein Motiv oder gar einen Verdächtigen gefunden, auch nichts, was Friedhelm Eck in irgendeiner Form belasten könnte. Zugegebenermaßen war sie darüber fast etwas enttäuscht gewesen. Wie gerne hätte sie dem überheblichen Gastronomen etwas auf die Finger geschaut. Allerdings hatte er beim aktuellen Stand der Ermittlungen genauso viel oder wenig Grund, Hügelschäffer umzubringen oder umbringen zu lassen wie alle anderen Gastronomen Nürnbergs auch. Jetzt setzte sie ihre Hoffnung auf die Liste der Betriebe, die der Lebensmittelkontrolleur beanstandet oder gar geschlossen hatte.

Im Präsidium wurde es langsam ruhiger. Viele Kollegen hatten schon Feierabend, die ersten Putzkräfte schoben ihre voll beladenen Wagen durch die Flure.
„Hallo, Torsten", begrüßte Charlotte ihren Praktikanten und ließ sich müde auf den Schreibtischstuhl fallen. „Warst du recht fleißig?"
„Aber natürlich. Ich habe die Liste der Betriebe und so manche neue Information über unser Opfer. Und du? Was hat Jens gesagt?"
Charlotte streckte sich und verschränkte die Hände hinter dem Kopf. „Wie vermutet ist das Opfer an dem Schlag auf den Kopf gestorben", erzählte sie. „Sonst war er kerngesund. Kein Nikotin in der Lunge, eine gesunde Leber, kein Hinweis auf Drogen. Interessant ist allerdings sein Bein, oder besser der Stumpf." Sie machte eine dramaturgische Pause. „Jens hat an beiden Oberschenkeln Narben entdeckt, die darauf hinweisen, dass er möglicherweise sein Bein durch eine Mine verloren haben könnte", ließ sie die Katze aus dem Sack und sah Torsten triumphierend an.

„Eine Mine! Natürlich. Das erklärt einiges", rief Torsten und zog ein Blatt Papier unter einem Stapel Zettel hervor.

„Was meinst du damit?"

„Matthias hat recherchiert, dass Karl Hügelschäffer von Februar 1988 bis Januar 1990 wegen Republikflucht in der DDR im Gefängnis saß. Im März 1990, gleich nach seiner Freilassung, kam er nach Nürnberg. Vermutlich ist er bei einem Fluchtversuch über die innerdeutsche Grenze auf eine Mine getreten."

Charlotte nickte. „Das könnte passen. Die Frage ist nur, was das mit seiner Ermordung zu tun hat."

„Vielleicht gar nichts."

„Wir behalten es im Hinterkopf. Hast du dir die Betriebe mal durchgesehen?"

Erneut kramte Torsten einige Papiere heraus.

„Hier ist die Liste aller Betriebe, die Hügelschäffer in den letzten zwölf Monaten besucht hat. Es sind über vierzehn Cafés und Restaurants von Eck dabei."

„Und?"

„Keine Beanstandungen. Alles sauber, alles in Ordnung, alles prima."

„Warum wundert mich das gar nicht?", seufzte Charlotte frustriert. „Dieser Mann ist aalglatt."

Torsten warf ihr einen rügenden Blick zu. „Kann es sein, dass du Friedhelm Eck unbedingt auf der Anklagebank sehen willst? Warum denn? Was hast du gegen ihn?"

„Ach, ich mag ihn einfach nicht", gab Charlotte zu. „Die Art und Weise wie er Geschäfte macht, wie er mit seinen Mitarbeitern umgeht. Das ist nicht in Ordnung. Natürlich muss ich objektiv sein, mich an die Faktenlage halten und keine Partei ergreifen, was mir in diesem Fall allerdings besonders schwerfällt. Hast du den Würstchengrill gefunden, von dem Attila erzählt hat?"

„Ja, Moment", Torsten fuhr mit seinem Finger die Spalte entlang. „Hier. *Jo´s Würstchengrill.* Kontrolliert am 13. September 2009. Er musste den Laden sofort dichtmachen. Angeblich wegen eklatanter Hygienemängel."

„Gab es Probleme deswegen?"

„Das kann man so sagen. Matthias hat in den Akten etliche

Vermerke gefunden. Der Besitzer hat sich mehrmals beschwert. Erst bei Hügelschäffer selbst, dann bei seinem Vorgesetzten und schließlich sogar beim Oberbürgermeister. Als das alles nichts geholfen hat, ist er an die Presse gegangen, aber auch das war nicht von Erfolg gekrönt. Es ist sogar von Drohungen und tätlichen Übergriffen die Rede."

Charlotte horchte auf. „Wird das näher beschrieben?"

„Es scheint nicht wirklich dramatisch gewesen zu sein. Er hat Hügelschäffer angeblich auf offener Straße zur Rede gestellt und ihn dabei am Arm gepackt. Dabei soll er ihm gedroht haben."

„Wer ist denn der Mann?"

„Er heißt Joachim Kohl und wohnt am Volckamer Platz 10."

„Weißt du, wo das ist?", fragte Charlotte, gähnte herzhaft und sah auf ihre Uhr.

„In der Werderau, südlich vom Dianaplatz. Falls wir dem Mann heute noch einen Besuch abstatten wollen, müssten wir allerdings zum Volksfestplatz. Er betreibt seit zwei Monaten ein Fahrgeschäft."

„Ach, du liebe Zeit." Charlotte schüttelte den Kopf. „Abgesehen davon, dass ich für heute genug habe, glaube ich, dass es keinen Sinn macht, einen Schausteller am Freitagabend auf dem Volksfest zu befragen. Ich denke, es macht morgen Vormittag mehr Sinn."

„Klingt logisch. Dann lass uns doch jetzt noch zu diesem Garten in den Burggraben fahren", schlug Torsten vor. „Ich denke, das hilft uns weiter."

Er stand schwungvoll auf und warf sich seine Jacke über. Nach einigen Stunden Büroarbeit war er froh, wieder losziehen zu können, doch leider sah es nicht so aus, als ginge es Charlotte genauso.

„Es ist gleich halb acht. Wir sind seit über zwölf Stunden auf den Beinen. Lass uns doch morgen früh um acht mit dem Garten beginnen und anschließend zum Dutzendteich rausfahren."

„Aber ..."

„Torsten, dein Engagement in Ehren, aber ich habe auch noch ein Privatleben. Schlimm genug, dass wir wieder einmal kein Wochenende haben werden. Wir sehen uns morgen früh."

„Wie du meinst." Torsten setzte eine enttäuschte Miene auf. „Ich sortiere noch schnell die Unterlagen und gehe dann nach Hause."

„Mach nicht so lange. Tschüss."

Seufzend machte sich Torsten daran, die vielen Zettel und Papiere zu ordnen, die quer über seinen Schreibtisch verteilt waren, all die Listen, Ausdrucke, Protokolle. Als Letztes fiel ihm der Lageplan der Kleingärten im Burggraben in die Hände. Hügelschäffers Parzelle war mit gelbem Marker gekennzeichnet. Nur zu gerne würde er mal kurz nachsehen, ob es dort etwas Interessantes zu sehen gab. Wahrscheinlich war es lediglich ein Stückchen Rasen mit einigen Beeten und einem Apfelbaum. Fertig.

Trotzdem ließ ihm dieser Garten keine Ruhe.

Es kam ihm nach wie vor komisch vor, dass dieser Mann keinen Computer und kein Handy gehabt haben soll.

Was, wenn all das in einer kleinen, unscheinbaren Hütte zwischen Heckenschere und Rasenmäher versteckt war?

Was, wenn Herr Unscheinbar-Hügelschäffer in Wirklichkeit jede Menge kriminelle Energie hatte und von seinem grünen Hauptquartier aus seine Strippen zog?

Was, wenn all die grauen Anzüge, geputzten Schuhe und penibel genau geführten Ordner nur Tarnung waren?

Es kribbelte in Torstens Fingern, sein Gefühl sagte ihm, dass es höchste Zeit war für einen Ausflug in den Burggraben.

Jetzt! Und nicht erst morgen früh, wenn der Täter vielleicht schon alle Spuren beseitigt hatte.

Natürlich war ihm klar, dass diese Gedanken und Vermutungen sehr spekulativ waren. Charlotte würde sogar behaupten, seine Fantasie sei mit ihm durchgegangen, aber trotz allem ließ ihn der Verdacht nicht los. Er würde einfach auf dem Heimweg mal im Burggraben vorbeigehen und sich das Anwesen von außen anschauen. Ganz unverbindlich, ganz kurz.

Womöglich gab es gar kein Häuschen, sondern nur Beete und Gewächshäuser? Dann würde er Feierabend machen, und sie konnten sich am nächsten Morgen gleich auf das

Gespräch mit Joachim Kohl auf dem Volksfest konzentrieren. In Wirklichkeit war es doch so, dass er durch diesen selbstlosen Einsatz einen wichtigen Beitrag zur effizienten Ermittlungsarbeit leistete.

Mit all diesen Überlegungen im Hinterkopf machte er sich mental gestärkt auf den Weg hinüber ins Sebalder Stadtviertel. Es war inzwischen dunkel geworden und hatte empfindlich abgekühlt. Zitternd zog er den Reißverschluss seiner Jacke zu, steckte die Hände in die Taschen und lief einen Schritt schneller.

Es waren nur wenig Leute unterwegs. Kein Vergleich zu den lauen Sommerabenden, an denen in den Cafés jeder Platz besetzt war und Heerscharen eisschleckender Menschen durch die Straßen schlenderten.

Torsten hatte den Dürerplatz erreicht und dachte kurz an den toten, jungen Mann, den sie am Aschermittwoch hinter dem steinernen Sockel des Dürer-Denkmals gefunden hatten. Er schüttelte sich bei der Erinnerung an die beklemmenden Ermittlungen in den Felsengängen und eilte weiter durch das Tiergärtnertor. Gleich nach dem Tor führte eine schmale, hölzerne Treppe hinunter in den Burggraben. Zu Beginn war der Graben noch breit, von orangeroten Scheinwerfern beleuchtet, doch je weiter er sich in Richtung Norden bewegte, um so näher kamen die Mauern, um so weniger Licht drang bis zu ihm hinab. Er musste zugeben, dass die friedliche Atmosphäre, die dieser Ort am Tag ausstrahlte, in der Dunkelheit nur noch rudimentär vorhanden war. Die schwarzen, länglichen Schießscharten im Sockel der gewaltigen Verteidigungsanlagen schienen ihn zu beobachten, der Lärm vorbeifahrender Autos oben auf dem Vestnertorgraben war nur gedämpft wahrnehmbar. Die Luft war feucht und erfüllt von den berauschenden Düften des beginnenden Frühlings. Kein Mensch war zu sehen. Mitten in der Stadt war er hier unten abgetaucht in eine andere Welt, abgeschirmt von allen Menschen, umgeben von meterhohen Mauern. Hatte er sich vor wenigen Minuten noch darüber gefreut, an der frischen Luft und nicht in den engen Felsengängen zu sein, so stellte sich angesichts der hohen Bäume und riesigen Mauern, zwischen denen er sich bewegte, langsam so etwas wie Beklemmung ein. Torsten zog seine Taschenlampe heraus, wenngleich der dünne Lichtschein nicht in der Lage war, das Szenario angemessen zu beleuchten. Aber zumindest fühlte er sich mit der großen Stablampe in der Hand nicht mehr ganz so nackt und wehrlos. Tapfer ging er weiter.

Auf der linken Seite konnte er die ersten Gärten erkennen. Hohe Hecken und Zäune schützten die grünen Fleckchen vor unerwünschten Blicken. Die Türchen waren dicht mit Efeu bewachsen und mit Ketten und Vorhängeschlössern gesichert. Er dachte daran, wie er im Sommer manchmal von oben über die Mauer den Leuten beim Grillen zugesehen hatte.

Heute Abend war nichts zu sehen.

Alles war ruhig.

Er war alleine.

Etwas nervös zog er den zusammengefalteten Lageplan aus der Hosentasche, breitete ihn umständlich aus und richtete den Strahl der Taschenlampe darauf. Im Büro hatte er sich das ganze Unterfangen einfacher vorgestellt. Hügelschäffers Garten war schließlich leuchtend gelb markiert, was sollte da noch schief gehen? Jetzt, in der Finsternis, im unheimlichen Dunkel zwischen Sandsteinbrocken und Thujahecken war es alles andere als einfach, die richtige Parzelle zu finden. Alles sah gleich aus. Überall Bäume, Büsche, Hecken und Hüttchen.

Sollte er vielleicht doch bis morgen warten?

Einfach wiederkommen, wenn es hell war und die Kollegin mit ihrer Waffe im Holster dabei war?

Er als Praktikant durfte keine Waffe tragen, was ihn ziemlich wurmte. In einer Situation wie dieser wäre es ein beruhigendes Gefühl, zu wissen, dass man sich im Notfall wehren könnte. Eigentlich dürfte er ja im Moment gar nicht hier sein. Zumindest nicht, um sich unrechtmäßigerweise Zutritt zu einem privaten Grundstück zu verschaffen, um dort herumzuschnüffeln.

Aber - wer A sagt, muss auch B sagen!

Torsten straffte die Schultern und studierte den Plan nochmals ganz genau. Er war extra hierher gekommen, um den Garten zu finden, da würde er sich nicht von Dunkelheit und diesen alten Mauern abhalten lassen. Er zählte die Grundstücke ab, bis er die markierte Stelle erreicht hatte. Das musste es sein.

Dem Zustand der Wohnung nach zu urteilen, hätte auch der Garten Hügelschäffers top gepflegt sein müssen. Torsten hatte damit gerechnet, einen perfekten Rasen vorzufinden, gemäht, vertikutiert und gedüngt, ohne das geringste bisschen Unkraut. Daneben akkurat eingefasste Beete und ein ansehnliches Gewächshaus, in dem bereits die ersten Tomaten das Licht der Welt erblickt hatten. Zu guter Letzt ein hübsches Gartenhaus mit neuwertigen Geräten, Gardinen und kleinen Blumenkästen an den Fenstern und gemütlicher Sitzgarnitur. Natürlich war es bei den Lichtverhältnissen mehr als schwierig, die Qualität der Rasenpflege zu beurteilen, aber im Fall des Grundstücks vor ihm war es einfach: Da war überhaupt kein Rasen.

Stattdessen war alles mit Büschen, Sträuchern und Gräsern zugewuchert, der Zaun lückenhaft, das Türchen hing schief in den Angeln. Es war nicht erkennbar, ob hinter all dem Grün überhaupt ein Gartenhaus stand.

Sollte er nicht doch lieber den Rückzug antreten? Aber was sollte schon passieren? Vermutlich würde sich kein Mensch dafür interessieren, wenn er sich in diesem Dschungel etwas umsah. Abgesehen davon würde er unter dem Laubdach gar nicht gesehen werden.

Plötzlich hörte er Stimmen. Gekicher. Gemurmel.

Wie angewurzelt blieb er stehen und sah in die Richtung, aus der die Stimmen kamen. Zwei dunkle Schatten näherten sich.

Blitzschnell schaltete er die Taschenlampe aus, riss das verwitterte Türchen auf, huschte lautlos hinein und hockte sich unter die tiefhängenden Zweige.

Die beiden Gestalten blieben eng umschlungen direkt vor dem Gartentürchen stehen, flüsterten, kicherten und versanken dann in einem langen, innigen Kuss.

Torsten stöhnte innerlich auf.

Ein Liebespaar! Das hatte ihm gerade noch gefehlt. Der Burggraben war so groß. Mussten die beiden ausgerechnet hier herumschmusen? Konnten sie nicht einfach weitergehen? Konnten sie nicht. Der Kuss nahm kein Ende.

Torsten kauerte genervt unter den Büschen. Seine Beine schliefen langsam ein. Dann endlich, nach einer gefühlten Ewigkeit, ließ das Liebespaar voneinander ab und bewegte sich in Zeitlupentempo weiter.

Erleichtert richtete sich Torsten auf, streckte seine verkrampften, kribbelnden Beine und stapfte weiter hinein in die Wildnis. Kurz bevor er seine Lampe wieder einschalten wollte, stutzte er. Hatte da nicht ein schwacher Lichtschein aufgeblitzt? Nur wenige Meter vor ihm? Dort, wo er ein Gartenhäuschen vermutete? Wie elektrisiert starrte er in die Schwärze.

Nichts.

Mit weit von sich gestreckten Armen tastete er sich Zentimeter für Zentimeter vorwärts, schob stachelige Äste zur Seite, duckte sich unter ausladenden Büschen hindurch. Er wagte es nicht, Licht zu machen, traute sich kaum zu atmen.

Da! Wieder ein kurzes Aufblitzen!

Ganz schwach war der dunkle Umriss eines kleinen Häuschens zu erkennen. Es war vollständig zugewachsen und von Efeu umrankt. Vorsichtig schlich er weiter.

Und wieder war durch das winzige Fensterchen der Lichtkegel einer Taschenlampe zu sehen.

Da war jemand!

Torstens Herz klopfte ihm bis zum Hals.

Es gab eigentlich nur eine Person, die zu dieser Uhrzeit mit Taschenlampe hier unterwegs sein konnte: Der Täter!

Was sollte er jetzt tun? Sollte er die Tür aufreißen und auf den Überraschungsmoment hoffen? Und dann?

Schweiß lief seine Schläfen hinab. Er fröstelte.

Ohne Waffe und Handschellen würde er den Kürzeren ziehen. Er brauchte Verstärkung!

Mit zitternden Fingern fischte er sein Handy aus der Tasche, doch es entglitt ihm und fiel ins hohe Gras.

„Scheiße", entfuhr ihm ein leiser Fluch. Er bückte sich und tastete mit beiden Händen den Boden ab. Dabei machte er einen Schritt rückwärts und trat auf einen dürren Ast. Das laute Knacken durchbrach die Stille.

Torsten erstarrte.

Das Licht im Gartenhaus ging aus. Gedämpfte Schritte waren zu hören.

Wo war nur das verfluchte Handy?

Sein Pulsschlag hämmerte in seinem Kopf, die Angst schnürte ihm die Kehle zu.

Die Schritte kamen näher.

Endlich!

Seine Finger umschlossen das Gerät.

Plötzlich spürte er einen fürchterlichen Schmerz am Kopf.

Dann wurde ihm schwarz vor seinen Augen.

15

Die Glocken der fernen St. Peterskirche schlugen zwölfmal. Mitternacht. Die Nummernweiher lagen friedlich im Mondlicht. Ein kühler Wind fuhr durch das frische Laub der alten Bäume. Unzählige Frösche quakten laut durch die Nacht.

Eilig, fast gehetzt, lief ein Mann in einer unförmigen, grünen Anglerhose die Kieswege entlang, bückte sich unter dem rot-weißen Flatterband hindurch und stürzte sich, ohne sich noch einmal umzusehen, ins kalte Wasser des Teiches. Mit angsterfüllten Augen watete er - für seine Verhältnisse erstaunlich unvorsichtig - auf den toten Baum zu, dessen Äste gespenstisch in den Himmel ragten.

Wie hatte all das nur passieren können?

Er hatte es nicht gewollt.

Verzweifelt füllten sich seine Augen mit Tränen. All die Jahre war alles gut gewesen, hatte niemand davon gewusst, war es alleine sein Schatz gewesen. Er hatte ihn hier versteckt, wollte ihn mit niemandem teilen, hatte sein Geheimnis für sich behalten, sich immer nur tief in der Nacht daran erfreut. Ganz alleine.

Was war nur passiert?

Der Baum war in den Weiher gestürzt, dann dieser Schwarzhalstaucher, die beiden dunklen Gestalten, Polizei, Absperrungen. Ein Toter.

Ihm brummte der Schädel.

Man hatte ihn bestohlen, ihm sein Eigentum geraubt.

Aber ... womöglich nicht alles!

Voller Hoffnung krempelte er den rechten Ärmel seiner Jacke hoch und tauchte den Arm tief in das kalte Nass hinein.

Er spürte die raue Rinde des alten Baumes, tastete sich

weiter den Stamm entlang auf der Suche nach einer Vertiefung, nach dem Loch, in dem sein Schatz all die lange Zeit sicher gewesen war.

Er hätte es bemerken müssen. Der Baum hatte schon einige Male besorgniserregend geknackt. Es war vorhersehbar gewesen. Warum hatte er es nicht wahrgenommen?

Hatte er nicht gewollt?

Nicht gekonnt?

Jetzt war es zu spät.

Jetzt konnte er nur noch retten, was zu retten war – falls noch etwas zu retten war.

Er fand das Loch nicht, bohrte seinen Arm immer tiefer hinunter. Sein Ärmel war bereits völlig durchnässt. Das kalte Wasser begann von oben in seine Hose hineinzuströmen, doch er merkte es nicht. Verzweifelt, mit schweißnassem Gesicht suchte er den morschen Stamm ab.

Vergeblich.

Inzwischen war die Gummihose vollgelaufen, hing schwer an seinem Körper. Wie in Trance streifte er sich die Träger ab, schälte sich aus dem Kleidungsstück und ließ es davontreiben. Jetzt, da er bereits vollkommen durchnässt war, holte er tief Luft und tauchte unter. Sehen konnte er in der trüben Finsternis nichts, aber er konnte mit beiden Händen gleichzeitig systematisch den Stamm absuchen. Verbissen kniff er die Augen zu, ignorierte die Kälte, den Schlamm unter seinen Füßen, die Algen und Moosklumpen, die seinen Körper streiften.

Da!

Das Loch!

Er wollte hineingreifen, aber seine Lungen brannten. Luft!

Er brauchte Luft!

Prustend und japsend schnellte er nach oben, schnappte nach Luft und tauchte abermals ab. Wieder hatte er die Öffnung gefunden, streckte seine Hand hinein und ... ja!

Es war noch da!

Sein Herz schien vor Glück bersten zu wollen. Er packte das Säckchen und umschloss es so fest er konnte.

Keuchend, zitternd und kraftlos lag er wenig später am Ufer, das Säckchen mit beiden Händen an seine Brust gepresst.

Ein seliges Lächeln umspielte seine blaugefrorenen Lippen.

Sein Schatz.

Sein Ein und Alles.

Nie wieder würde er ihn hergeben, nie wieder riskieren, dass man ihn ihm wegnahm.

Nie wieder würde sich ein neugieriger Schwarzhalstaucher an seinem Eigentum vergreifen.

Nie wieder!

16

Nürnberger Nachrichten 10.04.2010

Tod auf dem Eisbärenfelsen
Lebensmittelkontrolleur erschlagen aufgefunden

NÜRNBERG Nur einen Tag nach dem sensationellen Fund eines wertvollen Schmuckstücks im Flachweiher (wir berichteten) gibt es nun einen Toten im Volkspark Dutzendteich.
Eine junge Joggerin machte gestern in den frühen Morgenstunden auf den Fundamenten des ehemaligen Eisbärenfelsens im westlichen Nummernweiher die grausige Entdeckung. Wie die Polizei mitteilte, handelt es sich bei dem Opfer um Karl Hügelschäffer, den Leiter der Abteilung Lebensmittelkontrolle des Ordnungsamtes Nürnberg.
Ob der gewaltsame Tod des Mannes in Zusammenhang mit dem Ring steht, ist noch unklar.
„Wir stehen noch am Anfang der Ermittlungen", berichtet Kriminalhauptkommissar Tilman Peter, der Leiter der Mordkommission Nürnberg. „Im Moment können wir einen Zusammenhang weder ausschließen, noch nachweisen. Wir sind in beiden Fällen für sachdienliche Hinweise aus der Bevölkerung dankbar."
Karl Hügelschäffer war allen Gastronomen der Stadt bekannt und galt als hart, aber gerecht.
„Wir sind geschockt und entsetzt über diese furchtbare und brutale Tat", äußerte sich am gestrigen Freitag der Oberbürgermeister. „Mit Herrn Hügelschäffer verlieren wir einen unserer engagiertesten und fähigsten Mitarbeiter. Wir sprechen allen Angehörigen unser tiefstes Mitgefühl aus."
Das Gelände um die kleinen Weiher westlich der Großen

Straße soll in Kürze gastronomisch aufgewertet werden. Dazu sind mehrere Konzepte namhafter Gastronomen eingegangen. In den nächsten Tagen steht die Entscheidung an, welche Pläne ab Herbst dieses Jahres umgesetzt werden sollen. Es bleibt zu hoffen, dass sich die Gewalttat nicht nachhaltig auf die Vergabe oder Realisierung des Projektes auswirkt.

17

Ich erwache von einem grauenvollen Knirschen und Knacken. Voller Entsetzen reiße ich die Augen auf, doch alles um mich herum ist schwarz, pechschwarz.
Die fürchterlichen Geräusche kommen näher und näher. Schweißüberströmt strecke ich die Arme aus, spüre schon den kalten Beton an meinen zitternden Händen. Panisch stemme ich mich dagegen, doch die Wände lassen sich nicht aufhalten. Ich springe auf, stoße meinen Kopf an der Decke an, falle mit rasenden Kopfschmerzen zurück auf mein Bett und schreie vor Verzweiflung ...

„Adam!"

Eine Hand berührt meine Schulter, ich schlage um mich, kreische hysterisch, versuche, den Angreifer abzuwehren, kralle mich in seine Haut.

„Adam! Schluss jetzt! Wach endlich auf!"

Ich werde geschüttelt, spüre eine gewaltige Ohrfeige, öffne die Augen und sehe ein gerötetes, blutverschmiertes Gesicht über mir.

„Komm endlich zu dir! Was soll das? Bist du verrückt geworden?!"
Joachim Kohl kniete auf Adam Latzko, hielt dessen wild zuckende Arme mit seinen Knien fest und verpasste ihm eine weitere, ordentliche Ohrfeige.
„Komm zu dir, Mann! Du bist ja gemeingefährlich!"
Langsam beruhigte sich Adam, seine Schreie wurden leiser, gingen in Wimmern über. Er keuchte, rang nach Atem und

realisierte nur langsam, wo er sich befand.

„Also, ich glaube nicht, dass ich das noch einmal mitmachen will, mein Lieber", stieß Joachim heiser hervor und ließ sich erschöpft neben Adam auf das Bett fallen. „Verträgst du kein Bier, oder was?" Er kramte ein zerknautschtes Taschentuch hervor und wischte sich das Blut aus dem Gesicht. „Das nächste Mal kannst du dir einen anderen Dummen suchen, den du blutig kratzen kannst."

Adams Kopf drohte zu zerspringen, seine Wangen brannten. „Tut mir leid", stöhnte er. „Das sind diese verdammten Alpträume. Ich wollte dich nicht ..."

„Ja, ja, ist ja schon gut", lenkte Joachim versöhnlich ein. „Der Knast ist kein Kindergeburtstag." Er konnte schon wieder grinsen. „Ich mach uns erst einmal einen starken Kaffee, dann sieht die Welt schon wieder ganz anders aus." Schwungvoll rollte er sich von der Matratze und machte sich in der winzigen Küchenzeile des Wohnwagens zu schaffen.

Adam rollte sich auf die Seite und wickelte sich fröstelnd in die Decke ein.

„Hast du diese Träume öfter?", fragte Joachim, als sich wenig später vielversprechender Kaffeeduft ausbreitete. Adam nickte kaum wahrnehmbar.

„Hier, trink das." Er hielt ihm ein Wasserglas mit einer sprudelnden Tablette hin und sah ihn aufmunternd an. „Nun steh schon auf. Sei ein Mann."

Mit unsäglicher Anstrengung stemmte sich Adam hoch, nahm das Glas und leerte es in einem Zug.

„Danke."

Joachim nahm kopfschüttelnd zwei abgeschlagene Kaffeebecher aus einem verstaubten Regal, füllte sie bis zum Rand mit tiefschwarzem Kaffee und ließ in jeden Becher vier Zuckerwürfel fallen. „Milch gibt es nicht."

Zehn Minuten später saßen die beiden mit ihren bereits zum zweiten Mal gefüllten Tassen am Tisch. Während Joachim mit großem Appetit in eine Scheibe Supermarkt-Brot mit Billigwurst biss, glotzte Adam noch ziemlich benommen auf die schmutzige Resopalplatte vor ihm.

Sein Bewährungshelfer hatte ihm die Adresse einer Psychologin gegeben, zu der er wegen seiner Alpträume gehen sollte, aber das kam für ihn nicht in Frage. Er würde ganz sicher zu keiner Psychotussi gehen. Davon hatte er genug.

„Iss doch auch was, das gibt Kraft", schlug Joachim vor und widmete sich der dritten Scheibe Brot. „Du siehst ganz blass aus."

Adam sah ihn mit einem schlechten Gewissen an.

Nicht nur, dass er ihm einen Job gegeben hatte, ohne lange nachzufragen, er hatte ihm auch am vergangenen Abend mehrere Bier ausgegeben und ihm dann sogar das zweite Bett in seinem Wohnwagen angeboten. Als Dank dafür hatte er ihn unsanft geweckt, ihn geschlagen und ihm zu allem Überfluss auch noch das Gesicht zerkratzt.

Das war ja ein guter Einstieg!

Erstaunlicherweise schien es seinem Gegenüber nicht wirklich etwas auszumachen. Gut gelaunt stopfte er ein Brot nach dem anderen in sich hinein und spülte mit ordentlich Kaffee nach.

„Sorry nochmal wegen der Kratzer", meinte Adam reumütig und angelte sich eine Scheibe Brot aus der Tüte. Ganz langsam wirkte die Schmerztablette und so etwas ähnliches wie Hunger machte sich in seinem Magen breit.

„Schon vergessen. Greif nur ordentlich zu. Es ist genug da."

„Danke dir. Auch für den Job und das Bier und dass ich hier schlafen durfte ..."

„Jetzt lass mal gut sein", winkte Joachim großmütig ab. „Du hast gute Arbeit geleistet. Außerdem bist du ein netter Kerl."

Adam sah verlegen zu Boden. Das hatte er schon lange nicht mehr gehört.

„Ich gehe mal schnell um's Eck. Der Kaffee treibt." Joachim stand auf und ging hinaus. Wie Adam bereits am vergangenen Abend erfahren hatte, war die Campingtoilette des Wohnwagens im Moment nicht in Betrieb und die beiden Männer mussten sich anderweitig behelfen. Am späten Abend konnten sie im Schutz der Büsche hinter dem Wohnwagen ihr Geschäft verrichten, bei Tageslicht gingen sie lieber die paar Meter zum Toilettenwagen.

Adam rieb sich die Schläfen. Neben den Nachwirkungen seines Alptraumes spürte er noch ganz deutlich die Wirkung des Alkohols. Sie hatten am gestrigen Abend nach Betriebsschluss noch ordentlich Bier getrunken, viel mehr als gut für ihn gewesen war, aber er wollte sich vor seinem neuen Arbeitgeber keine Blöße geben. Nach all den Jahren im Gefängnis vertrug er nicht mehr so viel wie früher.

Nach wenigen Minuten war der Hausherr wieder zurück.

„Ich habe uns was Interessantes mitgebracht." Er quetschte sich wieder auf die enge Sitzbank, schob Teller, Tassen und Brottüte zur Seite und legte eine Zeitung auf das Tischchen.

„Es steht wohl etwas über den Toten von gestern drin."

Neugierig blätterte er Seite für Seite um, bis er auf den gesuchten Artikel stieß:

Tod auf dem Eisbärenfelsen

Daneben war ein Foto von Karl Hügelschäffer und eine Aufnahme vom Nummernweiher zu sehen.

„Oh!", entfuhr es Joachim Kohl, als er den Mann auf dem Foto erkannte. „Das darf doch nicht wahr sein." Er atmete tief durch und fuhr sich über das Gesicht. „Hat er doch endlich das bekommen, was er verdient hat."

Erst jetzt bemerkte er, dass auch Adam verstört auf das Bild starrte.

„Adam? Was ist? Kanntest du den Typen auch?"

Doch Adam reagierte nicht.

„Hallo! Jemand zu Hause?" Joachim schüttelte ihn vorsichtig an der Schulter, wohl wissend, welche Folgen diese Geste vor Kurzem noch gehabt hatte.

„Wie? Nein, ich, … , woher kanntest du ihn?", antwortete Adam ausweichend.

„Und das soll ich dir glauben? Na gut, geht mich ja nichts an. Dieser Idiot hat meine Existenz zerstört. Er hat meinen Würstchengrill dicht gemacht, weil es angeblich *eklatante Hygienemängel* gab. Ich könnte kotzen! Bei mir war es auch nicht dreckiger als anderswo. Schau dir doch die Imbisswagen an. Keiner besser als meiner. Aber ich musste schließen!" Wütend steckte er sich eine Zigarette an. „Aber er hat mich nicht klein gekriegt", ergänzte er zufrieden.

„Jetzt liegt er mitsamt seinen kleinkarierten Vorschriften und

Paragrafen in irgendeinem Kühlfach und ich bin Betreiber eines sensationellen Fahrgeschäfts. Das nenne ich Gerechtigkeit."

Er grinste selbstzufrieden und lehnte sich zurück.

„So, und du? Erzähle mir nicht, du kanntest ihn nicht. Du hast gerade ausgeschaut, als hättest du ein Gespenst gesehen. Raus mit der Sprache."

Adam war wie gelähmt, konnte nicht antworten. Tausende von Überlegungen stoben durch seinen Kopf.

„Ich muss hier raus. Bin in einer halben Stunde zurück."

Fluchtartig verließ er den Wohnwagen. Er rannte zum Nummernweiher, setzte sich keuchend auf eine Bank und versuchte, seine Gedanken zu ordnen.

Karl! Karl Hügelschäffer! Es gab keinen Zweifel. Nach all den Jahren. Er hatte damals überlebt - und jetzt ist er ermordet worden. Und dann der Ring. Hatte er ihn die ganze Zeit gehabt? Wenn der Ring aufgetaucht war, wo war dann der Rest?

Er gehörte ihm!

Er hatte schon einmal dafür gemordet, und er würde es wieder tun.

18

Der Wecker läutete schon zum dritten Mal. Charlotte schaltete ihn aus und setzte sich stöhnend auf. Ihr Kopf fühlte sich an, als sei er mit Watte gefüllt, schwarze Punkte tanzten vor ihren Augen.

„Das Frühstück ist fertig." Tim kam vorsichtig ins Schlafzimmer und setzte sich besorgt neben sie. „Ist dir wieder so schwindelig?"

„Ja, mein Kreislauf ist wohl noch im Tiefschlaf", schniefte sie und zog ein Taschentuch aus der Box. „Außerdem macht mir dieser verdammte Heuschnupfen zu schaffen. Dabei habe ich doch gestern brav die Tablette genommen." Sie schnäuzte sich geräuschvoll und warf unter dem missbilligenden Blick ihres ordnungsliebenden Freundes das Taschentuch auf den ansehnlichen Stapel benutzter Exemplare neben das Bett. „Ich räume sie später weg. Versprochen."

„Ich nehme dich beim Wort. Kommst du?"

Mühsam schälte sie sich aus den Federn und angelte mit den Füßen nach ihren Hausschuhen. „Gib mir noch eine Minute."

„Vielleicht solltest du heute lieber zu Hause bleiben. Du siehst aus wie der Tod von Forchheim - bitte entschuldige, wenn ich das so deutlich sagen muss."

„Aber wir ..."

„... haben einen Mordfall aufzuklären und ich kann meinen Praktikanten nicht alleine losschicken", vervollständigte Tim den Satz. „Aber wenn man krank ist, kann man auch keine Verbrecher jagen. Lass dir das gesagt sein."

„Du hast ja recht", lenkte Charlotte müde ein. Sie hatte keine Lust auf eine anstrengende Diskussion. „Komm, wir frühstücken erst einmal. Vielleicht geht es mir dann besser."

Tim zog zweifelnd die Augenbrauen nach oben.

„Naja, ich werde das ganz genau beobachten. Heute ist Samstag und ich muss nicht in die Schule. Ich könnte dich den ganzen Tag lang pflegen."

„Das ist lieb von dir." Charlotte lächelte ihn dankbar an und schlurfte ins Bad. Kurz darauf saßen beide vor einer dampfenden Tasse Kaffee und einem Korb voller knuspriger Brötchen. Dankenswerterweise war Tim Frühaufsteher und besorgte am Wochenende immer frisches Gebäck, schnitt Obst auf und richtete Teller mit Wurst und Käse. Charlotte fühlte sich wie im Hotel und bedauerte es sehr, dass sie diesen Luxus nicht immer angemessen würdigen konnte.

Heute zum Beispiel.

Sie hatte sich gerade mal die Zeit genommen, ein Brötchen mit Marmelade zu beschmieren, als sie schon wieder zum Handy griff.

„Bitte entschuldige, aber ..."

„... ich muss schnell mit Torsten was abklären." Er sah sie amüsiert an. „Stimmt´s? Offensichtlich geht es dir wieder besser."

Charlotte zuckte kurz mit den Schultern, warf ihm eine Kusshand zu und hielt sich den Apparat ans Ohr.

Nach mehrmaligem Klingeln legte sie wieder auf.

„Er geht nicht ran", sagte sie verwundert.

„Und? Vielleicht ist er auf dem Klo oder der Akku ist leer?"

„Tim! Du weißt doch, dass Torsten sogar mit Handy in die Badewanne geht und immer einen aufgeladenen Ersatzakku dabei hat."

„Es gibt immer ein erstes Mal. Ich nehme an, du musst jetzt gleich los?"

„Ja, tut mir leid wegen des Frühstücks." Sie drückte ihm einen marmeladeverschmierten Kuss auf die Backe und zog sich die Schuhe an. „Übrigens - Was ich dich noch fragen wollte ..."

„Ja?"

„Gab es am Dutzendteich wirklich einmal einen Teichwächter, der aufgepasst hat, dass sich alle Leute ordentlich benahmen?"

Tim lachte. „Also, meines Wissens nach gab es früher

tatsächlich einen Teichwächter. Der hat allerdings nicht auf das Benehmen der Leute aufgepasst, sondern darauf, dass niemand Wasser- oder Fischfrevel beging, also unberechtigt fischte."

„Das ist ja interessant. Wann war das?"

„Seit Anfang des 16. Jahrhunderts, glaube ich. Später hat ihm die Stadt Nürnberg dann das Schankrecht übertragen und er durfte Wein und Bier ausschenken. Das war dann wohl der Beginn der Wirtshauskultur am Dutzendteich. Warum fragst du?"

„Ach, da ist so ein seltsamer Herr am Dutzendteich unterwegs, der alle Leute zurechtweist, die sich in seinen Augen unangemessen verhalten. Erzähle ich dir heute Abend. Tschüss und danke!"

Charlotte fühlte sich immer noch etwas wackelig auf den Beinen, als sie sich zu Fuß auf den Weg von ihrer Wohnung in der Unteren Wörthstraße zum Präsidium am Jakobsplatz machte. Sie genoss es sehr, nicht auf ein Auto angewiesen zu sein und alles bequem zu Fuß oder mit dem Rad erreichen zu können. Heute hätte sie sich allerdings auch gerne in ein Auto gesetzt.

„Guten Morgen", rief Matthias von seinem Schreibtisch zu ihr herüber. „Wie siehst du denn aus?"

„Guten Morgen, Kollege Steffens, charmant wie immer, was?"

Matthias rollte auf sie zu. „Jetzt mal ehrlich. Du bist weiß wie die Wand. Was ist denn los?"

„Mein Kreislauf ist noch etwas schwach, das wird schon wieder", schniefte sie und zog ein Taschentuch heraus.

„Bist du erkältet?"

„Ich denke, das ist dieser lästige Heuschnupfen. Ich muss noch bis Mitte Mai aushalten, dann habe ich es für dieses Jahr geschafft. Ist Torsten schon hier?"

Matthias setzte eine besorgte Miene auf. „Nein, ich dachte er ist bei dir."

„Er geht nicht ans Handy und beim Festnetzanschluss geht nur der Anrufbeantworter ran."

„Du sollst sofort zum Chef. Bis du wieder hier bist, ist er bestimmt aufgetaucht."

„Was?", jammerte Charlotte entsetzt. „Was will der denn am Samstagvormittag? Er besteht doch sonst immer auf sein Wochenende."

Matthias schmunzelte. „Aber nicht, wenn er vorher einen Anruf vom Oberbürgermeister bekommen hat. Immerhin wurde ein verdienter städtischer Angestellter Opfer eines Gewaltverbrechens."

„Auch das noch. Wieder so eine komische Chefsache. Kein Wunder, dass mein Kreislauf schlapp macht."

Mit demonstrativ hängenden Armen schleppte sich Charlotte zur Tür. „Bitte versuche doch noch einmal, Torsten zu erreichen."

„Mach ich. Viel Glück."

Kriminalhauptkommissar Tilman Peter saß hinter seinem klobigen Schreibtisch und schielte Charlotte über den Rand seiner Lesebrille hinweg an.

„Setzen Sie sich, Frau Gerlach. Geht es Ihnen nicht gut?"

„Alles in Ordnung", gab Charlotte zurück. „Ich habe nur schlecht geschlafen wegen meines Heuschnupfens."

„Es geht um den Fall Hügelschäffer, aber das dachten Sie sich bestimmt schon."

Charlotte nickte.

„Der Oberbürgermeister hat mich gebeten, den Fall mit besonderem Engagement zu bearbeiten und alles andere hinten anzustellen."

„Hat er das?"

Tilman Peter sah sie streng an. „Bitte nehmen Sie die Sache ernst."

Charlotte verdrehte innerlich die Augen. Sie nahm jede Mordermittlung ernst, auch ohne Kommissariatsleiter und Oberbürgermeister.

„Leider konnte ich keine Auskünfte über den Stand der Ermittlungen geben. Sie haben es offenbar versäumt, mich rechtzeitig zu informieren, Frau Gerlach."

Es war immer das Gleiche. Immer arbeitete sie angeblich zu langsam, zu nachlässig oder in der falschen Reihenfolge. In jedem Fall aber informierte sie ihren Vorgesetzten zu spät und unzureichend.

„Wir wissen auch noch kaum etwas, Herr Peter. Gestern

haben wir uns die Wohnung des Opfers angesehen, in der wir keinerlei Hinweise auf mögliche Verdächtige oder gar ein Motiv gefunden haben. Herr Hügelschäffer hat den einen oder anderen gastronomischen Betrieb geschlossen, was manchmal zu Auseinandersetzungen geführt hat. Außerdem hatte er einen Kleingarten im Burggraben, den wir uns heute als erstes ansehen wollen."

„Einen Kleingarten? Frau Gerlach, ich bitte Sie! Welche bahnbrechenden Erkenntnisse erwarten Sie sich denn von Hollywoodschaukel und Gewächshaus? Viel wichtiger ist doch die Spur mit den Betrieben, die der Mann geschlossen hat. Damit sollten Sie beginnen."

„Aber ..."

„An welchen Betrieb haben Sie denn gedacht? Oder wollten Sie das dem Zufall überlassen?"

Charlotte musste sich zusammennehmen, um nicht ausfallend zu werden. Sie hasste es, ständig als inkompetent hingestellt zu werden, als ob er selbst der Meister-Ermittler wäre. Er interessierte sich so gut wie nicht für ihre Arbeit, unterstützte sie so gut wie nie und hackte stattdessen dauernd auf ihr herum. Erst einmal hatte er ihr den Rücken gestärkt und ihr gesagt, sie leiste gute Arbeit. Und das war fast zwei Monate her. Seitdem war es wieder vorbei mit Lob und Unterstützung.

„Es geht um *Jo's Würstchenbude*, dessen Besitzer Herrn Hügelschäffer bedroht und körperlich angegangen haben soll."

Tilman Peters Gesicht hellte sich auf.

„Bravo! Das ist doch ein vielversprechender Ansatz. Knöpfen Sie sich diesen Jo gleich heute Morgen vor und lassen Sie Hügelschäffers Blümchen in Ruhe. Bitte berichten Sie mir, sobald Sie Neuigkeiten haben. Guten Tag."

Zurück in ihrem Büro setzte sich Charlotte frustriert auf ihren Schreibtischstuhl und nahm einen großen Schluck aus der mitgebrachten Colaflasche. Trotz aller Bemühungen um gesunde Ernährung, des sporadischen Einkaufs im Bioladen oder des Vorhabens, täglich fünf Portionen Obst, Gemüse oder Salat zu sich zu nehmen, musste es manchmal einfach Cola sein. Ganz normale Cola! Kein Lemon, Cherry, Light oder gar Zero. Einfach nur die volle Zuckerbombe.

Jetzt war ein solcher Moment.

Voller Genuss wischte sie sich mit dem Handrücken über den Mund und hielt Matthias die Flasche hin. „Willst du auch?"

„Lass mal stecken. Mein Kreislauf ist ganz ok. Was gab es denn für bahnbrechende Neuigkeiten?"

„Es ist einfach sehr beruhigend, einen Chef zu haben, der einem sagt, was zu tun ist. Man wüsste sonst nicht, wie man seine Arbeit zu tun hätte. Er hat mich jetzt quasi zum Dutzendteich geschickt, um mit dem Würstchen-Jo zu sprechen. Hattest du nicht herausgefunden, welches Fahrgeschäft er betreibt und wo ich es in diesem Chaos finden kann?"

„Es heißt *Spider Crash* und ist eine Art Autoscooter mit Fahrzeugen im Spinnendesign. Es steht ganz nah an der Ecke Große Straße / Nummernweiher. Die Wohnwagen sind dann weiter Richtung Münchener Straße. Ich denke, um die Tageszeit geht es noch ganz ruhig zu und du dürftest keine Schwierigkeiten haben, den Herrn ausfindig zu machen."

„Da bin ich ja mal gespannt. Eigentlich wollte ich ja mit Torsten zuerst zu Hügelschäffers Kleingarten. Hast du ihn mittlerweile erreicht?"

„Nein, leider nicht. Ich versuche es weiter und sage ihm, er soll zum Dutzendteich nachkommen. Ich nehme an, du hast deine Pläne an die Wünsche des Herrn Kommissariatsleiter angepasst?"

„Was bleibt mir anderes übrig? Suchst du mir bitte noch schnell den Plan vom Burggraben raus? Dann fahre ich anschließend dorthin."

Matthias schnappte sich den Ordner mit den Hügelschäffer-Unterlagen und blätterte ihn durch.

„Komisch", wunderte er sich. „Der Plan ist nicht da, dabei bin ich mir sicher, dass ich ihn gestern dort hineingeheftet habe. Ich habe sogar Hügelschäffers Parzelle farbig markiert."

„Egal, dann komme ich vorher nochmal hier vorbei. Vielleicht findest du das Papier bis dahin." Sie nahm den Schlüssel für das Dienstfahrzeug aus der Schublade und zog sich ihre Jacke über. „Bitte gib mir doch Bescheid, sobald Torsten auftaucht."

„Geht klar. Viel Erfolg."

Es fühlte sich komisch an, so alleine im Auto zu sitzen. Im letzten halben Jahr hatte sie sich daran gewöhnt, von ihrem Praktikanten gefahren zu werden und dabei mit ihm die weitere Planung durchzugehen oder ein Gespräch Revue passieren zu lassen. Jetzt war alles still. Wo war er nur? Vielleicht brauchte er Hilfe? Oder hatte er einfach nur verschlafen? Sie nahm sich vor, gleich nach ihrem Gespräch mit dem Schausteller in Torstens Wohnung vorbeizufahren, falls sie ihn bis dahin noch nicht erreicht hatte.

Es war Punkt 9:00 Uhr, als sie ihren Wagen auf der Großen Straße abgestellte. Das schöne Frühlingswetter der vergangenen Tage hatte sich wieder verabschiedet, die Temperatur näherte sich der Zehn-Grad-Marke. Bibbernd wickelte sich Charlotte ihren flauschigen Riesenschal um den Hals und trabte auf den Volksfestplatz zu. Es war schon faszinierend, was sich die Menschheit alles ausgedacht hatte, um sich zu amüsieren. Gigantische, aufwendige und hochtechnisierte Aufbauten, die Vergnügen und Nervenkitzel versprachen. Es war Charlotte völlig rätselhaft, wie es nur so viele Menschen geben konnte, die bereit waren, riesige Summen auszugeben, um mit der ganzen Familie einen Nachmittag hier zu verbringen, denen es offensichtlich Spaß machte, in halsbrecherischem Tempo im Inneren eines unbequemen Wägelchens durch mehrere Loopings zu rasen oder im nahezu freien Fall eine meterhohe Säule hinabzustürzen. Manche schreckten nicht einmal vor Wildwasserbahnen oder monströsen Geisterhäusern zurück.

Wie beschaulich musste dagegen das Volksfest in früheren Jahrhunderten gewesen sein. Wahrsager, eine Menagerie wilder Tiere, die Dame ohne Unterleib. Tim hatte ihr erzählt, dass es das Nürnberger Volksfest schon seit Anfang des 19. Jahrhunderts gab. Wahrscheinlich hatten es manche Leute auch damals schon als zu laut und zu schrill empfunden. Manche Dinge änderten sich einfach nie.

Beim *Spider Crash* war ein gut gebauter, glatzköpfiger Mann mit bunt tätowierten Armen damit beschäftigt, die etwas beängstigend aussehenden Wagen zu reinigen. Zum Glück hatte er auf die nervtötende Musik verzichtet, die zusammen mit grellen, bunten Lichtblitzen und vermutlich auch Nebelschwaden zu späterer Stunde für die passende Atmosphäre sorgen würde.

„Herr Kohl?", rief Charlotte und holte ihren Dienstausweis heraus. Der Mann sah auf. „Gerlach, Kripo Nürnberg, kann ich Sie kurz sprechen?"

„Kripo? Was wollen Sie denn von mir?"

Begeisterung und Wohlwollen sahen anders aus.

Charlotte steckte den Ausweis wieder ein. „Können wir uns irgendwo ungestört unterhalten?"

„Muss das jetzt sein?"

„Wäre ich sonst hier?" Charlotte lächelte den Mann unbeeindruckt an. Sie hatte damit gerechnet, auf wenig Gegenliebe zu stoßen. „Je früher wir anfangen, desto früher können Sie wieder an Ihre Arbeit."

Kohl warf knurrend den Lappen in den Eimer und wischte sich die speckigen Hände an der schmutzigen Jeans ab. Charlotte verzichtete auf einen Händedruck.

„Wenn es unbedingt sein muss. Kommen Sie."

Joachim Kohl führte sie zielsicher durch ein Labyrinth an Wohnwagen und steuerte auf ein älteres Modell zu.

„Kaffee?", fragte er, als sie an der beengten Sitzgruppe Platz genommen hatten. Ohne eine Antwort abzuwarten, griff er nach einer leidlich sauberen Tasse, füllte sie bis zum Rand mit tiefschwarzem Kaffee aus einer Thermoskanne und warf drei Würfelzucker hinein.

„Milch gibt es nicht."

Wie es schien, war er kein Mann der großen Worte oder ausformulierten Sätze. Er war wohl eher pragmatisch veranlagt. Und - er schien nicht alleine hier zu wohnen. Es gab zwei Schlafplätze, die benutzt aussahen und zwei schmutzige Gedecke auf dem winzigen Tischchen.

„Und?"

Er sah sie herausfordernd mit seinen wässrig blauen Augen an und steckte sich dabei eine Zigarette in den Mund.

Charlotte seufzte innerlich. Das war jetzt so ziemlich das unangenehmste, was ihr im Moment passieren konnte: Ein winziger, verdreckter Wohnwagen, lauwarmer, pappsüßer und viel zu starker Kaffee, ein ungewaschener, unmotivierter Schausteller und zu allem Überfluss auch noch eine Nikotinwolke. Danke auch!

Nach außen hin machte sie gute Miene zum bösen Spiel und nippte höflich an dem so genannten Kaffee, den sie sicherheitshalber nicht umgerührt hatte. Womit hätte sie das auch tun sollen?

So, wie ihr dieser Mann da gegenüber saß, war er der Inbegriff eines Kriminellen. Da passte einfach alles: die Glatze, die Tattoos, die Zigarette, das verschmierte T-Shirt, der Körpergeruch, die ablehnende Haltung. Man konnte sich geradezu bildlich vorstellen, wie dieser Mann dem kleinen, unscheinbaren Hügelschäffer den Kopf einschlug und anschließend in diesem lauschigen Wohnwagen mit mehreren Bierchen auf seinen Erfolg anstieß. Sie gab sich einen Ruck.

„Herr Kohl, Sie hatten bis vor Kurzem noch einen Würstchengrill."

„Ja."

„Den mussten Sie schließen."

„Ja."

„Das Ordnungsamt war der Meinung, es hätten untragbare hygienische Zustände geherrscht."

„Ja."

Charlotte beugte sich nach vorne und visierte den Mann an.

„Sie wissen doch genau, warum ich hier bin. Wir müssen uns doch nichts vormachen. Sie hatten Streit mit Karl Hügelschäffer und jetzt liegt er tot in der Rechtsmedizin. Sie haben vermutlich schon mit dem Besuch der Polizei gerechnet."

„Wenn Sie meinen."

„Wir können das Gespräch auch gerne auf dem Präsidium fortsetzen", fuhr Charlotte freundlich fort. Sie wusste, dass letztendlich sie am längeren Hebel saß. „Ich rufe die Kollegen an. Die werden in zwanzig Minuten hier sein und Sie abholen. Sie müssten dann allerdings noch etwas im

Präsidium warten, bis ich von meinem nächsten Termin zurückkomme, aber das macht Ihnen ja sicherlich nichts aus, oder?"

Sie zog demonstrativ ihr Handy heraus und machte Anstalten, die Nummer einzutippen.

„Ist ja schon gut, junge Frau", lenkte Kohl ein. „Was wollen Sie wissen?"

„Sie haben doch sicher schon davon gehört, dass Hügelschäffer am frühen Freitagmorgen keine 100m Luftlinie von hier erschlagen wurde."

„Natürlich. Es stand ja heute morgen groß in der Zeitung."

„Was sagen Sie dazu?"

Joachim Kohl lachte kurz auf. „Was wollen Sie denn jetzt von mir hören? Ehrlich gesagt ist es nicht schade um diesen widerlichen Paragrafenreiter, aber glauben Sie ernsthaft, ich bin Freitagnacht hingegangen und habe ihn erschlagen, weil er mir vor einem halben Jahr meine Bude dichtgemacht hat? Wenn ich so etwas hätte machen wollen, hätte ich es längst getan. Warum hätte ich so lange warten sollen? Und warum ausgerechnet hier? Quasi vor meiner Haustür?"

Er lachte noch einmal, goss sich eine weitere Tasse Kaffee ein, steckte sich die nächste Zigarette in den Mund und ließ den Qualm genüsslich durch Mund und Nase entweichen.

Charlotte konnte kaum noch atmen. Der Sauerstoffgehalt der Luft in dem kleinen Raum näherte sich dem Nullpunkt. Sie spürte, wie alle Farbe aus ihrem Gesicht wich und ihr Magen gegen den winzigen Schluck dieser schwarzen Brühe rebellierte.

„Ich brauche frische Luft", meinte sie und stand auf. „Lassen Sie uns doch draußen weiterreden." Sie trat ins Freie und atmete zunächst einmal tief durch. Dieser Zigarettenqualm war fürchterlich. Sie hat noch nie verstehen können, wie sich Menschen freiwillig diesem ekelhaften Gestank aussetzen konnten.

„Das sieht doch auch gemütlich aus", schlug sie vor und wies auf zwei Campingstühle unter einer Markise.

Joachim Kohl sah auf seine Uhr. „Können wir endlich zur Sache kommen?", knurrte er unwillig. „Ich muss weitermachen."

„Wir sind bei der Sache, Herr Kohl", fuhr Charlotte fort. Dank des Sauerstoffs kamen ihre Gehirnwindungen langsam wieder in Gang. „Sie haben Herrn Hügelschäffer bedroht und ihn körperlich angegangen."

„Angegangen", spottete Kohl, „was soll das denn sein?"

„Er hat Sie wegen Körperversetzung angezeigt."

„Körperverletzung! Dass ich nicht lache! Ich habe ihn nur leicht am Arm berührt."

„Im Protokoll steht, sie hätten ihn so hart am Arm gepackt, dass er mehrere Hämatome davongetragen hat."

„Ach, der soll sich nicht so haben", stieß Kohl verächtlich hervor. „Er hat mir meine Existenz geraubt, weil Ketchupränder auf dem Tresen waren. Das ist reine Schikane!"

„Was damals passiert ist, kann ich nicht beurteilen, ich weiß nur, dass es zu tätlichen Auseinandersetzungen zwischen Ihnen gekommen ist und dass es jetzt einen Toten gibt. Wo waren Sie denn am Freitagmorgen zwischen ein und drei Uhr?"

„Gute Frau! Wir hatten hier bis Mitternacht Betrieb. Und danach musste ich noch aufräumen und abrechnen. Glauben Sie mir, ich hatte etwas anderes zu tun, als Leuten den Kopf einzuschlagen."

„Kann das jemand bestätigen?"

„Sie machen mir Spaß. Fragen Sie doch die Kollegen."

„Das werden wir tun. Wer wohnt noch mit Ihnen im Wohnwagen?"

Kohl sah sie verwundert an. „Niemand. Ich bin alleine hier."

„Ich habe aber ein zweites Bett gesehen."

„Ach ja, das ist mein neuer Mitarbeiter. Er hat heute Nacht hier geschlafen."

„Die Nacht davor auch?"

„Nein, da kannte ich ihn noch nicht."

„Wie heißt der Mann?"

„Adam."

Langsam begann das Gespräch richtig anstrengend zu werden.

„Hat der Mann auch einen Nachnamen?"

Kohl zuckte mit den Schultern.

„Wahrscheinlich, aber ich kenne ihn nicht."

„Sie stellen jemanden ein, von dem Sie nicht einmal den Namen kennen?"

„Wichtig ist doch, dass er gute Arbeit abliefert."

„Wo ist er denn jetzt?"

„Er wollte sich noch etwas die Beine vertreten, bevor es weitergeht."

Charlotte drückte ihm ihre Karte in die Hand. „Sagen Sie ihm, er soll sich bei mir melden, wenn er wieder zurück ist. Ich denke, wir sehen uns wieder."

„Würde mich freuen, Frau Kommissarin", grinste Kohl. „Sie bekommen auf jeden Fall eine Freifahrt."

„Vielleicht komme ich darauf zurück. Ich wünsche Ihnen gute Geschäfte. Auf Wiedersehen."

Sie war genervt, als sie zu ihrem Auto zurückging. Abgesehen davon, dass der Mann vielleicht aussah wie ein typischer Verbrecher, hatte er mit dem, was er gesagt hatte natürlich vollkommen recht. Welchen Grund sollte er gehabt haben, den Lebensmittelkontrolleur ausgerechnet jetzt umzubringen? Ein halbes Jahr nach der Auseinandersetzung mit ihm? Und dann auch noch in unmittelbarer Nähe zum Volksfestplatz. Er hätte damit rechnen müssen, dass der Verdacht auf ihn fallen würde. Trotzdem würden sie seine Kollegen befragen müssen. Außerdem mussten sie herausfinden, wer dieser Adam war, der bei Kohl arbeitete.

Aber als erstes musste sie herausfinden, wo Torsten war. Er hatte sich noch nicht gemeldet. Und Matthias auch nicht. Langsam begann sie, sich richtig Sorgen zu machen.

Ihr Handy vibrierte.

„Ja, Matthias? Hast du etwas von Torsten gehört?"

„Nein, aber ich habe den Plan vom Burggraben gefunden."

„Wo denn?"

„Er lag im Kopierer. Charlotte, ich habe kein gutes Gefühl. Du solltest schleunigst zu diesem Gartenhaus fahren. Ich schicke dir Verstärkung. Viel Glück."

19

Mit einer Mischung aus Ärger und Angst raste Charlotte in Richtung Norden. Torsten hatte am vergangenen Abend noch in den Burggraben fahren wollen, doch sie hatte die Unternehmung auf den nächsten Tag verschoben. Er hatte es wohl nicht erwarten können, den Plan kopiert und sich auf eigene Faust auf den Weg gemacht.

Und jetzt? Womöglich war ihm dort etwas passiert?

Ungeduldig stand sie an der Ampel am Hallertor. Matthias hatte ihr noch den Plan aufs Handy geschickt und geraten, sie solle zum Tiergärtnertor fahren. Dort angekommen stellte sie das Auto quer auf den Gehsteig neben einen Streifenwagen und rannte über die hölzerne Brücke. Im Burggraben erkannte sie mehrere Uniformierte, die mit einem Zettel in der Hand nach dem richtigen Kleingarten suchten. Oben an der Mauer standen bereits einige Schaulustige, die das Ganze neugierig beobachteten.

„Guten Morgen, Kollegen. Wissen Sie, welcher Garten es ist?"

„Guten Morgen. Nein, es ist gar nicht so einfach zu finden. Die Grundstücke sind alle komplett zugewachsen. Manchmal ist selbst die Tür nur mit Mühe erkennbar."

Einer der Polizisten hielt Charlotte das Papier hin, auf dem eine Parzelle mit Leuchtmarker gekennzeichnet war.

Sie liefen weiter den Burggraben hinauf. Die Mauern links und rechts wurden immer höher, der Graben immer enger. Auf der linken Seite war eine durchgehende Efeuwand zu erkennen, in die ab und zu kleine Wege hineinführten und dann an einer nahezu völlig zugewucherten Tür endeten. Die meisten Zugänge waren mit Ketten und Schlössern gesichert.

„Hier ist es!", rief ein junger Polizist und zeigte auf ein

rostiges Gartentor. „Die Tür ist offen."

Charlotte wies die Beamten an, hinter ihr zu bleiben und zog ihre Pistole aus dem Holster.

Das Grundstück war wild und ungepflegt. Aus den Fugen der bemoosten Waschbetonplatten wuchsen hohe Gräser, die Äste der Bäume und Büsche ragten weit in den Weg hinein.

„Torsten?", rief Charlotte in das Dickicht. Auf der einen Seite hoffte sie, ihren Praktikanten hier zu finden, auf der anderen Seite hatte sie Angst davor, dass ihm etwas passiert war. Geduckt und mit vorgehaltener Waffe erreichte sie nach wenigen Metern ein völlig mit Efeu zugewachsenes Gartenhaus.

Von Torsten keine Spur.

Sie spähte durch eines der winzigen, schmutzigen Fenster und sah einen Körper in blauer Jacke auf einer Eckbank liegen.

„Hierher!"

Hektisch steckte sie die Pistole weg und rüttelte an der Tür. Es war abgesperrt.

„Wir brauchen ein Brecheisen!"

Während einer der Beamten das Werkzeug aus dem Auto holte, klopfte Charlotte voller Angst ans Fenster, doch Torsten reagierte nicht.

Nach endlos scheinenden Minuten hatte der Kollege endlich die Tür aufgebrochen und Charlotte beugte sich zu dem reglosen Körper hinab.

„Torsten?", flüsterte sie voller Angst. Er hatte kleine Abschürfungen an der Stirn, blaugefrorene Lippen und eine mächtige Beule am Hinterkopf. Sonst waren keine Verletzungen erkennbar. Vorsichtig berührte sie seinen kühlen Hals. Eine Welle der Erleichterung durchströmte sie. Sie spürte einen schwachen Puls. Schnell zog sie ihre Jacke aus und deckte ihn damit zu.

„Er lebt! Ruft einen Krankenwagen!"

„Torsten! Wach auf!" Sie gab ihm einen Klaps auf beide Wangen. „Aufwachen! Ich bin es, Charlotte!"

Da öffnete er langsam die Augen.

„Was ist passiert?", murmelte er kaum hörbar.

Charlotte atmete auf.

„Das wollte ich dich gerade fragen."

Torsten versuchte, sich aufzurichten, sank jedoch gleich wieder zurück. „Mein Kopf platzt gleich."

„Das wundert mich nicht. Du hast offensichtlich einen ordentlichen Schlag abbekommen. Bleib liegen, der Krankenwagen ist gleich da."

Wenig später lag er bereits in wärmende Folie gehüllt auf einer Krankentrage.

„Der wird schon wieder", meinte einer der Sanitäter zuversichtlich, als er Charlotte ihre Jacke wieder zurückgab. „Er ist ziemlich ausgekühlt, aber er ist robust. Machen Sie sich keine Sorgen."

Inzwischen war auch Markus Metz mit seinem Team von der Spurensicherung eingetroffen.

„Was ist denn mit unserem Torsten passiert? Was hatte er hier zu suchen?"

Charlotte war noch ganz durcheinander und zitterte vor Kälte. „Das ist der Kleingarten des Mordopfers", erklärte sie schlotternd. „Wir wollten heute morgen gemeinsam nachsehen, ob es vielleicht ein Gartenhaus gibt, aber unser lieber Kollege war augenscheinlich zu ungeduldig und ist alleine losgezogen."

„Sieht ganz so aus. Habt ihr euch hier schon umgesehen?"

Charlotte schüttelte den Kopf. „Noch nicht."

Es roch feucht, modrig und ungelüftet. Im Gegensatz zu dem verwilderten Garten bot dieser kleine Raum ein ähnliches Bild wie sie es in Hügelschäffers Wohnung vorgefunden hatten: spärliche Einrichtung und penible Ordnung.

Anders als sonst in Gartenhäuschen üblich gab es kein einziges Gartengerät. Keinen Rasenmäher, keine Hacken, Rechen, Scheren oder Blumentöpfe.

Dafür gab es reichlich Ordner, akribisch beschriftete Ordner. Außerdem einen Schreibtisch mit Computer und ein Handy an einem Ladekabel.

Charlotte pfiff durch die Zähne und zog sich Handschuhe über.

„Sieh mal einer an. Hatte unser unscheinbarer Bürohengst doch etwas zu verbergen."

Plötzlich wurde es hell. Markus hatte den Lichtschalter

gefunden und ging die Reihe der Ordner durch.
„Das ist unglaublich. Schau dir das an. Die sind alle mit
Namen beschriftet und alphabetisch sortiert. Das sieht ja aus
wie im Archiv der Stasi." Fassungslos nahm er einen Ordner
heraus.
„Schau mal - ein alter Bekannter."

Friedhelm Eck ab 1996

stand in fein säuberlicher Handschrift auf dem Rücken des
prall gefüllten Hefters. Er schlug den Deckel auf und
entdeckte auf der ersten Seite ein Foto des Gastronomen und
seine persönlichen Daten. Anschließend folgten
handschriftliche Aufzeichnungen, chronologisch geordnet
und mit Datum versehen. Markus blätterte die Sammlung
durch, griff wahllos ein Papier heraus und las laut vor.

*26. September 2004, 10:34, Anruf von F.E. Will wissen, was
Kontrolle von Betrieb F.E.8 ergeben hat. Bietet
Theaterkarten. Absage meinerseits.*

*08. Oktober 2004, Ankündigung Kontrolle Betrieb F.E. 12
per Telefon, Überweisung von 1000.-, Ergebnis: ohne
Beanstandungen*

*19. Oktober 2004, Verzehrgutschein für Betrieb F.E. 5 im
Wert von 200.-*

Kopfschüttelnd zog er mehrere andere Ordner heraus.
Überall das Gleiche.
„Das glaube ich jetzt nicht."
Charlotte starrte entgeistert auf die Unterlagen.
Karl Hügelschäffer, der unscheinbare, etwas altmodische,
penible Lebensmittelkontrolleur mit der Beinprothese führte
hier offensichtlich ein Archiv von Korrespondenzen, Daten
und Informationen über sämtliche Nürnberger Gastronomen
und verschiedene andere Personen aus Kultur, Gesellschaft
und Politik.
Sie standen vor einem gigantischen Pool an Informationen,

Aufzeichnungen, Überwachung und Kontrolle. Und vor geschätzten fünfzig Verdächtigen samt Motiv, sollten all diese Personen tatsächlich in illegale Machenschaften verwickelt gewesen sein.

Auch wenn Charlotte keinen Zweifel am Wahrheitsgehalt der Unterlagen hatte, würden sie alle Ordner Seite für Seite durchgehen müssen. Die Kollegen vom Wirtschaftsdezernat würden über Monate hinweg beschäftigt sein - und sie selbst auch.

Sie schluckte, versuchte zu realisieren, was sie da entdeckt hatten. Da fiel ihr Blick auf *Attila Benkö*.

Attila? Natürlich. Auch sein Café war regelmäßig kontrolliert worden. Sie zögerte, zog den Ordner aus dem Regal, fühlte sich wie eine Verräterin und stellte ihn schnell wieder zurück.

Nein, das konnte sie nicht.

Niemals würde sie Attila nachspionieren. Sie würde ihre Hand dafür ins Feuer legen, dass sich ihr ehemaliger Chef nichts hatte zu Schulden kommen lassen. Er hatte sich niemals auf illegale Geschäfte eingelassen, niemals versucht, jemanden zu schmieren, davon war sie felsenfest überzeugt.

„Sieh mal einer an", meinte Markus und griff nach einem Ordner, der falsch einsortiert war. „So genau hat es unser Stasi-Mann dann doch nicht genommen. *Bertram de Jong* steht hier zwischen *S* und *T*."

Er klappte den Deckel auf und fand vergleichsweise wenig Papiere darin, die dafür um so interessanter waren.

Ausschreibung Dutzendteich / Nummernweiher

war auf dem ersten Registerblatt zu lesen.

Charlotte stutzte. Hatte nicht Friedhelm Ecks Assistentin von dieser Ausschreibung erzählt?

03. April 2010, 08:00, Treffen mit B.d.J., Konzept von F.E. weitergegeben. Zahlung von 5000.- in bar.

08. April 2010, 18:00, Essen mit B.d.J.

„Es sieht so aus, als habe Herr Eck einen Konkurrenten bekommen."

Sie erzählte ihm von dem Wettbewerb und den Plänen der Stadt, das Gelände westlich der Großen Straße gastronomisch aufzuwerten.

Der Spurensicherer grinste. „Offenbar hat unser Lebensmittelkontrolleur Herrn Ecks Konzept an die Konkurrenz verkauft."

„Na, wenn das kein Motiv ist. Dann war womöglich auch Friedhelm Eck derjenige, der hier herumgeschnüffelt und Torsten niedergeschlagen hat."

„Kann sein, aber warum hat er dann seinen Ordner nicht verschwinden lassen?"

Charlotte sah sich verwundert um. Nichts deutete darauf hin, dass hier jemand etwas gesucht hatte. Nichts lag auf dem Boden, keine Schubladen waren herausgezogen, alles war ordentlich aufgeräumt. „Also entweder ist derjenige schnell fündig geworden, oder er kam gar nicht dazu, lange zu suchen, weil er von meinem neugierigen Praktikanten unterbrochen wurde."

„Auf jeden Fall haben wir eine Menge Material gefunden, das wir auszuwerten haben. Ich bin gespannt, wer von unseren prominenten Mitbürgern in den nächsten Wochen Besuch von unseren Kollegen bekommen wird."

„Auf meiner Liste stehen Eck und Bertram de Jong ganz oben. Die Unterlagen liefern beiden ein starkes Motiv. Bitte nehmt euch doch auch das Handy vor. Ich wüsste zu gerne, mit wem Hügelschäffer in letzter Zeit telefoniert hatte."

„Aber gerne doch."

Charlotte stand nachdenklich vor dem Regal mit den Ordnern. „Irgendetwas passt nicht zusammen."

„Was meinst du?"

„Warum bricht jemand in dieses Gartenhaus ein? Kurz nach dem gewaltsamen Tod des Besitzers. Hat derjenige gewusst, welche brisanten Unterlagen hier gelagert werden? Wenn ja, wenn diese Akten tatsächlich der Grund dafür waren, hier einzubrechen, warum hat er sie dann nicht mitgenommen oder in Brand gesteckt? Angenommen, Eck oder de Jong stecken dahinter. Hätte nicht jeder von ihnen die Ordner unschädlich gemacht? Sicher, Torsten kam dazwischen, aber er war ja irgendwann außer Gefecht gesetzt. Danach war doch sicher noch genug Zeit, das Material verschwinden zu lassen."

„Du meinst, der Einbrecher hatte gar kein Interesse an den Papieren?"

„Keine Ahnung. Ich fahre jetzt ins Klinikum zu Torsten. Vielleicht kann er etwas dazu sagen."

„Sag ihm viele Grüße und gute Besserung."

20

Es dämmerte bereits, als Charlotte und Tim mit ihren Fahrrädern über die Bayernstraße hinüber in den Luitpoldhain und weiter zum Volksfestplatz fuhren. Tim hatte all seine Überredungskunst aufwenden müssen, seine Freundin nach einem langen und ereignisreichen Tag noch zu einem Besuch auf dem Volksfest zu überreden. Sie wollten sich mit Sandra treffen, eine Bratwurst und gebrannte Mandeln essen und vielleicht auch mit dem Riesenrad fahren.

Charlotte stand nach alldem nicht der Sinn. Sie hatte sich magisch von ihrem Sofa angezogen gefühlt. Auch der Fernseher hatte ihr eine eindeutige Botschaft zukommen lassen - und natürlich ihr Bett! Die flauschige Zudecke, die Tim heute frisch bezogen hatte, die Liebesschnulze auf dem Nachtkästchen, ...

Es hätte ein so perfekter Abend werden können.

Stattdessen näherten sie sich Menschenmassen und ohrenbetäubendem Lärm, kreischenden Leuten und monotonen Mikrofonstimmen, die zum Mitmachen und Immer-Wieder-Dabeisein einluden.

Charlotte wusste, dass Tim dieses Bad in der Menge genoss. Er liebte diese schrille, bunte und laute Atmosphäre, liebte den Duft nach Bratwürsten und Steckerlfisch, konnte sich an den vielen Kindern erfreuen, die ihre riesigen Zuckerwattewolken durch die Gänge balancierten. Selbst die unfreundlichen, tätowierten Schausteller mit den schmutzigen Hosen und mürrischen Gesichtern konnten sein Glück nicht trüben. Voller Vorfreude stellte er sich geduldig in die langen Schlangen vor den abenteuerlichsten Fahrgeschäften, nachdem er vorher für horrendes Geld einen Plastikchip gekauft hatte. Aber die Geschmäcker waren ja bekanntlich verschieden. So musste Charlotte zweimal im Jahr in den sauren Apfel - oder die gebrannte Mandel - beißen und ihren Liebsten zum Volksfest begleiten.

Dafür musste er auch oft genug für Dinge herhalten, die ihm nicht immer Spaß machten.

So auch an diesem Abend.

Als sie am späten Nachmittag müde und frustriert nach Hause gekommen war, hatte sie ihm von all den Vorkommnissen und Schwierigkeiten ihres Arbeitstages berichtet. Und er musste zuhören, ob er wollte, oder nicht.

Torsten war leider noch nicht ansprechbar gewesen. Offenbar war der Schlag auf den Kopf doch heftiger gewesen, als zunächst angenommen. Anschließend war sie ins Präsidium gefahren und hatte - ganz die folgsame Untergebene - ihrem Chef von den Akten im Gartenhaus berichtet, auch und gerade von der Akte Eck und seinen illegalen Aktivitäten.

Hauptkommissar Peter hatte den Gastronomen schon einmal unter seine Fittiche genommen, damals im Fall mit dem Henker. Dass er sich auch diesmal vor das *verdiente Mitglied des kulturellen Lebens* stellen würde, war Charlotte klar gewesen. Sie hatte nichts anderes erwartet. Also durfte sie keinen Ausflug zum Eck´schen Anwesen nach Erlenstegen unternehmen, ihn nicht mit Hügelschäffers Aufzeichnungen konfrontieren und ihn schon gar nicht der Korruption bezichtigen. Ihr waren die Hände gebunden.

Leider war es am Wochenende nicht so einfach, an die Handydaten heranzukommen. Deshalb wusste sie noch immer nicht, mit wem das Opfer vor seinem Tod gesprochen hatte. Zähneknirschend hatte sie sich noch einen Teil der Ordner aus dem Gartenhaus zu Gemüte geführt und festgestellt, dass es eine Vielzahl von Menschen in Nürnberg gab, die einen Grund gehabt haben könnten, den Lebensmittelkontrolleur zu beseitigen. Wieviele es sein würden, wenn alle Daten gesichtet waren, konnte sie nur ahnen.

Trotzdem glaubte sie daran, dass Hügelschäffers Tod mit der Vergabe des Auftrages für das Gelände um die Nummernweiher zu tun hatte. Es bestand ein direkter zeitlicher Zusammenhang, während die anderen Fälle schon länger zurücklagen. Ihr hatte der Schädel gebrummt bei all den Informationen, all den Wenns und Abers, all den Unsicherheiten und Spekulationen.

Und dann hatte ihr Tim freudestrahlend eröffnet, dass sie sich eine Stunde später mit Sandra auf dem Volksfest treffen würden.

Bereits am Fahrradabstellplatz herrschte heilloses Chaos. Charlotte fühlte sich überfordert.

„Ich sperre dein Rad mit ab", bot Tim an, der angesichts Charlottes Stimmung fast ein schlechtes Gewissen hatte. Vielleicht hätte er sie doch zu Hause lassen und alleine mit Sandra den Abend verbringen sollen. Sandra war ein ähnlicher Volksfest-Junkie wie er. Auch sie konnte nicht genug bekommen von lauter Musik, bunten Lichtern und Menschenmassen.

„Da seid ihr ja!", rief sie den beiden schon entgegen, schwenkte begeistert ihre Zuckerwatte und fiel der Freundin um den Hals. „Ich freue mich so, dass du auch mitgekommen bist." Auch Tim wurde überschwänglich geherzt. „Es war bestimmt harte Arbeit für dich, sie zu überzeugen, was?"

Tim seufzte tief und wischte sich theatralisch den nicht vorhandenen Schweiß von der Stirn.

„Na los! Bringen wir es hinter uns."

Charlotte preschte voran und stürzte sich mitten hinein ins Getümmel. Nach mehreren Stopps bei Losbude, Bratwurststand und Hau-den-Lukas standen sie schließlich im bunt-blitzenden Nebel von *Spider Crash*. Wie Charlotte bereits am Vormittag gemutmaßt hatte, fuhren die gruselig-glänzenden Riesenspinnen mit ohrenbetäubend lauter Musikbegleitung durch die Arena. Bei jedem Crash gab es noch Extra-Geschrei dazu - teils eingespielt vom Band, teils live von den amüsierten Fahrgästen.

Tims und Sandras Augen leuchteten, Charlotte schüttelte überfordert den Kopf.

„Ach, die Frau Kommissarin!", hörte sie plötzlich eine heisere Stimme hinter sich. „Mit Ihnen hätte ich ehrlich gesagt nicht gerechnet."

Tim und Sandra sahen sich überrascht an, während ein grobschlächtiger, glatzköpfiger Mann seinen tätowierten Arm auf Charlottes Schulter legte und ihr eine Handvoll Fahrchips überreichte.

„Ein Mann, ein Wort! Viel Spaß beim Crashen!"

Er lachte dröhnend und fuhr fort, erstaunlich behände von Spinnenwagen zu Spinnenwagen zu hüpfen und von den ungeduldigen jungen Leuten die Chips einzusammeln.

„Einsteigen und Spaß haben", dröhnte eine monotone Stimme aus dem Lautsprecher. „Es geht wieder los beim *Spider Crash*!"

Charlotte sah in einem kleinen Glashäuschen einen zweiten Mann vor dem Mikrofon sitzen. Auch er sah so aus, als habe er schon immer als Schausteller gearbeitet:

Kurz geschorenes Haar, kräftige Arme, mürrischer Gesichtsausdruck und trotz bescheidener Temperaturen nur mit einem Achselshirt bekleidet.

Das musste dieser Adam sein, von dem Joachim Kohl erzählt hatte. Vielleicht sollte sie versuchen, seinen Nachnamen zu erfahren, aber die Vorstellung, sich bei diesem Lärmpegel als Polizistin zu erkennen zu geben, um dann nur nach dem Nachnamen zu fragen, behagte ihr ganz und gar nicht. Sie beschloss, heute Abend einfach nur privat unterwegs zu sein.

„Woher kennst du denn solche Leute?", schrie ihr Tim ins Ohr.

„Arbeit!", schrie sie kurz zurück und drückte ihm die Fahrchips in die Hand. „Ich geh kurz rüber zum See! Viel Spaß!"

„Dir tut was weh???"

„Ich geh zum See!!!", plärrte sie genervt und deutete in Richtung Nummernweiher.

Tim nickte, packte Sandra am Arm und war im nächsten Moment im Spinnen-Nebel verschwunden.

Charlotte schlenderte noch kurz bei dem Stand mit den Rumkugeln vorbei, kaufte sich ein Tütchen und flüchtete auf eine Bank am Ufer des kleinen Teiches.

Von Ruhe konnte hier leider auch nicht die Rede sein, dafür war sie zu nahe am Geschehen, aber zumindest konnte sie sich hinsetzen und wurde nicht von Menschenmassen erdrückt. Auch der Blick auf den friedlichen See war deutlich angenehmer, als diese anstrengenden Blitzlichtgewitter der Fahrgeschäfte. Sie war nicht die Einzige, die jetzt am frühen Abend hier unterwegs war. Familien mit Luftballons am Buggy, Kinder mit riesigen Plüsch-Einhörnern im Arm, Pärchen mit Lebkuchenherzen um den Hals - und eine einsame Kriminalhauptkommissarin mit einem kleinen blau-weißen, spitzen Papiertütchen. Voller Vorfreude öffnete Charlotte das Tütchen, hielt ihre Nase hinein und inhalierte den verführerischen Duft nach Zucker, Schokolade und Rum. Behutsam pickte sie das erste Exemplar heraus und steckte es in den Mund. Es war weich, cremig, süß - einfach perfekt! Schnell schickte sie die nächsten Kugeln hinterher und schloss glücklich die Augen.

„Mama!" Der Schrei eines Kindes durchbrach jäh den Moment des Genießens. „Da schwimmt jemand auf dem Wasser!"

Charlotte verschluckte sich an der vorletzten Rumkugel und musste so heftig husten, dass ihr die Tränen kamen. Als sie endlich wieder ordentlich Luft bekam, sah sie in die Richtung, aus der der Schrei gekommen war.

Auf der anderen Seite des Nummernweihers hatte sich eine Menschentraube versammelt, die auf einen undefinierbaren, dunklen Fleck im Weiher stierte. Alle redeten wild durcheinander. Einige der Männer hatten bereits lange Stöcke in der Hand und stocherten damit im Wasser herum.

„Hilfe! Polizei!", kreischte plötzlich eine junge Frau hysterisch. „Da ist ein Toter!"

Charlotte sprang auf, rannte den Weg entlang und versuchte dabei, ihren Dienstausweis herauszuziehen.

„Hilfe! Eine Leiche im Wasser!"

Die Leute rannten hektisch durcheinander, Kinder weinten, Männer brüllten, einer zog gerade seinen Pulli aus und war im Begriff, sich kopfüber in den Teich zu stürzen.

„Halt! Nicht springen!", versuchte Charlotte, den Übereifrigen zu bremsen. Der Weiher war viel zu flach, um einen Kopfsprung riskieren zu können. „Ich bin von der Polizei! Bleiben Sie zurück!"

Sie brüllte, dass ihr der Hals schmerzte und hatte trotzdem Mühe, verstanden zu werden. Sie hielt einem der Männer ihren Ausweis unter die Nase.

„Ruhe!!!" Die Stimme des Mannes brachte die Menge zum Schweigen. „Hier ist jemand von der Polizei!"

Charlotte nickte dem Mann dankbar zu.

„Bitte treten Sie zurück!"

Mit beiden Armen schob sie die Leute vom Ufer weg und starrte ungläubig auf den dunklen Schatten, der an der Oberfläche trieb. Ein massiger Körper, zwei weit von sich gestreckte Beine. Hatten sie tatsächlich einen zweiten Toten im Nummernweiher?

Einen Toten ohne Arme und ohne Kopf?

21

Die Vorhänge waren zugezogen, das Licht schummrig. Im Hintergrund spielte irgendein Sinfonieorchester irgendein klassisches Stück. Auf dem niedrigen Couchtisch lag ein Stück dunkelblauer Damast mit sechs glänzenden, geschliffenen Diamanten, jeder etwa so groß wie ein Kirschkern.

Mit zitternden Fingern strich Waldemar Rossdeutsch liebevoll über die glatte Oberfläche, legte sich einen nach dem anderen in die feuchte Handfläche und liebkoste sie wie ein geliebtes Haustier.

„Endlich habe ich euch hier bei mir", flüsterte er kaum hörbar. „Ich werde euch niemals hergeben. Ihr gehört mir, mir ganz alleine."

Zärtlich strich er mit seiner frisch rasierten Wange über die Steine, streichelte sie, legte sie wieder zurück auf den Stoff, nur um sie Sekunden später wieder in seine Handfläche fallen zu lassen.

Sein Herz schien vor Glückseligkeit bersten zu wollen, er vergaß alles um sich herum, nahm nichts wahr, außer dem Glanz und der Schönheit seines Schatzes.

Und doch war da das Gefühl, etwas Unrechtes zu tun. Obwohl er alleine in der Wohnung war, fühlte er sich plötzlich beobachtet, kontrolliert, überwacht, hatte das dringende Bedürfnis, die Diamanten zu verstecken. Ruckartig drehte er sich um und starrte hasserfüllt auf das Foto, das hinter ihm an der Wand hing. Es war die Aufnahme eines Mannes in Uniform, dessen strenger Blick ihn zu durchbohren schien.

Sein Herz klopfte schneller, die Lippen zitterten, sein Körper bebte.

„Nein, Vater, ich werde dir die Steine nicht geben", presste er hervor. „Sie gehören mir!"

Er sprang auf und wollte den Bilderrahmen von der Wand reißen, doch irgendetwas hielt ihn zurück. Mit weit aufgerissenen Augen starrte er auf das Foto, stolperte ein paar Schritte rückwärts. Schweißtropfen liefen über sein Gesicht.

„Nein, Vater ...", er senkte den Kopf, „ja, Vater, du hast recht, natürlich hast du recht. Die Steine gehören mir nicht, ich hätte sie nie an mich nehmen dürfen, aber ..." Langsam hob er den Blick wieder, kniff die Lippen zusammen, holte tief Luft. „Du hast mir nichts mehr zu sagen, du bist tot, verrottet, verschwunden aus meinem Leben. Lass mich endlich in Frieden!"

Der durchdringende Ton der Haustürglocke ließ ihn zusammenfahren. Er erstarrte.

Es klingelte erneut, nochmal und nochmal, doch er konnte sich nicht bewegen. Sein Blick jagte zwischen dem Foto seines Vaters und den Diamanten hin und her. Hektisch stürzte er auf den Couchtisch zu und krampfte seine Hand um die wertvollen Steine. Gedanken rasten durch seinen Kopf.

Schritte auf der Treppe.

Sie kamen!

Sie würden seinen Schatz holen!

Das konnte er nicht zulassen.

Klopfen an der Wohnungstür.

Endlich löste sich seine Erstarrung. Schweißüberströmt sprang er auf, ließ die Diamanten auf den Stoff fallen, wickelte sie darin ein und stopfte das Bündel in eines der bestickten Sofakissen.

„Polizei! Bitte öffnen Sie die Tür!"

Er konnte kaum atmen, seine Kehle war wie zugeschnürt.

Lautes Hämmern an der Tür.

Gleich würden sie das Schloss aufbrechen.

„Wir wissen, dass Sie da sind. Öffnen Sie!"

„Ich komme", krächzte er heiser, stolperte durch den Flur und riss die Tür auf.

Drei Polizisten in Uniform und eine junge Frau, die ihm bekannt vorkam, schoben sich in die Wohnung.

Seine Knie wurden weich, ein kalter Schauer lief ihm über den Rücken. Er ließ sich nichts anmerken und straffte die Schultern. Er würde sich dieses unrechtmäßige Eindringen in seine Privatsphäre nicht bieten lassen.

„Ich verbitte mir das. Sie haben kein Recht, meine Wohnung zu betreten."

Die junge Beamtin zeigte ihm ihren Ausweis.

„Herr Rossdeutsch? Kriminalhauptkommissarin Gerlach. Vielleicht erinnern Sie sich noch? Wir haben uns gestern Vormittag beim Nummernweiher gesehen."

„Das berechtigt Sie noch lange nicht, sich Zutritt zu meinen Privaträumen zu verschaffen."

„Wir müssen dringend mit Ihnen reden", hakte die Polizistin freundlich aber bestimmt nach. „Können wir nicht kurz in Ihrem Wohnzimmer Platz nehmen?"

„Ich wüsste nicht warum."

Er musste die Beamten loswerden, konnte nicht erlauben, dass sie sich in seiner Wohnung niederließen.

„Herr Rossdeutsch, Sie haben doch meinem Kollegen viele wichtige Informationen bezüglich verschiedener Personen auf dem Areal am Dutzendteich gegeben. Wir hätten diesbezüglich noch einige Fragen an Sie."

Er war erleichtert. Es ging gar nicht um ihn persönlich. Sie wollten noch mehr Aufzeichnungen. Er würde seiner Bürgerpflicht nachkommen und ihnen Einsicht in seine Dokumente gewähren.

„Wenn das so ist. Kommen Sie."

Er setzte sich in einen Sessel. Die junge Beamtin nahm ihm gegenüber auf dem Sofa Platz. Die Männer blieben an der Tür stehen. Sein Pulsschlag normalisierte sich langsam.

Warum kamen die Polizisten jetzt? Es war spät, beinahe Mitternacht.

„Bitte entschuldigen Sie, dass wir Sie um diese Uhrzeit stören müssen, aber es ist wirklich sehr wichtig", begann die junge Beamtin.

Er stand auf, ging zu einem Schrank und öffnete ihn. Zum Vorschein kamen Hunderte kleiner Notizbücher, fein säuberlich nach Datum sortiert.

„Um welchen Zeitraum handelt es sich?"

„Bitte setzen Sie sich und sehen Sie sich das an."

Was wollte diese Frau? Sie war nicht wegen der Daten in seinen Büchern gekommen.

Die Kommissarin legte eine große Tüte auf den Tisch und zog ein nasses, grünes Gummiding daraus hervor.

Seine Anglerhose!

„Wir haben das hier vor ein paar Stunden aus dem Nummernweiher gefischt. Es steht Ihr Name darin."

Keine Reaktion.

„Ich denke, Sie haben die Hose erkannt."

Er nickte schwach. Seine Fassade bröckelte. Er sank in sich zusammen.

„Können Sie uns erklären, wie sie in den Nummernweiher gekommen ist?"

Schweigen.

Wie hatte ihm das nur passieren können? Er hatte sich die Hose vom Leib gerissen, um seinen Schatz bergen zu können. Und dann hatte er sie vergessen. Schlichtweg vergessen.

„Hallo? Herr Rossdeutsch?", hakte die Frau penetrant nach.

„Wie kam die Hose in den Weiher? Und wann?"

Sie würde nicht nachlassen, bis sie eine glaubhafte Antwort bekam, aber was sollte er ihr sagen?

Dass er die Diamanten gerettet und vor Freude darüber die Hose vergessen hatte? Er suchte fieberhaft nach einer Ausrede.

Die Kommissarin wartete geduldig und sah sich dabei unauffällig um. Ihr Blick wanderte über die Buchrücken im Regal, die wenigen Fotos an den Wänden und blieb schließlich an einem Stück Papier hängen, das auf der Couch lag.

Der Zeitungsartikel.

Tod auf dem Eisbärenfelsen

Aus den Augenwinkeln heraus konnte er das Foto von Karl Hügelschäffer erkennen.

„Wie ich sehe, interessieren Sie sich auch für die Geschehnisse der vergangenen Tage?"

Diese Kommissarin war schlau. Sie wechselte das Thema, um ihn aus der Reserve zu locken. Doch auch dieses Thema war brisant. Sie würde ihre Schlüsse ziehen. Er musste ihr zuvorkommen.

„Ich denke, es ist legitim, sich mit aktuellen Themen zu befassen", begann er. „Was ist daran anstößig?"

Er hatte ihre ungeteilte Aufmerksamkeit.

„Für Sie als Teichwächter ist es bestimmt besonders interessant. Immerhin gehört das Areal zu Ihrem Revier, wenn man das so bezeichnen darf."

Er hörte ganz genau hin. War da Ironie zwischen den Zeilen? Machte sie sich lustig über ihn?

Das Gesicht der jungen Frau zeigte keinerlei Regungen in diese Richtung. Sie nahm ihn ernst und das war gut.

„Wenn sich die Stadt schon nicht darum kümmert, die Vandalen im Zaum zu halten, ist man als Bürger in der Pflicht, sich dessen anzunehmen. Mein Vater hat mir beigebracht, dass man sich an die geltenden Regeln zu halten hat, denn nur dann ist ein friedliches Miteinander möglich. Wenn jeder einfach tut, was ihm gerade einfällt, dann ..."

„Kannten Sie Herrn Hügelschäffer?"

„Mitnichten."

Es kam zu schnell. Sie würde seine Lüge bemerken, würde das leichte Erröten wahrnehmen, seine nervösen Zuckungen, seinen unsteten Blick.

Jetzt beugte sie sich nach vorne und stützte sich mit ihren Ellbogen auf die Knie. Er wich zurück, hatte Angst, fühlte sich in die Enge getrieben, atmete schwer.

„Herr Rossdeutsch, ich weiß nicht, ob Ihnen klar ist, in welcher Situation Sie sich befinden", erklärte die Beamtin ruhig. „Wenn Sie uns keine plausible Erklärung dafür liefern können, wie die Hose ins Wasser kam und warum Sie den Zeitungsartikel ausgeschnitten haben, müssen wir annehmen, dass Sie etwas mit dem Tod Hügelschäffers zu tun haben oder zumindest über wichtige Informationen verfügen, die Sie uns bisher vorenthalten haben."

„Ich habe Ihnen nichts vorenthalten. Warum sollte ich?"

„Das ist gut." Sie lehnte sich zufrieden wieder zurück und

sah ihn erwartungsvoll an.

„Diese Hose ist mein Eigentum."

Er würde sie in Sicherheit wiegen, ihr geben, was sie wollte, Kooperationsbereitschaft zeigen.

„Das haben wir uns gedacht. Es steht ja Ihr Name darin."

Pause.

„Ich beobachte die Vögel."

„Und dazu müssen Sie ins Wasser?"

Sie machte aus ihrem Zweifel keinen Hehl. Er musste ihr etwas bieten, etwas, das sie zum Schweigen brachte, dafür sorgte, dass sie nicht weiter nachbohrte.

„Ich suche ihre Nester. Die kleinen Schwarzhalstaucher bauen schwimmende Nester. Vor allem zwischen Schilfgras oder toten Bäumen."

„Sie haben also die schwimmenden Nester der Wasservögel gesucht?"

Es reichte ihr nicht. Sie wollte mehr.

„Ja, ich bin meist nachts unterwegs, weil ich dann nicht von Neugierigen gestört werde."

„Sie waten dann mit dieser Hose ins Wasser und beobachten die Vögel in ihren Nestern."

„Das trifft zu."

„Wann waren Sie zuletzt im Weiher?"

Sollte er ihr von den beiden Gestalten berichten? Womöglich würde er als wichtiger Zeuge gelten.

„In der Nacht auf Freitag. In Zeiten dieses unsäglichen Volksfestes kommt das Gelände ja vor ein Uhr nachts nicht zur Ruhe. Sie haben ja keine Ahnung, welche Belastung dies für Fauna und Flora bedeutet. Dass die Stadt das zweimal im Jahr duldet ..."

Die junge Frau visierte ihn scharf an. Ihr würde nichts entgehen.

„Sie behaupten, sie hätten in der Nacht von Donnerstag auf Freitag im Nummernweiher Vögel beobachtet."

„Das sagte ich doch."

„Sie wissen, dass in dieser Nacht Herr Hügelschäffer erschlagen wurde. Am Nummernweiher."

„Wenn Sie das sagen."

Er fühlte sich zunehmend unwohl. Kleine Schweißtropfen

rannen ihm die Schläfen hinab.

„Was haben Sie gesehen?"

Er musste es sagen. Sie würde ihn verdächtigen.

„Da waren zwei dunkle Gestalten."

Die Polizistin zog überrascht eine Augenbraue nach oben.

„Zwei Gestalten?"

„In dunklen Jacken mit Kapuzen. Eine von beiden hinkte."

„Und die andere?"

Er keuchte, kleine leuchtende Punkte tanzten vor seinen Augen.

„Die andere habe ich nicht gesehen."

„Warum nicht? Wo waren Sie?"

Das Zimmer und das fordernde Gesicht der Polizistin schwammen hin und her.

„Ich stand im Wasser."

Seine Stimme bebte.

„Was ist passiert?"

Ein hoher Pfeifton drang in sein Hirn.

„Sagen Sie uns, was passiert ist!"

Er wurde ohnmächtig.

22

Das Krankenzimmer war hell und freundlich. Torsten saß aufrecht in seinem Bett und steckte sich mit sichtbarem Appetit das letzte Stück seines Brötchens in den Mund. An seinem Bettrand hockte Sandra und packte gerade zwei Äpfel und eine Orange aus ihrer Tasche.

„Du brauchst Vitamine, damit du wieder zu Kräften kommst", erläuterte sie und hörte sich dabei an wie ihre eigene Mutter.

Charlotte hatte mit Erstaunen festgestellt, dass sie nicht die Einzige war, die an diesem Sonntagvormittag auf die Idee gekommen war, Torsten einen Krankenbesuch abzustatten.

„Wie ich sehe, bist du schon wieder auf dem Weg der Besserung", freute sie sich, legte den mitgebrachten Fertigkuchen auf den Nachttisch und setzte sich auf die andere Bettkante. Flankiert von zwei jungen Damen thronte Torsten glücklich in seinem Bett und ließ sich auch noch das dritte Brötchen schmecken. Er fühlte sich zum Glück wieder großartig und genoss die Aufmerksamkeit und Pflege. Da waren die leichten Kopfschmerzen gut auszuhalten.

„Ich kann nicht klagen", presste er zwischen viel Butter und Marmelade hervor. „Allerdings habe ich zwei massive Probleme."

„Und die wären?"

„Langeweile und Neugier", zählte er grinsend auf. „Ich wüsste zu gerne, was es Neues von eurer kopf- und armlosen Leiche gibt."

Sandra zuckte entschuldigend mit den Schultern. „Er hat mich gefragt ..."

„Das war ein ganz schöner Schreck gestern Abend, das kannst du mir glauben. Es wird Zeit, dass du wieder mit von der Partie bist. Es gibt viel zu tun."

Charlotte warf ihrer Freundin einen bittenden Blick zu.

„Ja, ja, ich weiß. Interna, die mich nichts angehen", jammerte Sandra übertrieben dramatisch. „Vielleicht sollte ich mich mal für den gehobenen Polizeidienst bewerben, dann kann ich auch all die interessanten Dinge erfahren."

„Und bis es soweit ist, musst du leider draußen bleiben", lachte Charlotte und zog diverse Unterlagen hervor.

Schmollend schlich Sandra zur Tür. „Na gut, dann gehe ich in die Cafeteria. Bis später."

„Danke dir, bis dann." Die Tür fiel ins Schloss. „Ich wusste gar nicht, dass du dich so gut mit Sandra verstehst?"

Charlotte beobachtete amüsiert, wie sich eine leichte Röte im Gesicht ihres Praktikanten ausbreitete.

Hatte sie etwas verpasst?

„Möchtest du mir was sagen?"

„Ich glaube eher, du willst mir was sagen, oder warum bist du hier?", gab Torsten schlagfertig zurück. „Jetzt erzähl schon! Ihr habt also eine Anglerhose für eine Leiche gehalten."

„Jetzt halt mal die Luft an", verteidigte sich Charlotte und berichtete von den Aufregungen des vergangenen Abends.

Nachdem der Teichwächter mit einem Kreislaufkollaps ins Krankenhaus gebracht worden war, hatte sich Charlotte mit ihren Kollegen in der Wohnung des Mannes umgesehen. Matthias hatte weitere Informationen recherchiert und den nötigen Durchsuchungsbeschluss für Montag in Aussicht gestellt. Dann sollte die Wohnung gründlich durchsucht werden.

„Der Fall hat eine ganz neue Dimension bekommen", berichtete sie. „Der Teichwächter, alias Waldemar Rossdeutsch, war bis zur Wende Grenzpolizist an der innerdeutschen Grenze - auf DDR-Seite in Meiningen. Auf der westdeutschen Seite ist ein Dorf namens Eußenhausen. Es gab dort damals einen Grenzübergang."

Torsten riss die Augen auf.

„War nicht Hügelschäffer wegen Republikflucht inhaftiert?"

„Es ist wahrscheinlich genauso, wie du vermutest. Alles deutet darauf hin, dass Rossdeutsch Hügelschäffer damals ins Gefängnis gebracht hat."

„Sie kannten sich also."

„Sieht so aus. Ich konnte Rossdeutsch noch nicht damit konfrontieren. Die Ärzte lassen mich noch nicht zu ihm."

Torsten überlegte. „Gut, die beiden kannten sich, aber warum hätte der eine den anderen erschlagen sollen? In meinen Augen hätte sich doch eher Hügelschäffer am Teichwächter rächen müssen, als umgekehrt."

„Vielleicht finden wir in der Wohnung noch Hinweise auf ein Motiv, an das wir bisher noch nicht gedacht haben."

„Oder unser Teichwächter hat tatsächlich nichts mit dem Mord zu tun und hat doch nur seine Vögel beobachtet? Ist er eigentlich noch berufstätig?"

„Nein, er ist seit vier Jahren im Ruhestand."

„Und was hat er zuvor gemacht?"

„Er war Pförtner bei MAN in der Südstadt."

„Da hat er sicher immer für Recht und Ordnung gesorgt, nehme ich an", grinste Torsten. „Du kannst sagen, was du willst, ich glaube nicht, dass er genug kriminelle Energie hat, um einen Menschen zu töten."

„Ganz im Gegensatz zu dir, was?"

„Wie meinst du das?" Torsten machte ein unschuldiges Gesicht.

„Du kannst froh sein, dass du jetzt nicht neben Hügelschäffer in Kohlbrenners Kühlfach liegst. Warum musstest du auch auf eigene Faust losziehen?"

Sie musterte ihn streng, erwartete aber nicht wirklich eine Antwort.

„Hast du irgendetwas erkennen können?"

Torsten schüttelte den Kopf. „Nein. Ich habe nur das Licht einer Taschenlampe im Fenster gesehen. Dann bin ich wohl auf einen dürren Ast getreten und niedergeschlagen worden. Später bin ich dann in der Hütte zu mir gekommen und habe die vielen Ordner gesehen. Ich wollte dir Bescheid geben und mich umsehen, aber ich war völlig benommen. Mit Mühe konnte ich mich noch auf die Eckbank schleppen. Dann bin ich wohl wieder eingeschlafen. Was habt ihr gefunden?"

Charlotte erzählte ihm von den Akten und den dokumentierten kriminellen Aktivitäten diverser Leute.

„Friedhelm Eck. Also doch."

„Herr Eck hat neuerdings einen Konkurrenten. Es läuft doch im Moment eine Ausschreibung zur Neugestaltung des Geländes um die beiden Nummernweiher. Laut der Aufzeichnungen in dem Ordner hat Hügelschäffer Ecks Konzept an einen Herrn Bertram de Jong verkauft."

„Oha! Das hört sich an wie ein handfestes Motiv."

„Am Montag ist die Auftragsvergabe. Ich bin gespannt, wer den Zuschlag bekommt."

Torsten streckte sich und verschränkte die Arme hinter dem Kopf. „Da gibt es ja jede Menge Motive und Verdächtige. Ich hoffe, ich kann dir ab morgen wieder mit Rat und Tat zur Seite stehen."

„Lassen dich die Ärzte morgen schon raus?", fragte Charlotte ungläubig.

„Das will ich doch hoffen, sonst sterbe ich hier vor Langeweile."

„Höre ich da etwas von Langeweile?"

Attila und Mariella waren unbemerkt hereingekommen und begrüßten Torsten und Charlotte herzlich.

„Es freut mich, dass es dir schon wieder so gut geht, dass du an Langeweile denken kannst." Attila klopfte Torsten auf die Schulter und legte ihm eine große Tüte frischer Kekse auf das Bett. „Charlotte ist doch ohne dich hoffnungslos verloren."

Jetzt streckte auch Sandra den Kopf zur Tür herein.

„Ist das eine Art Familientreffen? Da darf ich nicht fehlen."

Charlotte schaute auf ihre Uhr und schlüpfte in ihre Jacke.

„Aber ich muss leider fehlen. Unser Chef hat mich in einer halben Stunde zu sich zitiert. Er will bei diesem brisanten Fall immer aktuell informiert werden."

„Und warum muss das ausgerechnet am Sonntagvormittag sein? Hat der Mann kein Privatleben?"

Attila schüttelte verständnislos den Kopf.

„Am Nachmittag kann er nicht, da hat er einen wichtigen Termin. Wir sehen uns."

23

Gleich würde es wieder soweit sein.

Charlottes Herz schlug einen Takt schneller, eine Woge freudiger Erregung durchströmte ihren Körper, ein seliges Lächeln umspielte ihre Lippen. Vergessen war alle Ermittlungsarbeit, die Suche nach Täter und Motiv, die Verdächtigen, die Beweise und Alibis. All das schlummerte in den Tiefen ihres Unterbewusstseins, hatte sie abgelegt in die äußerste Ecke ihrer Großhirnrinde, beiseite geschoben, um Platz zu machen für das Einzige, was jetzt zählte.

Andächtig, in Erwartung dessen, was jetzt kommen würde, erhob sie sich und schloss kurz die Augen. Der Lärm um sie herum verebbte. Auch alle anderen machten sich bereit für den großen Moment. Schnell zupfte sie noch ihren Schal zurecht, strich das übergroße, dunkelrote Trikot glatt, richtete sich stolz auf und legte die rechte Hand aufs Herz.

Stille.

Das erste Knacken aus der Lautsprecheranlage.

Rauschen.

Da! Flötenklänge, diese wunderschöne, ergreifende Melodie ...

Charlotte holte tief Luft.

Ein Fels in wilder Brandung,
der alles überstand ...

Charlottes Lungen gaben alles, ihre Stimmbänder vibrierten, Tränen der Rührung liefen ihr über die erhitzten Wangen.

Voller Inbrunst und Leidenschaft genoss sie diesen erhebenden Augenblick, diesen Moment großer Gefühle, als Zehntausende Gleichgesinnter gemeinsam die Stimme erhoben ...

... sein Stern er wird für immer
am Fußballhimmel steh'n ...

Die Legende lebt,
wenn auch die Zeit vergeht ...

Im schwarz-roten Rund des Stadions wurden Schals in die Luft gestreckt, Banner ausgerollt und riesige Fahnen geschwenkt. Das armselige grün-weiße Häufchen Menschen in der Südkurve nahm niemand wahr.

Diese Minuten gehörten allein den Fans des einstigen Rekordmeisters, des Pokalsiegers von 2007, dem einzig wahren 1.FC Nürnberg!

... unser Club
wird niemals untergeh'n.

Die letzten Töne waren verklungen, die Ergriffenheit legte sich langsam, die Fans setzten sich wieder und jubelten enthusiastisch den Stars zu, die inzwischen hüpfend, dribbelnd und Arme kreisend auf den Platz geströmt waren.

Auch Charlotte ließ sich glücklich auf den unbequemen, harten Plastiksitz fallen und sog die gespannte Atmosphäre in sich auf. Leider hatte sie schon wieder das runde, klappbare Club-Kissen, das ihr die lieben Kollegen vor Kurzem geschenkt hatten, zuhause vergessen, aber das war halb so schlimm. Viel wichtiger war, dass ihre Helden heute auf dem Platz ihre Leistung brachten und gegen Wolfsburg drei Punkte einfuhren. Die Saison neigte sich langsam dem Ende entgegen und der Relegationsplatz war erschreckend nah. Noch vor drei Jahren hatte die Mannschaft den DFB-Pokal geholt, war gleich danach ab- und dann wieder aufgestiegen.

Aber so war das mit dem Club.

Schon immer gewesen.

Ein ständiges Auf und Ab.

Wie langweilig war dagegen das Leben als Bayern-Fan. Da ging es über Jahre nur darum, ob es Platz 1, 2 oder 3 wurde. Wie langweilig, wie vorhersehbar.

Wie aufregend ging es da bei den Club-Fans zu. Vom Pokalsieg bis zum Nahezu-Abstieg in die dritte Liga war alles drin. Man musste nur leidensfähig sein - und dafür waren die Fans des 1.FCN bekannt.

Anpfiff!

Charlotte konzentrierte sich ganz auf das Geschehen auf dem Rasen, vergaß den harten Sitz, ignorierte die Nikotinwolke des Fans neben ihr und dachte nicht mehr an den Anflug eines schlechten Gewissens, mit dem sie heute ins Stadion gekommen war.

Eigentlich hätte sie Bertram de Jong befragen und noch einmal die Unterlagen aus Hügelschäffers Gartenhaus durchgehen müssen. Außerdem müsste sie sich darum kümmern, wer dieser Adam war, der bei Joachim Kohls *Spider Crash* beschäftigt war. Immerhin hatte Kohl ein Motiv und kein Alibi.

Es gab genug zu tun, um den ganzen Sonntag mit Arbeit zu füllen, aber hätte sie deshalb auf das Heimspiel verzichten sollen?

Niemals!

Sie hatte auch noch andere Interessen außer der Verbrecherjagd.

Zum Glück musste sie an diesem Sonntag nicht auch noch Tim gegenüber ein schlechtes Gewissen haben. Er war mit zwei Freunden zum Wandern in die fränkische Schweiz gefahren.

Männerausflug!

Und sie konnte ihren Club in dieser schwierigen Phase der Saison unterstützen.

Abgesehen davon hatte sie heute auch schon gearbeitet. Sie hatte sich um ihren Praktikanten im Krankenhaus gekümmert, sich nach Waldemar Rossdeutsch erkundigt und ihrem Chef vom Stand der Ermittlungen berichtet.

Natürlich war er alles andere als zufrieden gewesen. Eigentlich hätte sie ..., außerdem müsste sie ..., es wäre höchste Zeit, dass sie …

Hauptkommissar Peter hatte leicht reden. Er hatte ihr Unterstützung zugesagt, solange Torsten noch nicht wieder einsatzbereit war. Und? Wo war die Unterstützung?

Angeblich wäre ab morgen Fabian Rohleder verfügbar - wenn er nicht gerade dringend bei Markus Metz gebraucht wird. Am liebsten würde Charlotte den Kommissariatsleiter einmal selbst mitnehmen zu dunklen Gartenhäusern, geheimnisvollen Weihern und schrill bunten Fahrgeschäften. Sollte er sich doch auch einmal mit skurrilen Teichwächtern und tätowierten Schaustellern befassen und nicht immer nur vom Schreibtisch aus Anweisungen geben.

In Wirklichkeit war sie natürlich froh, dass er nicht den ganzen Tag um sie herum war, aber etwas mehr Unterstützung würde ihr guttun. Oft dachte sie wehmütig an die Zeit, als sie noch die Assistentin von Attila gewesen war. Sie waren ein perfektes Team gewesen, waren respektvoll und wertschätzend miteinander umgegangen und hatten obendrein auch oft Spaß.

Aber so war das Leben nun mal - man konnte sich nicht immer nur die Rosinen herauspicken.

Halbzeitpfiff!

Ein torloses Unentschieden. Nicht schlecht, aber auch nicht gut. Wenn der Club den Klassenerhalt schaffen wollte, musste ein Sieg her.

Charlotte freute sich jetzt auf *Drei im Weckla* und stellte sich in die lange Warteschlange vor dem Grill. Zehn Minuten später hielt sie ein knuspriges Brötchen mit drei leckeren Würstchen in der Hand und wollte eben mit großem Appetit hineinbeißen, als sie von hinten einen mächtigen Stoß in den Rücken bekam. Sie strauchelte und konnte sich gerade noch am Treppengeländer festhalten. Ihr Brötchen aber flog in hohem Bogen davon. Außerdem spürte sie, wie ihr eine kalte Flüssigkeit den Nacken hinablief.

„Geht´s noch?", schimpfte sie wütend und fuhr herum. „Kannst du nicht aufpassen wo du hinläufst, du Trottel?"

Charlotte fasste sich in den Nacken und roch an ihrer Hand: Bier! Sie hasste Bier!

„Mann! Jetzt stinke ich auch noch wie eine billige Eckkneipe!"

Ein Clubfan in Trikot, Schal und Schildmütze rappelte sich

mühsam auf und sammelte Plastikbecher, Fahne und Breze auf.

„Oh! Tut mir leid", stammelte der Mann und hielt ihr eine Serviette hin.

Charlotte erstarrte.

Der Clubfan auch.

„Herr Peter?" Charlotte räusperte sich verlegen und griff nach der Serviette. „Was machen Sie denn hier?"

Kriminalhauptkommissar Tilman Peter war nicht minder überrascht. „Frau Gerlach! Das tut mir leid, ich meine, ich habe Sie nicht gesehen, brauchen Sie noch eine Serviette?"

„Ja, ich meine, danke ..."

Die beiden sahen sich schockiert an, wussten nicht, was sie sagen sollten.

„Ich wollte nicht, ich meine es war nicht so gemeint. Sie wissen schon, der Trottel ..."

Die Farbe in Charlottes Gesicht glich einer reifen Tomate. Sie konnte sich nicht erinnern, wann sie sich zum letzten Mal so unwohl gefühlt und so geschämt hatte.

Wo kam denn jetzt ihr Chef her? Hier im Stadion? In Fan-Ausstattung? Sie hatte keine Ahnung gehabt, dass er sich für Fußball interessierte.

Ihm ging es offensichtlich genauso.

„Der Trottel geht schon in Ordnung", winkte er ab. „Immerhin stinken Sie ja jetzt wie eine billige Eckkneipe. Wobei ich zugeben muss, dass ich bisher gar nicht wusste, wie solche Kneipen riechen."

Er wagte ein vorsichtiges Lächeln.

„Ich wusste gar nicht, dass Sie Clubfan sind", fuhr Charlotte fort und zog ebenfalls höflich die Mundwinkel nach oben.

„Dito."

„Ja, also dann ..." Selten hatte Charlotte ein so zähes Gespräch geführt. „Das Spiel geht gleich weiter."

Sie wandte sich zum Gehen, doch Hauptkommissar Peter hielt sie zurück.

„Nein, so schnell kommen Sie mir nicht davon. Ich gebe Ihnen selbstverständlich noch ein Bratwurstbrötchen aus. Und ich brauche ja ein neues Bier. Kommen Sie. Unsere Helden schaffen die ersten zehn Minuten der zweiten

Halbzeit auch ohne uns."

Langsam wurde er lockerer, hatte den anfänglichen Schock weitgehend überwunden. Anders als Charlotte. Ihr steckte der Schreck noch ordentlich in den Gliedern.

Ihr Chef im Stadion, mit Schal, Käppi und Trikot. Sie konnte es noch immer nicht fassen. Der wichtige Termin am Nachmittag, weswegen sie sich vormittags treffen mussten, war das Heimspiel gegen Wolfsburg gewesen. In Gedanken scannte sie sein Büro ab. War da irgendetwas vom 1.FC Nürnberg? Ein Aufkleber, Spielplan, Poster? Sie konnte sich an nichts erinnern. Dabei sah es so aus, als sei er ein ebenso leidenschaftlicher Fan wie sie und hatte es all die Jahre nicht gezeigt? Unglaublich!

„Frau Gerlach?" Er winkte ihr freundlich zu und wirkte dabei locker und - auch wenn es ihr schwerfiel, es zuzugeben - beinahe sympathisch.

Sollte sich hinter dem ewig meckernden, permanent unzufriedenen, ständig schlechte Stimmung verbreitenden Kommissariatsleiter tatsächlich ein Mensch verbergen? Ein ganz normaler Mensch, mit dem man sich unterhalten und womöglich sogar Spaß haben konnte? Mit dem man gemeinsam im roten Trikot und der Hand auf dem Herzen inbrünstig *Die Legende* singen konnte?

„Hier, bitte sehr. Lassen Sie es sich schmecken." Er drückte ihr ein Bratwurstbrötchen in die Hand und nahm einen großen Schluck aus seinem Becher. „Lassen Sie uns dort hinübergehen, dann können wir das Spiel sehen, ohne Angst haben zu müssen, dass wir angerempelt werden."

Er zwinkerte ihr verschwörerisch zu und schob sie zu einem Geländer, von dem aus man zumindest einen Teil des Spielfeldes einsehen konnte.

Einträchtig standen sie da, kauend und schlürfend, den Blick auf den Rasen gerichtet. Gemeinsam fieberten sie mit ihrem Club mit, freuten sich über eine gelungene Aktion, ärgerten sich beim ersten Gegentor. Charlotte begann langsam, sich zu entspannen, in dem Mann neben sich nicht nur den nörgelnden Chef, sondern auch einen Seelenverwandten zu sehen, einen, mit dem sie eine Leidenschaft teilte, der überraschenderweise in dieser einen Sache voll und ganz auf ihrer Seite stand.

Das Brötchen war aufgegessen, der Becher leergetrunken und noch immer standen sie Schulter an Schulter am Geländer gelehnt.

„Wollen Sie nicht zurück zu Ihrem Platz?", fragte Tilman Peter. „Sicher werden Sie bereits vermisst."

Charlotte schüttelte den Kopf. „Nein. Ich komme meistens alleine. Mein Freund macht sich nichts aus Fußball."

„Da geht es Ihnen wie mir." Er zog eine unglückliche Grimasse. „Meine Frau lacht mich immer aus, wenn ich mir das Trikot überziehe. Sogar im Freundeskreis werde ich belächelt."

„Ich weiß genau, wovon Sie sprechen. Wir haben es schon nicht leicht, wir Clubfans", seufzte Charlotte übertrieben dramatisch. „Aber bekanntlich sind wir ja leidensfähig."

Schlusspfiff! Verloren!

Frustriert beobachteten die beiden Polizisten den grün-weißen Jubel auf dem Platz und traten langsam den Heimweg an.

„Wir sehen uns morgen früh im Rathaus", sagte Hauptkommissar Peter. „Bei der Auftragsvergabe", setzte er hinzu, als er den fragenden Blick seiner Mitarbeiterin sah. „Bis Herr Klein wieder richtig auf den Beinen ist, werde ich Sie etwas unterstützen."

Charlotte glaubte, sich verhört zu haben.

„Ja, gut, ..."

„Dann bis morgen."

Sie wandte sich zum Gehen.

„Einen Moment noch", rief ihr Peter hinterher.

„Ja?"

„Ich wollte Sie noch bitten, dass Sie nichts davon im Büro erzählen." Er hüstelte verlegen.

„Wovon?"

Charlotte wusste genau, was er meinte, wollte es aber von ihm selbst hören.

„Naja, von dem Spiel und so."

„Von dem Spiel?", wiederholte sie fragend und ließ ihren

Chef noch etwas zappeln.

„Jetzt tun Sie doch nicht so! Sie wissen genau, was ich meine. Ich möchte nicht unbedingt, dass bald alle Mitarbeiter wissen, dass ich ...", er zupfte an Schal und Trikot.

„... dass Sie regelmäßig als leidenschaftlicher Clubfan auf der Tribüne stehen", vervollständigte Charlotte den Satz.

„Mit allem, was dazu gehört."

„Richtig."

„Vielleicht würde es aber der Stimmung im Büro ganz gut tun. Denken Sie mal darüber nach. Bis morgen."

24

Charlotte fröstelte, als sie mit eingezogenen Schultern und Kapuze auf dem Kopf durch den Nieselregen über den Hauptmarkt zum Rathaus ging. Sie grüßte kurz zu Gertis Bratwurstküche hinüber und war froh, kurz darauf in der beheizten Rathaushalle zu stehen.

„Guten Morgen, Frau Gerlach", begrüßte sie Tilman Peter mit seiner üblichen Distanziertheit. „In zehn Minuten geht es los. Kommen Sie."

Charlotte konnte immer noch nicht fassen, was sie am gestrigen Sonntag erlebt hatte. Noch immer war sie geneigt zu glauben, dass sie die Tatsache, dass ihr bis dato so unsympathischer Chef ein begeisterter Clubfan war, geträumt hatte und dass dieser Traum jeden Moment ein jähes Ende finden würde.

Vor einigen Monaten hatte sie vom Champions League Endspiel zwischen dem 1.FCN und Real Madrid geträumt und war zu ihrer grenzenlosen Enttäuschung kurz vor dem entscheidenden Elfmeter brutal aus dem Schlaf gerissen worden. Ähnliches erwartete sie jetzt auch.

Würde ihr Gegenüber wirklich das Private vom Geschäftlichen trennen können? Sie im Büro wie gewohnt maßregeln und kritisieren, um kurz darauf dann neben ihr auf der Tribüne die Clubfahne zu schwenken?

Oder würde er tatsächlich die Chance nutzen und sich ihr und den anderen Mitarbeiter gegenüber etwas öffnen und mehr Kollegialität an den Tag legen?

Sie beschloss, auf der Hut zu sein. Zögernd und auf alles gefasst, folgte sie ihm zum großen Sitzungssaal.

Die Tür stand offen, die meisten Herrschaften hatten bereits ihre Plätze eingenommen, der Vorsitzende legte sich seine Unterlagen zurecht, Fotografen und Journalisten machten sich bereit. Charlotte setzte sich neben ihren Chef in die hinterste Reihe und sah sich um.

Sie erkannte Friedhelm Eck mit seiner jungen Assistentin und Bertram de Jong in Begleitung einer attraktiven Frau, vermutlich seiner Frau Inga.

Die Anspannung war deutlich zu spüren.

Gleich würde die Entscheidung des Gremiums bekanntgegeben werden, würden sie erfahren, wer den Zuschlag für den Umbau des Geländes um die Nummernweiher erhielt.

Franziska Haas zupfte nervös an ihrem kurzen Rock und steckte eine Haarsträhne fest, die sich aus dem strengen Dutt gelöst hatte. Auch Friedhelm Eck sah nicht so siegessicher aus wie sonst. Noch nie hatte er so massiv Gegenwind bekommen, hatte es jemand gewagt, ihm Paroli zu bieten.

Er versuchte nach Kräften, die souveräne Fassade aufrechtzuerhalten, unterhielt sich mit den Stadträten, machte Scherze und lachte dabei etwas zu laut.

Charlotte glaubte, hinter dem betont lockeren Gehabe eine große Unsicherheit zu erkennen. Sollte Bertram de Jong den Zuschlag erhalten, würde das nicht nur den Verlust eines lukrativen Auftrags bedeuten, sondern - und das wog noch schwerer - einen massiven Prestigeverlust.

Friedhelm Eck, die bislang unangefochtene Nummer Eins in Nürnbergs Gastronomielandschaft, hatte einen Konkurrenten bekommen, einen jüngeren, womöglich innovativeren oder kreativeren Konkurrenten, der im schlimmsten Fall das Ende der Ära Eck einläuten könnte.

Aber so weit war es noch nicht.

Noch war alles offen, alles möglich.

Bertram de Jong wirkte hingegen gelöst, optimistisch, locker. Er flüsterte seiner Begleiterin etwas zu, lachte auf, drückte ihre Hand, winkte in die Runde.

„Meine Damen und Herren", begann der Vorsitzende. „Bitte setzen Sie sich."

Alle Mitglieder des Entscheidungsgremiums nahmen ihre Plätze ein.

Ein Platz blieb frei.

Auf dem Tisch vor dem leeren Stuhl stand ein Bilderrahmen

mit schwarzem Trauerflor.

Die Kameras klickten.

„Liebe Kolleginnen, liebe Kollegen, sehr verehrte Gäste. Ich möchte Sie alle recht herzlich hier im Rathaus begrüßen und freue mich, Ihnen die Entscheidung des Gremiums mitteilen zu dürfen. Zu meinem allergrößten Bedauern kann einer unserer verdientesten Mitarbeiter heute nicht bei uns sein. Karl Hügelschäffer wurde gewaltsam aus dem Leben gerissen. Leider kann die Polizei noch keine Angaben über mögliche Verdächtige oder ein Motiv machen, doch ich bin sicher, dass Kriminalhauptkommissar Peter alles Erdenkliche tun wird, um diese brutale Tat schnellstmöglich aufzuklären."

Er nickte dem Kommissariatsleiter zu und fuhr fort.

„Ich möchte Sie nun bitten, sich zu erheben, um eine Schweigeminute für unseren geschätzten Kollegen einzulegen. Er wird uns sehr fehlen."

Stühlerücken, gesenkte Köpfe, ernste Mienen. Sogar die Kameras schwiegen.

„Danke, nehmen Sie wieder Platz."

Sichtlich betroffen aber trotzdem ganz Herr der Lage kam der Vorsitzende zur Sache.

„Bevor ich Ihnen nun mitteile, wer den Zuschlag für den Ausbau des Geländes rund um die Nummernweiher erhält, möchte ich mich zunächst bei den Mitgliedern des Entscheidungsgremiums bedanken. Sie haben innerhalb kürzester Zeit die verschiedenen Konzepte überprüft und unter Berücksichtigung finanzieller, bautechnischer und ökologischer Gesichtspunkte die in Ihren Augen richtige Entscheidung getroffen. Schließlich stellt das Vorhaben einen massiven Eingriff in die Landschaft des Volksparks Dutzendteich dar. Demgegenüber steht aber eine dringend notwendige gastronomische Aufwertung des Areals, um auch den Bedürfnissen der Bewohner unserer Stadt gerecht zu werden."

Verhaltener Applaus.

„Wir kommen nun zu dem Konzept, das in den Augen des Gremiums verwirklicht werden soll."

Friedhelm Eck rutschte nervös auf seinem Stuhl hin und her,

während Bertram de Jong weiterhin sein Pokerface zur Schau stellte.

Charlotte fragte sich, was wohl in den Köpfen der beiden vorging.

Überlegten sie, ob die gezahlten Schmiergelder auch gut investiert waren?

Was wussten sie von den Machenschaften des jeweils anderen? War einer von beiden sogar für Hügelschäffers Tod verantwortlich?

Charlotte war gespannt, ob Hauptkommissar Peter Friedhelm Eck mit den Unterlagen aus dem Gartenhaus und damit auch mit den Verdachtsmomenten gegen ihn konfrontieren würde.

Mit Bertram de Jong hatte sie am Nachmittag einen Termin im Präsidium. Ganz der professionelle Geschäftsmann hatte sich der Gastronom keine Verärgerung anmerken lassen und äußerst kooperativ sein Erscheinen zugesagt. Er wolle selbstverständlich gerne zur Aufklärung dieses grausamen Verbrechens beitragen, hatte er durch seine Frau und Sekretärin ausrichten lassen.

Der Vorsitzende machte es spannend.

„Wie bereits in den einzelnen Präsentationsveranstaltungen dargestellt, war der Volkspark Dutzendteich über Jahrhunderte ein beliebtes Ausflugsziel, was vielen Bürgern heutzutage nicht mehr bekannt ist. Nach jahrelangen Anstrengungen ist es spätestens mit der Eröffnung des Dokumentationszentrums Reichsparteitagsgelände endlich gelungen, die Bürger und Touristen über die Nutzung des Geländes im Dritten Reich zu informieren. Jetzt ist es an der Zeit, in der Geschichte noch weiter zurückzugehen und die Nutzung des Areals in früheren Jahrhunderten in den Fokus zu rücken."

Alle Augen waren auf ihn gerichtet. Kleine Schweißtropfen bildeten sich auf Friedhelm Ecks Stirn. Die Spannung war deutlich spürbar.

„In dem Konzept, das noch in diesem Jahr umgesetzt werden wird, finden sich neben modernen Einrichtungen und Angeboten auch mehrere dieser ehemaligen Gebäude und Cafés wieder. In unseren Augen eine gelungene Mischung aus Geschichte und Gegenwart, Nostalgie und Innovation, Historie und Moderne. Die Planungen umfassen unter anderem den Wiederaufbau des Leuchtturms, die Installation exklusiver Grillhütten und den Bau des *Strandcafés Seerose*."

Friedhelm Eck lächelte siegesgewiss, setzte sich aufrecht hin, fuhr sich noch einmal durch das Haar. Gleich würde ihn der Vorsitzende beglückwünschen, und er könnte den Bauunternehmern endlich grünes Licht geben. Immerhin hatte er ihnen die Aufträge bereits zugesichert und Vorauszahlungen geleistet, so wie er es bei vielen anderen Projekten auch gehandhabt hatte.

„Ich freue mich, den Auftrag an einen Gastronomen vergeben zu dürfen, der alle Mitglieder des Gremiums durch bewundernswerten Sachverstand, akribische Planungen und kreative Ideen zu begeistern wusste."

Eck rückte seine Krawatte zurecht, holte tief Luft und nahm die Zettel mit seiner Dankesrede zur Hand.

„Besonders begeistert hat uns die Idee eines Restaurants der gehobenen Klasse, in dem auf einzigartige Weise die frühe Geschichte des Dutzendteiches aufgegriffen werden soll."

Eck sah seine Assistentin fragend an, doch diese zuckte ratlos mit den Schultern.

„Das Restaurant *Hammermühle,* das in Kürze am Ufer des Flachweihers entstehen soll, wird ein originalgetreuer Nachbau einer der Hammerwerke sein, die bereits Ende des 15. Jahrhunderts am Ein- und Ausfluss des Dutzendteiches standen. In stilvoll-rustikaler Atmosphäre können dort Gäste ausgesuchte, von Sterneköchen zubereitete Spezialitäten genießen."

Das Lächeln gefror auf Friedhelm Ecks Gesicht, während Bertram de Jong bedächtig den obersten Hemdknopf schloss und seinem Widersacher einen triumphierenden Blick zuwarf.

„Wir freuen uns sehr, Herrn Bertram de Jong den Zuschlag für den Ausbau des Geländes rund um die Nummernweiher geben zu dürfen und sind glücklich, dass ab sofort ein junger, ideenreicher Geschäftsmann die Nürnberger Gastronomieszene bereichern wird. Kommen Sie bitte zu mir."

Applaus ertönte und die Kameras der Journalisten blitzen, als Bertram de Jong lächelnd die Hand des Vorsitzenden schüttelte.

Alle Farbe war aus Friedhelm Ecks Gesicht gewichen. Wie versteinert saß er da und versuchte zu realisieren, was eben passiert war. Franziska Haas saß erschrocken neben ihm und hielt die Luft an. Auch Charlotte war mit ihrer Aufmerksamkeit mehr bei Eck, als bei dem strahlenden Sieger, der die Arme in die Höhe warf wie der Gewinner der Tour de France.

Friedhelm Eck visierte seinen Konkurrenten an, erhob sich in Zeitlupentempo und ging gemessenen Schrittes auf ihn zu.

„Ah, Herr Eck, schön, dass Sie ein fairer Verlierer sind", strahlte de Jong. „Ich denke, Nürnberg ist eine große Stadt mit genügend Platz für uns beide - jedenfalls so lange, bis Sie in den wohlverdienten Ruhestand gehen."

Er streckte ihm überheblich die Hand entgegen, doch Eck schlug sie zur Seite und packte ihn unvermittelt am Kragen.

„Du kleiner Emporkömmling wirst hier gar nichts machen", zischte er bebend vor Wut. „Ich werde dafür sorgen, dass du in Nürnberg keinen Stich machst. Verlass dich drauf!"

25

Charlotte stand vor der Tür zum Rathaus und atmete tief durch. Nach der angespannten Stimmung im Sitzungssaal empfand sie die kühle, feuchte Luft als äußerst erholsam. Auch der leichte Nieselregen, der ihr erhitztes Gesicht angenehm abkühlte, war ihr mehr als willkommen.

Friedhelm Eck war also entmachtet, vom Thron gestürzt, aufs Abstellgleis geschoben. Ein neuer Stern war am Nürnberger Gastro-Himmel aufgegangen. Es war nur die Frage, wie lange und wie hell er leuchten würde, oder ob er nur ein kurzes Leuchtfeuer war.

Tilman Peter schloss den Reißverschluss seiner Jacke und wickelte sich den Schal um den Hals.

„Ich glaube, ich brauche ein Bratwurstbrötchen auf den Schreck. Möchten Sie auch eines? Ich lade uns ein."

Ungläubig schielte sie ihn von der Seite an. Das wäre dann das zweite Mal, dass sie gemeinsam mit ihrem sonst so nörgelnden Chef ein Bratwurstbrötchen essen würde - auf seine Rechnung.

Konnte das wirklich wahr sein?

„Geht es Ihnen nicht gut?", fragte er verwundert.

„Nein, alles gut. Ich bin nur etwas überrascht darüber, dass de Jong den Zuschlag bekommen hat und ja - *Drei im Weckla* wären jetzt super."

Peter nickte und marschierte in Richtung Hauptmarkt. Sie steuerten auf die kleine Bratwurstküche zu, die direkt gegenüber des Schönen Brunnens lag. Eine ältere Frau in verschmierter, ehemals weißer Schürze und hochrotem Gesicht war gerade dabei, mit einer riesigen Grillzange gefühlte dreißig Nürnberger Bratwürstchen auf einmal umzudrehen. Das Fett tropfte in die Glut, es zischte, qualmte und ... duftete.

„Hallo Gerti", begrüßte Tilman Peter die Frau. „Wir sind ausgehungert und hätten gerne jeweils zwei mal drei."

So oft es sich einrichten ließ, legten Charlotte und viele ihrer Kollegen hier am Hauptmarkt bei Bratwurst-Gerti einen kurzen Stopp ein, um sich ein oder zwei Bratwurstbrötchen zu gönnen und ganz nebenbei Gertis unerschöpflichen Nachrichtenfundus anzuzapfen. Die 60-Jährige, die eigentlich aus Ostfriesland stammte, wusste immer über alles Bescheid, kannte fast jeden und war auch in Sachen Klatsch und Tratsch immer auf dem neuesten Stand. Nicht selten hatte sie in verzwickten Fällen einen entscheidenden Hinweis geliefert.

„Moin, moin! Sieh mal einer an, die Polizei! Moin, Tilman, du warst ja schon länger nicht mehr da. Braucht ihr wieder Infos?"

Charlotte warf ihrem Chef einen erstaunten Seitenblick zu. Sie war immer der Meinung gewesen, er würde seinen ganzen Arbeitstag ausnahmslos im Büro verbringen. Jetzt stellte sich heraus, dass er Bratwurst-Gerti kannte und sogar mit ihr per Du war. Der Mann war ihr ein Rätsel.

„Später, Gerti, wir müssen uns erst stärken."

„Alles klar."

Sie griff viermal in einen riesigen Bottich voller aufgeschnittener Brötchen, bugsierte in bewundernswerter Geschwindigkeit drei knusprige Würstchen in das Innere eines jeden Brötchens und reichte die Köstlichkeiten über den Tresen.

„Macht acht Euro, die Herrschaften", rief sie fröhlich und nahm den Schein entgegen, den ihr Hauptkommissar Peter reichte. Anschließend wischte sie sich notdürftig die rechte Hand an ihrer Schürze ab und fischte eine fettige Zwei-Euro-Münze aus der Schublade.

„Passt schon, danke Gerti", meinte Peter, woraufhin die Münze wieder verschwand.

„Lasst es euch schmecken."

„Das machen wir." Mit großem Appetit biss er in das erste Brötchen.

„Raus mit der Sprache", setzte Gerti nach, als sich Charlotte und Hauptkommissar Peter wenig später zufrieden seufzend den Senf aus den Mundwinkeln wischten. „Ihr wollt doch sicher was über diesen Hügelschäffer wissen, nich wahr?"

„Hast du ihn gekannt?" Peter warf seine Serviette in den Mülleimer und sah Gerti erwartungsvoll an.

„Was glaubst du denn? Jeder, der in dieser Stadt auch nur Butterbrezen verkauft, hat diesen unmöglichen Menschen gekannt. Ihr könnt euch gar nicht vorstellen, wie unangenehm er sein konnte, wenn nicht alles tipptopp sauber war. Er hat es richtig genossen, die Leute zu ärgern und ihnen völlig übertriebene Auflagen aufzubrummen. Ehrlich gesagt, bin ich nicht traurig darüber, dass es endlich mal jemand in die Hand genommen hat und diesen Typen ..."

„Gerti!", rief Peter entsetzt.

„Ist doch wahr!" Gertis rote Gesichtsfarbe wurde noch eine Spur dunkler. „Ihr habt ja keine Ahnung, was dieser Fatzke für ein Regiment geführt hat. Wenn ihm gerade danach war, hat er ganze Existenzen zerstört - nur weil zwei Krümel zu viel auf dem Boden lagen."

„Denkst du an jemanden ganz Bestimmten?", bohrte Peter nach. Sollte jetzt womöglich der entscheidende Hinweis kommen?

„Ach, da gibt es viele ..."

Peter visierte die Frau streng an.

„Schau mich nicht so an. Ich kann euch jetzt keinen Verdächtigen liefern. Ich wollte nur sagen, dass sich dieser Mann durch seine Art keine Freunde gemacht hat."

„Wenn du einen konkreten Verdacht hast ..."

„Dann bist du der Erste, der davon erfährt, ist doch klar."
Damit war das Gespräch für Gerti beendet. Sie legte weitere Würstchen auf den Grill und verschwand in einer fettigen Rauchwolke.

Da hörte Charlotte ganz leise eine ihr wohlbekannte Melodie.

Die Legende lebt ...

Verwirrt sah sie sich um. Die Melodie schien aus der Jackentasche ihres Chefs zu kommen.

„Bitte entschuldigen Sie mich", bat dieser und zog mit

einem verlegenen Schulterzucken sein Handy hervor.

Charlotte konnte sich ein Grinsen nicht verbeißen.

Die Clubhymne als Klingelton!

Wenn das mal keine gute Idee war. Sie nahm sich vor, bei nächster Gelegenheit diesbezüglich Nachbesserungsarbeiten vorzunehmen.

„Ja, die steht neben mir. Ich gebe sie Ihnen." Peter hielt Charlotte sein Telefon entgegen. „Herr Steffens möchte Sie sprechen und meinte, Ihr Anschluss sei im Moment nicht erreichbar."

„Oh, ja, ich habe das Handy noch ausgeschaltet."

Sie wischte sich schnell noch mit der Serviette über den Mund und nahm den Apparat entgegen.

„Matthias? Was gibt es?"

„Dass ich das noch erleben darf", frotzelte Matthias erheitert. „Die liebe Kollegin ist auf dem Handy vom Chef erreichbar. Es geschehen noch Zeichen und Wunder."

Charlotte spürte, wie sie rot wurde und drehte sich etwas zur Seite. „Gibt es außerdem noch etwas?"

„Natürlich. Du solltest schnell ins Präsidium kommen. Du wirst hier sehnsüchtig erwartet."

„Ach, ist Bertram de Jong schon da? Der Termin ist doch erst am Nachmittag."

„Nein, dein wieder genesener Praktikant sitzt hier und scharrt mit den Hufen. Er ist ausgeruht und voller Tatendrang. Es tut mir leid, dir das so direkt sagen zu müssen, aber die Zeit der gemeinsamen Ermittlungen mit der Chefetage scheint ein jähes Ende zu finden."

„Sehr witzig."

„Übrigens hat de Jong den Termin abgesagt. Seine Vorzimmerdame hat gemeint, er habe heute Nachmittag Gäste und sei unabkömmlich. Hat das wohl etwas mit der Auftragsvergabe zu tun?"

„Bestimmt. Er hat tatsächlich den Zuschlag bekommen."

„Respekt. Das wird Herrn Eck nicht gefallen. Ich denke, ihr solltet einen Ausflug nach Brunn machen. Die Auswertung von Hügelschäffers Handydaten hat ergeben, dass sein letztes Gespräch mit Bertram de Jong war. Außerdem haben wir nähere Informationen über de Jongs Aktivitäten in

Düsseldorf. Wenn wir dann noch die Unterlagen aus dem Gartenhaus dazunehmen, glaube ich nicht, dass dieser Mann in der nächsten Zeit am Dutzendteich irgendetwas bauen wird. Ich habe das Material schon an die Kollegen vom Wirtschaftsdezernat weitergeleitet."

„Das ist ja interessant. Hast du auch etwas von unserem Teichwächter gehört? Ist er ansprechbar?"

„Ja, die Ärzte haben gemeint, wir können ihn kurz sprechen."

„Sehr gut. Dann richte Torsten aus, ich hole ihn in zehn Minuten ab."

Die Fahrt ins Südklinikum reichte gerade aus, um Torsten von der Veranstaltung im Rathaus zu berichten.

„Glaubst du, der Teichwächter hat etwas mit Hügelschäffers Tod zu tun?", fragte er, als sie vom Parkplatz zum Haupteingang gingen.

„Immerhin hat er uns angelogen. Er kannte Hügelschäffer und hat ihn vermutlich damals ins Gefängnis gebracht."

„Und warum sollte er ihn jetzt umbringen?"

„Vielleicht war es mehr ein Unfall?", überlegte Charlotte. „Die beiden treffen sich nach über zwanzig Jahren zufällig in Nürnberg wieder, Hügelschäffer will sich dafür rächen, dass ihn Rossdeutsch damals hinter Gitter gebracht hat, der Streit eskaliert, Rossdeutsch packt sich einen Stein und schlägt zu."

„Hmm", meinte Torsten wenig überzeugt. „Er wirkte so, als könne er keiner Fliege etwas zuleide tun."

Charlotte blieb stehen und überlegte. „Ich denke, wir dürfen nichts ausschließen."

Waldemar Rossdeutsch saß aufrecht am Bettrand und aß zu Mittag. Er trug eines der Krankenhaushemden, die hinten offen waren, seine nackten Füße steckten in weißen Frotteepantoffeln, die dünnen Haare waren sorgfältig nach hinten gekämmt. Auf einem Kleiderbügel hing seine Hose, ein kariertes Hemd und das altertümliche Jackett, das Charlotte schon öfter an ihm gesehen hatte. Er wirkte ruhig und zufrieden.

„Guten Tag, Herr Rossdeutsch", begrüßte sie ihn. Es fiel ihr schwer zu glauben, einen Mörder vor sich zu haben. „Wie geht es Ihnen?"

Bedächtig steckte er sich das letzte Stückchen Kartoffel in den Mund, tupfte sich mit einer Serviette die Mundwinkel ab und nickte anerkennend.

„Die Verpflegung in dieser Einrichtung des Gesundheitswesens gibt keinen Anlass zur Kritik. Sollten auch Sie einmal einige Tage in diesem Etablissement verbringen dürfen, Frau Kommissarin, kann ich Sie nur dazu beglückwünschen. Um auf Ihre Frage zurückzukommen, es geht mir den Umständen entsprechend gut, was nicht zuletzt daran liegt, dass das Personal ausnehmend freundlich, kompetent und gewissenhaft ist. Die hygienischen Zustände sind hervorragend und die medizinische Betreuung erstklassig. Mit Bedauern musste ich zur Kenntnis nehmen, dass sich mein Aufenthalt leider dem Ende entgegen neigt."

„Es freut mich, dass Sie wieder fit sind."

„Ich möchte Sie doch höflich bitten, der Auswahl Ihres Wortschatzes mehr Bedeutung beizumessen. Unsere deutsche Sprache wird zu meinem großen Leidwesen immer mehr verwässert und mit untragbaren Begriffen aus der Jugendsprache oder dem Englischen durchsetzt. Das ist nach meinem Dafürhalten..."

„Herr Rossdeutsch, vielleicht sehen Sie sich in der Lage, trotzdem ein Gespräch mit mir zu führen", unterbrach ihn Charlotte halb belustigt, halb genervt. Sie hatte jetzt nicht die Ruhe, ihren aktiven Wortschatz nach passenden eloquenten Begriffen zu durchsuchen. „Wir wissen, dass Sie Herrn Hügelschäffer gekannt haben."

Der Teichwächter wurde blass.

„Sie waren Grenzpolizist in der DDR, als Karl Hügelschäffer wegen Republikflucht inhaftiert wurde."

Er presste die Lippen zusammen.

„Sie waren nachweislich an dem Grenzabschnitt eingesetzt, an dem Hügelschäffer versucht hat, zu fliehen. Waren Sie dabei, als ihm eine Mine das Bein weggerissen hat?"

„Als Mitglied der Grenztruppe der Nationalen Volksarmee hatte ich die Pflicht, Bürger der Deutschen Demokratischen

Republik an einer Flucht in den Westen zu hindern - notfalls mit Waffeneinsatz", betete er mit strengem Gesichtsausdruck herunter. „Ich habe mir in all der Zeit nie etwas zu Schulden kommen lassen."

„Das glaube ich Ihnen gerne, es beantwortet aber nicht meine Frage. Haben Sie Hügelschäffer an der Grenze aufgefunden?"

„Jeder, der das Risiko eingegangen ist, den bestens gesicherten Grenzstreifen zu durchqueren, lief Gefahr, auf eine Mine zu treten."

„Was Karl Hügelschäffer passiert ist."

„Jawohl. Er verdankt mir sein Leben. Ohne mich wäre er verblutet."

„Sie haben ihn gefunden und ins Krankenhaus gebracht."

„Ich habe ihn gemeinsam mit meinen Kameraden unter Einsatz unseres Lebens aus dem Minensperrgebiet geborgen und den Behörden übergeben."

„War er alleine?"

„Jawohl."

„Warum haben Sie uns das nicht gleich gesagt?"

„Ich wusste nicht, dass es von Bedeutung ist."

Charlotte rollte die Augen. Warum bildeten sich nur alle ein, zu wissen, was wichtig war? Sie könnten doch einfach alles erzählen, was sie wissen und dann die Entscheidung der Polizei überlassen.

„Wann haben Sie Herrn Hügelschäffer dann wiedergesehen?"

„Gar nicht."

„Sie leben beide seit etwa zwanzig Jahren in Nürnberg und haben sich nie getroffen?"

„Nein."

„Das klingt nicht sehr glaubwürdig."

„Junge Frau, auch wenn Ihnen diese Tatsache unglaubwürdig erscheinen mag, entspricht sie doch der Wahrheit. Wenn Sie mich jetzt bitte entschuldigen würden, ich fühle mich doch noch sehr schwach. Guten Tag."

Damit rief er die Schwester, schob die Pantoffeln unter das Bett und legte sich hin. Für ihn war das Gespräch damit beendet, doch Charlotte ließ sich nicht so leicht abwimmeln.

„Herr Rossdeutsch, es wurde ein Mann erschlagen, den Sie vor über zwanzig Jahren an der innerdeutschen Grenze aufgegriffen und, wie Sie sagen, den Behörden übergeben haben. Sie waren zur Tatzeit am Tatort. Das macht Sie verdächtig."

„Ich möchte doch sehr bitten", echauffierte sich Waldemar Rossdeutsch. „Ich sehe keine Veranlassung, einen Mitmenschen gewaltsam aus dem Leben zu reißen, sei es nun ein ehemaliger Republikflüchtling oder irgendeine andere Person. Bitte verschonen Sie mich mit Ihren Verdächtigungen und stehlen Sie nicht meine Zeit."

Eine junge Krankenschwester kam herein.

„Ist etwas nicht in Ordnung, Herr Rossdeutsch?"

„Nichts ist in Ordnung, Schwester Luisa, diese Beamten verursachen mit ihren Fragen extreme Kopfschmerzen. Ich bin diesen Belastungen noch nicht gewachsen. Bitte bringen Sie sie hinaus. Danke."

Er drehte sich demonstrativ in Richtung Fenster.

„Bitte gehen Sie jetzt", bat Schwester Luisa nachdrücklich. „Herr Rossdeutsch ist noch etwas schwach."

„Gute Besserung noch", wünschte Charlotte beim Hinausgehen. „Ich denke, wir sehen uns wieder."

„Komischer Kauz", meinte Torsten, als er wenig später mit Charlotte im Foyer des Klinikums bei einer Tasse Kaffee saß. „Irgendwie traut man ihm alles zu - oder nichts."

„Ich kann nicht glauben, dass das alles Zufall gewesen sein soll, dass er zufällig zu der Zeit am Nummernweiher Vögel beobachtet hat, als ein Mann erschlagen wurde, den er vor Jahren inhaftiert hat. Da steckt bestimmt noch etwas anderes dahinter. Ich bin gespannt, was die Kollegen in der Wohnung finden." Sie sah auf die Uhr. „In einer Stunde soll es losgehen."

26

„Bist du sicher, dass wir hier noch richtig sind?", wunderte sich Charlotte, als Torsten das Ortsschild *Nürnberg-Fischbach* hinter sich gelassen und nach links in den Wald eingebogen war.

„Das Navi sagt, dass nach wenigen Kilometern der Nürnberger Stadtteil *Brunn* kommt, auch wenn es hier eher nach Mittelgebirge aussieht", antwortete Torsten nicht weniger verwundert. Er kannte sich in der Stadt mittlerweile sehr gut aus, hatte aber noch einige Lücken, was die Randbezirke betraf. Die Stadtteile Kornburg, Buch, Brunn oder Birnthon waren bislang noch wenig im Fokus gewesen.

„Wirklich sehr idyllisch."

Der kleine Ort lag einsam an einem Hügel im Wald. Das Ortsschild *Nürnberg-Brunn* wirkte deplatziert und doch gehörte das Dorf zum Stadtgebiet.

Problemlos fand Torsten die Adresse, unter der das Ehepaar de Jong gemeldet war.

„Bescheidenheit ist eine Zier", murmelte Charlotte, als sie vor einem schmucken, modernen Beton-Glas-Edelstahl-Haus ausstiegen. Alleine der Vorgarten, der offensichtlich nach Feng Shui Regeln gestaltet worden war, war größer als so manches komplette Grundstück. Es gab einen beachtlich großen Gartenteich mit einer kleinen Insel, auf der eine hölzerne Pergola stand, die durch einen schmalen Steg erreichbar war. Sorgfältig geschnittene Büsche und Sträucher säumten den mit Bruchsteinplatten belegten, geschwungenen Weg zur Haustür.

Sandra hatte ihr vor Kurzem einen begeisterten Vortrag über Feng Shui Gärten gehalten. Sie würden das Chi fließen lassen, die Energien des Kosmos ihrem natürlichen Verlauf überlassen, uns mit der Erde verbinden und unsere Wurzeln stärken.

Charlotte war für solche Dinge nicht empfänglich und wunderte sich nur jedes Mal aufs Neue, womit sich ihre Freundin so beschäftigte. Aber - jedem das Seine.

Offensichtlich waren sie nicht die einzigen Gäste. Die schmale Straße war bereits zugeparkt mit Fahrzeugen, die so aussahen, als würden ihre Besitzer allesamt eine so edle, futuristische Wohnstatt ihr Eigen nennen. Zwischen Porsche, Mercedes-Cabrio und Jaguar wirkte der in die Jahre gekommene VW-Passat fast jämmerlich.

„Dann wollen wir mal", freute sich Charlotte, die den Mitgliedern der so genannten gehobenen Gesellschaft gerne ab und zu auf die Füße trat. Auch wenn man mehr Geld hatte, als man ausgeben konnte, hatte man sich doch an die geltenden Regeln unserer Gesellschaft zu halten. Geld war noch lange kein Freibrief für illegale Aktivitäten.

„Ist Bertram de Jong nicht erst vor wenigen Monaten hierher gezogen?", fragte Torsten erstaunt. „Dafür kennt er schon erstaunlich viele Leute."

„Vielleicht geht das in diesen Kreisen schneller als bei Normalsterblichen?"

Charlotte drückte den Klingelknopf und rechnete damit, von einem Hausmädchen in kurzem, schwarzem Röckchen und gestärkter, weißer Schürze oder wahlweise einem Diener in Livree empfangen zu werden, doch zu ihrem Erstaunen öffnete der Hausherr höchstpersönlich die Tür, leger gekleidet in weißer Hose und pinkfarbenem Polohemd.

„Guten Tag", begrüßte er sie höflich. „Was kann ich für Sie tun?"

„Guten Tag, Herr de Jong." Charlotte zeigte ihm ihren Dienstausweis. „Gerlach, Kripo Nürnberg. Das ist mein Kollege Klein. Wir hätten ein paar Fragen an Sie."

Er stutzte kurz, war dann aber wieder ganz der charmante Gastgeber. Sollte er beunruhigt sein, ließ er es sich nicht anmerken.

„Oh, die Kriminalpolizei. Hat das nicht noch etwas Zeit? Wie Sie sehen, haben wir gerade Gäste."

Im großen, lichtdurchfluteten Wohnzimmer, das ebenso als Halle bezeichnet werden könnte, war die Party in vollem

Gange. Stehtische mit weißen Hussen, ein Buffet mit Platten voller Kanapees, Flaschen in Sektkühlern, gut gekleidete, fröhliche Menschen gemischten Alters, stilvolle Jazzmusik. Es fehlte nur noch der Golfplatz vor der Tür, dann wäre die Szenerie komplett. Bertram de Jong schien sich sicher gewesen zu sein, den Auftrag zu erhalten. So eine Veranstaltung benötigte immerhin einige Vorbereitung, abgesehen davon, dass sich auch die Gäste den Termin am Montagnachmittag freihalten mussten.

„Kommst du, Darling?", rief Inga de Jong und kam mit einem Sektkelch in der Hand zur Tür. Auch sie passte mit ihrem eng anliegenden, weißen Kostüm, den hochhackigen Pumps und den langen, dunklen Haaren perfekt ins Bild.

„Ich wusste gar nicht, dass wir noch mehr Gäste erwarten?" Sie musterte die beiden Beamten mit kritischem, halb belustigtem Blick, denn bisher fand sich in dem illustren Kreis noch niemand mit Jeans, Turnschuhen und Softshelljacke.

„Das sind Frau Gerlach und Herr Klein von der Polizei", erläuterte de Jong. „Ich hatte sie schon gebeten, zu einem späteren Zeitpunkt noch einmal wiederzukommen, aber es scheint wichtig zu sein."

„Es wird nicht lange dauern." Charlotte blieb hartnäckig. „Können wir hereinkommen?"

„Aber natürlich." Jetzt hatte sie den Eindruck, als arbeite sein Hirn auf Hochtouren, als überlege er, um welche seiner vielen Verfehlungen es wohl gehen mochte.

„Dann muss es wohl so sein", bemerkte Inga missbilligend. „Aber bitte lasse unsere Gäste nicht so lange warten."

De Jong hauchte ihr einen angedeuteten Kuss auf die Wange. „Aber natürlich, mein Schatz."

Er wies auf die breite Marmortreppe, die hinunter ins Untergeschoss führte.

„Hier entlang, bitte."

Ob er dort unten auch eine Bibliothek hatte, wie Friedhelm Eck in seinem luxuriösen Haus in Erlenstegen? Einen Raum, in dem schwere Möbel standen, dunkle Gardinen an den Fenstern und langweilige Ölgemälde an den Wänden hingen und in dessen raumhohen Regalen weniger als fünfzig

Bücher vor sich hin staubten?

Charlotte war auf einiges gefasst und doch sehr überrascht von dem Raum, in den sie Bertram de Jong geführt hatte.

„Machen Sie es sich bequem", lud er seine Gäste ein, wahlweise auf dem Sattel des Ergometers, dem Laufband, dem Sitz des Ganzkörpertrainers, der Bauchbank oder einfach einer Bodenmatte Platz zu nehmen. Er selbst rollte sich einen leuchtend roten Pezziball heran und setzte sich schwungvoll.

„Wie kann ich Ihnen helfen?", fragte er gut gelaunt und hüpfte dabei unentwegt auf seinem Ball auf und ab, während die beiden Polizisten auf der Suche nach einem angemessenen Sitzplatz noch immer leicht verwirrt auf die verschiedenen Trainingsgeräte starrten.

Charlotte überlegte, ob sie auf einen geeigneteren Raum bestehen sollte, entschied sich aber dafür, sich beim ersten Gespräch auf die Spielregeln des Hausherrn einzulassen. Immerhin zeigte er sich ja bislang sehr kooperativ.

Ihre Wahl fiel auf die gepolsterte Bauchbank, während sich Torsten im Schneidersitz auf der Matte niederließ. Sie hatte schon oft darüber nachgedacht, eine kleine Fotogalerie anzulegen, die die verschiedenen, teilweise wirklich skurrilen Situationen und Gegebenheiten zeigte, mit denen sie in ihrem Berufsalltag konfrontiert war.

Diese Befragung im Fitnessraum zwischen Kraftgeräten und angrenzender Sauna, einem hüpfenden Verdächtigen auf einem Gymnastikball, einem Praktikanten auf dem Boden und einer Kommissarin mit herabbaumelnden Beinen auf einer Art Streckbank würde sicher einen Ehrenplatz bekommen.

„Frau Gerlach?", riss sie Bertram de Jong aus ihren Gedanken und hüpfte weiterhin auf seinem Gymnastikball. Doing, doing, doing ...

„Was führt Sie zu mir?"

„Zunächst möchte ich Sie zu dem Auftrag beglückwünschen, den Sie heute Vormittag im Rathaus erhalten haben."

Ein Leuchten ging über sein Gesicht. „Natürlich! Ich wusste, dass ich Sie schon einmal gesehen habe. Sie waren heute auch im Sitzungssaal."

„Richtig. Dabei ging es uns allerdings nicht um die Auftragsvergabe, sondern um unseren aktuellen Fall."

Das Leuchten verschwand wieder.

„Oh, sicher ging es um den Tod von Herrn Hügelschäffer."

Doing, doing, doing ...

„Herr de Jong", holte Charlotte aus, um zur Sache zu kommen, was angesichts ihres dynamischen Gegenübers nicht ganz einfach war. „Sie waren der Letzte, mit dem Herr Hügelschäffer vor seinem Tod telefoniert hat."

„Wirklich?"

„Was wollte er von Ihnen?"

„Wir waren zum Essen verabredet."

Charlotte blickte ihn ungläubig an.

„Sie waren am Donnerstagabend gemeinsam beim Essen?"

De Jong lächelte charmant. „Warum nicht? Wissen Sie, in dieser Branche ist der persönliche Kontakt immens wichtig."

Doing, doing, doing ...

Charlotte hatte langsam den Verdacht, de Jong wolle sie mit seinem Gehopse hypnotisieren.

„Wissen Sie was, Herr de Jong, ich würde vorschlagen, wir tauschen unsere Sitzplätze." Sie hüpfte von der Bauchbank herunter. „Ihr Ball sieht so gemütlich aus. Es macht Ihnen doch nichts aus?"

Torsten musste sich das Lachen verbeißen und drehte sich zur Seite, während Bertram de Jong der Kommissarin bereitwillig seinen Ball überließ.

„Wo waren wir stehengeblieben?", fuhr sie ungerührt fort. Doing, doing, doing ... „Sie sagten, Sie seien zum Essen verabredet gewesen?"

„Ja, das ist nicht ungewöhnlich."

„Bis auf die Tatsache, dass Herr Hügelschäffer wenige Stunden später erschlagen wurde."

De Jong riss theatralisch die Augen auf, als sei ihm dieser Zusammenhang bis dahin noch nicht bewusst gewesen.

„Und jetzt denken Sie, dass ich etwas damit zu tun habe?"

„Was würde Sie an meiner Stelle denken?"

„Aber Sie können doch nicht ernsthaft glauben, dass ich einen Menschen getötet habe. Warum hätte ich das tun sollen?"

Entweder war die Fassungslosigkeit echt oder sehr gut gespielt. Charlotte hielt beides für möglich.

„Tatsache ist, dass der Mann, mit dem Sie am Abend zusammen waren, kurz darauf ermordet wurde."

De Jong wurde unruhig.

„Wir waren nur von 18:00 bis 19:30 Uhr im *Kaiserkeller*. Was danach passiert ist, weiß ich nicht."

„Was haben Sie im Anschluss an das Essen gemacht?"

„Nichts mehr. Ich bin nach Hause."

„Wir werden das überprüfen. Hat Herr Hügelschäffer etwas von einem weiteren Termin erwähnt?"

„Nicht konkret. Ich hatte nur den Eindruck, als sei er nervöser als sonst."

„Sie kannten sich gut?"

Charlotte versuchte, sich ein Treffen der beiden zwar etwa gleichaltrigen, aber dennoch grundverschiedenen Männer vorzustellen. Auf der einen Seite der gut aussehende, weltoffene, jugendliche, smarte Gastronom mit seinem teuren Designerhaus und auf der anderen Seite der einsame, graue Paragrafenreiter, der Charlotte an Ulrich Mühe in der Rolle des Stasi-Beamten in dem Film *Das Leben der Anderen* erinnerte.

„Wir hatten gelegentlich miteinander zu tun", antwortete de Jong ausweichend, „aber ich hatte doch gar keinen Grund, ihm etwas anzutun."

„Möglicherweise schon." Charlotte zog die Mappe mit den Unterlagen aus dem Gartenhaus hervor. „Am dritten April um 8:00 Uhr haben Sie Friedhelm Ecks Konzept für 5000 € von ihm gekauft. Vielleicht wollte er noch mehr?"

De Jong zog erstaunt die Augenbrauen nach oben, rutschte von der Bank und nahm Charlotte das Papier aus der Hand.

„Was soll das denn sein?" Belustigt überflog er die Unterlagen. „Wo haben Sie das her?"

„Die Frage ist vielmehr, warum Sie sich nach der Geschichte in Düsseldorf auf solche Machenschaften eingelassen haben. Sie mussten doch damit rechnen, dass das nicht unbemerkt bleiben würde."

De Jong wurde ernst. „Ich habe mich auf gar keine

Machenschaften eingelassen." Er gab Charlotte die Papiere zurück. „Das ist eine infame Verleumdung, eine hinterhältige Kampagne gegen mich. Vermutlich steckt der saubere Gastro-Opa Eck dahinter, der keine anderen Götter neben sich duldet. Sie glauben doch nicht etwa, was da steht?"

„Das Thema Korruption fällt in den Zuständigkeitsbereich der Kollegen vom Wirtschaftsdezernat, die sicherlich in Kürze Kontakt zu Ihnen aufnehmen werden. Was uns interessiert, ist, ob Sie mit dem Tötungsdelikt in Verbindung gebracht werden müssen."

De Jong lachte wieder überlegen. „Sie können mich mit gar nichts in Verbindung bringen, junge Frau. Diese Unterstellungen sind ungeheuerlich. Sie können nicht ernsthaft glauben, dass dieser Blödsinn wahr ist."

„Ich werde Einsicht in Ihre Konten und die Verbindungsdaten Ihres Handys beantragen", fuhr Charlotte unbeeindruckt fort. „Wenn Sie mit all dem nichts zu tun haben, haben Sie nichts zu befürchten."

Sie packte ihre Papiere zusammen und ging zur Tür.

„Bitte halten Sie sich zu unserer Verfügung. Ich denke, wir sprechen uns noch. Ich wünsche Ihnen noch eine schöne Feier. Auf Wiedersehen."

27

Bertram de Jong schlug die Augen auf. Der Vollmond leuchtete ihm ins Gesicht, hell wie ein Scheinwerfer. Benommen setzte er sich auf. Sein Schädel brummte, er versuchte, seine Gedanken zu ordnen, sah auf die Uhr.

Kurz nach fünf. Sein Wohnzimmer sah aus, als habe eine Bombe eingeschlagen. Überall leere Teller, Flaschen und Gläser, zusammengeknüllte Servietten, benutztes Besteck, auf dem Boden die Scherben eines zerbrochenen Tellers. Es roch nach Alkohol und und kaltem Rauch. Langsam kam die Erinnerung zurück.

Sie hatten gefeiert und getrunken. Zu viel getrunken. Er konnte sich nicht erinnern, wann die letzten Gäste gegangen waren. Irgendwann war er wohl eingeschlafen.

Stöhnend rieb er sich die Schläfen und ließ sich wieder zurück in die weichen Sofakissen sinken. Der Schmerz in seinem Kopf pochte unaufhörlich.

Sonst war es still.

Keine Musik, keine Stimmen, kein Geschirrklappern, nichts. Nicht einmal das monotone Rauschen der Spülmaschine war zu hören. Ein kühler Luftzug streifte sein überhitztes Gesicht. Die Terrassentür stand einen Spalt offen, die dünnen Vorhänge bewegten sich sanft im Wind.

Er war alleine.

Inga war sicher schon schlafen gegangen.

Und doch ...

Irgendetwas stimmte nicht, passte nicht zusammen.

Es war eine gelungene Party gewesen. Gutes Essen, nette Leute, tolle Musik, ausgelassene Stimmung.

Er hatte den Auftrag bekommen, all seine Bemühungen hatten sich gelohnt, all das Geld, das er investiert hatte, war gut angelegt gewesen. Bald würde er sich als führender

Gastronom Nürnbergs etabliert, dem Platzhirsch den Rang abgelaufen haben. Die lächerlichen Drohungen im Sitzungssaal hatten ihn nicht im Geringsten beeindruckt.

Was störte ihn dann?

Was war der Grund für das ungute Gefühl in der Magengegend?

War es die Erinnerung an die beiden Polizisten und die angeblichen Aufzeichnungen dieses lästigen Lebensmittelkontrolleurs, dieses schmierigen, grauen Schnüfflers, dem er keine Träne nachweinte?

Nein, es war etwas anderes. Er konnte es nicht greifen und doch nahm es langsam Besitz von ihm, schlich sich in sein Bewusstsein, krallte sich an ihm fest.

Was war es?

Sie würden ihm nichts nachweisen können, hatten keine Beweise dafür, dass diese Pseudo-Stasi-Akten echt waren. Er hatte keine Spuren hinterlassen, keine Kontobewegungen oder eingeschaltete Handys zur falschen Zeit am falschen Ort.

Mühsam stemmte er sich wieder auf, fühlte sich tonnenschwer, zwang sich, die Augen zu öffnen.

Geschirr, Chaos, Stille.

Inga!

Plötzlich war er hellwach.

Das war es! Das passte nicht zusammen!

Sie würde niemals ins Bett gehen, ohne vorher die Wohnung in Ordnung zu bringen. Oft schon war es diesbezüglich zu Auseinandersetzungen zwischen ihnen gekommen. Sie konnte es nicht ertragen, am Morgen nach einer Party zwischen benutzten Gläsern und Essensresten zu erwachen.

Wo war sie?

Eine Woge der Angst durchströmte seinen Körper.

Er schnellte hoch - ihm wurde schwarz vor Augen, kleine Sterne blitzten auf, seine Knie wurden weich. Langsam setzte er sich wieder, wartete, bis er wieder klar denken konnte.

„Inga!", krächzte er und torkelte die Treppe hinauf ins Schlafzimmer.

„Inga, bist du da?" Panisch riss er die Tür auf.

Das Zimmer war leer, das Bett unbenutzt.

„Inga!!!"

Im Ankleidezimmer, im Bad, der Toilette, nirgends eine Spur von ihr.

Ihm wurde heiß und kalt.

Die Terrassentür!

So schnell er konnte, rannte er nach unten, stürmte in den Garten und spähte hinaus ins unwirkliche, düstere Grau. Eine Wolke hatte sich vor den hellen Mond geschoben, die Bäume und Büsche warfen unheimliche Schatten.

„Inga! Wo bist du?"

Sein Herz schlug ihm bis zum Hals.

Er musste sie finden und doch hatte er schreckliche Angst davor.

Was, wenn ihr etwas passiert war?

Wenn man ihr etwas angetan hatte, um sich an ihm zu rächen?

Entsetzliche Bilder schossen in sein Hirn.

„Inga!"

Er rannte die Wege entlang, spähte hinter Sträucher und Hecken, warf einen Blick in den noch leeren Pool und in den Geräteschuppen.

Nichts.

Die Angst um seine Frau raubte ihm den Verstand.

Wo könnte sie nur sein?

Der Gartenteich!

„Nein!!"

Kopflos hetzte er ums Haus in den Vorgarten und entdeckte einen hellen Fleck auf der Wasseroberfläche. War das nicht Ingas Strickjacke?

„Inga!!!"

Ohne nachzudenken stürzte er sich in den Teich. Das Wasser spritzte auf, die Kälte ließ ihm den Atem stocken. Er spürte die kalten, glitschigen Leiber der Fische an seinen nackten Armen, versank knöcheltief im Schlamm. Gleich hatte er den Fleck erreicht.

„Ich bin da, mein Schatz!"

Er streckte die Hand aus und griff zu.

Enttäuscht und gleichzeitig erleichtert zog er die Jacke aus dem Wasser.

Triefend nass watete er ans Ufer, röchelte, schnappte nach Luft. Sie war nicht da. Nicht im Wasser. Aber wo war sie dann?

Da fiel sein Blick auf die Pergola. Die Wolke war weitergezogen, der Mond ließ die weißen Bänke leuchten. Er stutzte.

Da bewegte sich etwas, ein dunkler Schatten.

„Bertram?" Es war ein kaum hörbares, leises Wimmern. „Bist du das?"

„Inga!"

Er sprang auf und stürzte auf die Pergola zu. Inga saß auf dem Boden, an eine der Bänke gelehnt, den Kopf in die Hände gestützt.

„Oh mein Gott! Was ist passiert? Bist du verletzt?" Außer sich vor Sorge kniete er sich zu ihr herab und strich ihr eine Strähne aus dem blassen Gesicht.

„Da war ein Mann", stieß Inga unter Tränen hervor und klammerte sich zitternd an ihm fest. „Er hat mich bedroht."

„Hat er dir etwas angetan? Hast du Schmerzen?" Bertram versuchte vergeblich, sich aus der Umarmung zu lösen.

„Er hat mir ein Messer an den Hals gehalten und wollte zustechen." Sie zeigte ihm einen blutigen Schnitt, aus dem ein kleines, rotes Rinnsal in ihren Ausschnitt rann. „Ich dachte, ich muss sterben."

Er hielt sie fest und strich ihr übers Haar, während ihr Körper von heftigen Weinkrämpfen geschüttelt wurde.

„Was wollte er? Hast du ihn erkannt?", fragte er mit belegter Stimme, obwohl er sicher war, die Antwort zu kennen.

„Es ging um den Auftrag", bestätigte sich sogleich seine Vermutung. Eine Gänsehaut überzog seinen Rücken, die Nackenhaare stellten sich auf, eine fürchterliche Angst durchströmte ihn.

War Friedhelm Eck wirklich bereit, so weit zu gehen? Seine über alles geliebte Frau zu bedrohen und sogar zu verletzen? Vermutlich hatte er sich nicht selbst die Finger schmutzig gemacht. Er hatte sicher seine Leute für solche Aufgaben.

Langsam wich seine Angst und machte einer gewaltigen

Wut Platz.

Wie konnte Eck nur so weit gehen?

Dieser Mann musste aus dem Verkehr gezogen werden, man musste die Öffentlichkeit vor ihm schützen!

Doch seine Rache musste warten. Jetzt ging es um Inga.

„Du bist ja eiskalt", flüsterte er besorgt. „Komm, ich bringe dich rein, dann rufen wir einen Krankenwagen und die Polizei."

„Nein. Ich will jetzt keine Polizei und keinen Arzt", schluchzte sie. „Bring mich ins Bett. Ich will einfach nur schlafen."

Bertram de Jong lag im Bett, hielt seine Frau fest im Arm und sah aus dem Fenster. Es wurde langsam hell. Dunstschleier lagen über dem Tal.

Inga schlief. Die Wunde war zum Glück nicht tief. Er hatte lediglich das Blut abgewaschen und ein Pflaster aufgeklebt.

Gedanken rasten durch seinen Kopf. Er konnte es kaum erwarten, Näheres über den Überfall zu erfahren. Dieser Eck musste gebremst werden. Wenn die Polizei nicht dazu in der Lage war, würde er selbst aktiv werden müssen.

28

Im Besprechungszimmer herrschte Schweigen. Lediglich das nervtötende Summen der kaputten Neonröhre und das Gurgeln des Heizkörpers waren zu hören.

Charlotte, Torsten, Hauptkommissar Peter, Markus Metz und Matthias saßen um den runden Tisch und starrten auf ein glitzerndes Häufchen Diamanten in der Tischmitte.

„Was sind die Steine wohl wert?" Charlotte beugte sich dicht über den dunklen, edlen Stoff, auf dem der Schatz des Teichwächters lag.

Markus zuckte mit den Schultern. „Sicher mehr als all unsere Jahresgehälter zusammen, schätze ich."

„Und was sagt Rossdeutsch dazu?" Vorsichtig berührte Tilman Peter die geschliffene Oberfläche eines Edelsteines.

„Er ist noch im Krankenhaus", meinte Charlotte. „Wir fahren nachher dort vorbei und fragen ihn. Ich bin wirklich gespannt, woher er die Steine hat."

Es war sehr ungewohnt, den Kommissariatsleiter mit am Tisch sitzen zu haben. Man merkte deutlich eine gewisse Anspannung und Skepsis in der Runde.

Niemand wollte etwas Falsches sagen oder eine flapsige Bemerkung machen. Entgegen der Anordnung ihres Chefs hatte Charlotte doch ihren engsten Kollegen unter dem Siegel der Verschwiegenheit von ihrem unerwarteten Aufeinandertreffen im Stadion berichtet, doch keiner traute dem Frieden. Die Tatsache, dass ihr Vorgesetzter Clubfan war, machte ihn ja nicht automatisch zu einer fähigeren Führungsperson oder einem sympathischeren Menschen. Obwohl es natürlich ein erster Schritt in die richtige Richtung sein konnte.

„Bitte entschuldige", meldete sich Matthias zu Wort, „ich habe vergessen, dir auszurichten, dass sich Herr Rossdeutsch gestern am frühen Abend selbst entlassen hat. Er sei wieder gesund und könne es nicht mit seinem Gewissen vereinbaren, diesen Hort der Ruhe und Genesung noch länger in Anspruch zu nehmen, da es doch so viele Bedürftige gebe, die es viel nötiger hätten als er."

Charlotte grinste.

„Ist dieser Herr nicht ein wunderbarer Hort zum Erhalt des gefährdeten deutschen Sprachschatzes? Man kommt sich regelrecht plump und ungebildet neben ihm vor."

„Ich fürchte, er ist nicht nur Verfechter der deutschen Sprache, sondern auch unrechtmäßiger Besitzer von Diamanten mit einem geschätzten Wert in Millionenhöhe", gab Markus zu bedenken. „Wir haben den Stoff und die Steine näher untersucht und festgestellt, dass sie für kurze Zeit im Wasser gelegen haben mussten."

„Ach!" Charlotte setzte sich interessiert auf. „Vielleicht im Nummernweiher?"

„Möglich."

„Dann hat der gute Mann am Donnerstagabend gar keine Fische beobachtet, sondern Diamanten aus dem Wasser gezogen", überlegte Torsten. „Aber wie kamen sie dort hinein? Und wem gehören sie? Wenn sie seine eigenen sind, hätte er sie bestimmt nicht in diesem Kissen versteckt. Womöglich gibt es auch einen Zusammenhang mit dem Ring."

„Das werden Sie sicher alles in Kürze in Erfahrung bringen", schaltete sich Hauptkommissar Peter ein. „Haben Sie noch etwas Interessantes in der Wohnung gefunden?"

„Bücher und Aufzeichnungen über die innerdeutschen Grenzanlagen, die politische Landschaft der DDR und die Zeit der Grenzöffnung", berichtete der Spurensicherer. „Es scheint, als sei er ein glühender Verehrer der DDR gewesen."

„Und warum ist er dann unmittelbar nach der Wende in den Westen gegangen?", wunderte sich Charlotte.

„Vielleicht weil er etwas besaß, was ihm nicht gehörte?", mutmaßte Torsten und lehnte sich mit verschränkten Armen in seinem Stuhl zurück.

„Das sind reine Spekulationen, Herr Klein. Ich möchte doch

darum bitten, sich an den Fakten zu orientieren."

Torsten zuckte innerlich zusammen. Da war er wieder, der altbekannte Chef, die Spaßbremse, der Nörgler und Besserwisser. Hoffentlich verkroch er sich bald wieder hinter seinem Mahagonischreibtisch.

„Bitte entschuldigen Sie, so war das nicht gemeint", lenkte Tilman Peter ein, als habe er Torstens Gedanken lesen können. „Wir sollten uns nur immer wieder bewusstmachen, was Tatsachen und was Vermutungen sind."

„Aber natürlich."

Vielleicht gab es doch noch Hoffnung.

„Gibt es eigentlich schon Informationen zu de Jongs Handyverbindungen und Kontobewegungen?", wollte Charlotte wissen, ohne auf den kurzen Disput einzugehen.

Matthias schüttelte den Kopf.

„Das dauert ganz schön lange. Warum lassen sich diese Leute immer so bitten?", ärgerte sich Charlotte, doch Matthias unterbrach sie.

„Reg dich doch nicht so auf. Ich habe die Infos, aber sie haben nichts ergeben. De Jong hat keine auffälligen Kontobewegungen und war zur Tatzeit nicht mit seinem Handy an einem Handymast in der Nähe des Tatortes eingewählt."

„Oh, entschuldige. Wo war er denn eingewählt?"

„Gar nicht. Das Handy war ab dem späten Nachmittag ausgeschaltet."

„Das hilft uns nicht wirklich weiter", grummelte Charlotte und stand auf. „Komm, Torsten, wir sprechen erst einmal mit unserem Teichwächter. Vielleicht kommen wir dann weiter. Bis später."

Die Haustür in der Baldurstraße 4 stand offen. Charlotte und Torsten stiegen die Treppe hinauf und klingelten an Rossdeutschs Wohnungstür.

Keine Reaktion.

„Hallo, Herr Rossdeutsch", rief Charlotte und klopfte, nachdem zwei weitere Klingelversuche erfolglos geblieben waren. „Wir wissen, dass Sie da sind! Bitte machen Sie auf!"

Sie wollte nicht durch das Treppenhaus brüllen, dass sie von der Polizei sind, obwohl das manchmal hilfreiche Nachbarn auf den Plan rief.

Offensichtlich funktionierte es auch so.

„Der gnädige Herr ist zu Hause", wisperte eine ältere Dame durch einen schmalen Spalt an der Tür gegenüber.

Charlotte grinste in sich hinein. Jetzt war er schon der *gnädige Herr*. Als nächste Steigerung käme dann wohl *Ihre Majestät*? Auf dem Klingelschild der Wohnung war *Von Thun* zu lesen. Also eine Blaublütige, die wusste, wie man sich zu benehmen hatte.

„Das dachten wir uns", gab Torsten freundlich zurück. Für ältere Damen war er zuständig. „Wir sind von der Polizei und müssten dringend mit Herrn Rossdeutsch sprechen. Sie haben nicht zufällig einen Schlüssel, oder?"

Die Tür ging zu und Torsten fürchtete, die Frau zu sehr erschreckt zu haben, doch dann hörte man, wie die Kette zurückgeschoben wurde.

„Herr Rossdeutsch kam erst gestern Abend aus der Klinik. Er braucht noch Ruhe. Außerdem waren doch Ihre Kollegen gestern den ganzen Vormittag da. Was haben Sie denn in der Wohnung gemacht?"

„Ich fürchte, darüber können wir Ihnen keine Auskunft geben, Frau von Thun. Haben Sie einen Schlüssel?" Mit dem Anflug eines schlechten Gewissens griff Torsten in die Trickkiste. „Wir machen uns große Sorgen, dass Herrn Rossdeutsch etwas passiert sein könnte."

Frau von Thun erschrak. „Jetzt, wo Sie es sagen. Kurz nachdem Herr Rossdeutsch am Abend nach Hause gekommen war, habe ich ungewöhnliche Geräusche gehört."

„Geräusche?"

„Ja, ein Rumpeln und Krachen."

Charlotte und Torsten sahen sich an.

„Es hörte sich an, als würde er seine Wohnung umräumen."

„Haben Sie gefragt, was los ist?"

Die Dame schreckte zurück.

„Niemals! So etwas würde ich niemals wagen. Der gnädige Herr schätzt es überhaupt nicht, wenn man sich in seine Angelegenheiten einmischt."

„Frau von Thun", jetzt packte Torsten seine Alte-Damen-Samtpfötchen aus, „ich kann gut verstehen, dass Sie sich nicht in die Angelegenheiten Ihres Nachbarn mischen möchten, aber wir sind von der Polizei und haben die Pflicht, uns um die Bürger zu kümmern. Also wenn Sie uns jetzt bitte den Wohnungsschlüssel geben würden, könnten wir nachsehen, ob mit Herrn Rossdeutsch alles in Ordnung ist."

Die Dame sah ihn erschrocken an, griff in eine Schublade ihres Garderobenschrankes und reichte ihm das Gewünschte.

„Herzlichen Dank."

„Bitte. Ich hoffe, es geht ihm gut."

Wieder einmal war Charlotte beeindruckt von Torstens Fähigkeit, Damen älteren Jahrgangs um den Finger zu wickeln. Triumphierend hielt er den Schlüssel hoch und steckte ihn ins Schloss.

„Herr Rossdeutsch? Sind Sie da?"

Keine Antwort.

Charlotte schloss die Wohnungstür hinter sich und sah sich um.

Es war gewohnt ordentlich. Nichts deutete darauf hin, dass die Kollegen von der Spurensicherung alles durchsucht hatten.

Ob der Teichwächter bereits das Fehlen der Diamanten bemerkt hatte?

„Herr Rossdeutsch?", versuchte es Charlotte erneut und sah in alle Zimmer. Das Bett im Schlafzimmer war fein säuberlich gemacht, die Küche perfekt aufgeräumt.

Langsam begann sie, sich Sorgen zu machen.

Im Wohnzimmer auf dem Sofa fanden sie ihn. Er lag auf dem Rücken, die Arme vor der Brust verschränkt, das Gesicht blass, die Wangen eingefallen.

Torsten erschrak.

„Ist er tot?"

Charlotte sah, wie sich der Bauch des Mannes hob und senkte. Auf dem Couchtisch stand ein halbvolles Glas Wasser und ein Päckchen Tabletten.

„Noch nicht."

Eilig öffnete sie die Schachtel und stellte erleichtert fest, dass nur eine Tablette fehlte.

Sie beugte sich über ihn und tätschelte seine Wange.

„Herr Rossdeutsch. Ich bin es, Charlotte Gerlach von der Polizei. Ist alles in Ordnung mit Ihnen?"

Er öffnete die Augen, blinzelte in Zeitlupentempo, antwortete nicht.

„Herr Rossdeutsch! Hallo! Was ist denn passiert?"

Der Teichwächter reagierte nicht.

„Torsten, hilf mir mal", bat sie und zog den Mann hoch in den Sitz. „Brauchen Sie einen Arzt?"

Langsam kam er zu sich.

„Was tun Sie hier?", brabbelte er unverständlich. „Wie sind Sie hereingekommen?"

Er machte Anstalten aufzustehen, doch Charlotte drückte ihn wieder zurück auf das Sofa.

„Wir haben uns Sorgen um Sie gemacht. Wie geht es Ihnen? Sollen wir Hilfe holen?"

„Hilfe wofür?", gab er unwirsch zurück und wischte Charlottes Hand weg wie ein lästiges Insekt. „Was erlauben Sie sich? Bitte gehen Sie wieder."

Trotz des unfreundlichen Tonfalls freute sich Charlotte, dass ihr Gegenüber wieder ansprechbar war. Es sah so aus, als habe er einfach nur tief geschlafen.

„Auf welcher rechtlichen Grundlage haben Sie es sich in meiner Abwesenheit erlaubt, mein Privateigentum in Augenschein zu nehmen?"

Er schien wieder ganz der Alte zu sein.

„Und jetzt dringen Sie auch noch in meine Wohnung ein und rauben mir meinen wohlverdienten Schlaf! Impertinent!"

Charlotte war gespannt, ob er das Fehlen der Diamanten von sich aus ansprechen würde.

„Frau von Thun hat uns freundlicherweise den Schlüssel gegeben, nachdem Sie auf mehrmaliges Klingeln nicht reagiert hatten."

„Natürlich. Das dachte ich mir. Diese Person ist nicht vertrauenswürdig."

„Sie hat sich Sorgen gemacht, nachdem sie gestern Abend ungewöhnliche Geräusche aus Ihrer Wohnung gehört hat. Was haben Sie denn gemacht?"

Er zögerte nur kurz.

„Man wird doch in seinen eigenen vier Wänden tun und lassen können, was man für wichtig und notwendig erachtet, ohne dafür bei illoyalen Nachbarn Rechenschaft ablegen zu müssen. Und jetzt gehen Sie."

Er erhob sich, strich sich mit einer eleganten Geste die Haare glatt, zwirbelte kurz an seinem Schnauzer und wies mit einer Hand in Richtung Tür.

„Bitte, nach Ihnen."

Trotz seiner offenkundigen Verärgerung bemühte er sich nach Kräften höflich und galant zu bleiben - und sich möglichst schnell seiner ungebetenen Gäste zu entledigen.

„Wir müssen noch etwas Wichtiges mit Ihnen besprechen."

Charlotte machte keine Anstalten aufzustehen.

„Junge Frau, mein Redebedarf hält sich in Grenzen. Verzeihen Sie, aber ich würde im Moment das Alleinsein Ihrer Gesellschaft vorziehen. Wenn ich Sie nun bitten dürfte."

„Herr Rossdeutsch, wir haben in Ihrer Wohnung etwas gefunden, von dem wir annehmen, dass es Ihnen nicht gehört."

Entrüstet riss der Teichwächter die Augen auf.

„Was erlauben Sie sich! Wie können Sie es wagen, mich des Diebstahls zu bezichtigen?"

Charlotte erkannte neben Aufregung und Wut auch einen Anflug von Angst.

„Ich bin mir sicher, dass Sie bereits bemerkt haben, dass das Säckchen mit den Diamanten nicht mehr im Kissen ist. Vermutlich haben Sie gestern Abend so intensiv danach gesucht, dass Ihre Nachbarin das Poltern gehört hat."

„Ich bitte Sie!" Seine Stimme wurde brüchig, er begann zu schwitzen, seine abgeklärte Fassade bröckelte. Nervös zupfte er an seiner karierten Weste, zog ein weißes, gebügeltes Herrentaschentuch hervor, nur um es gleich wieder einzustecken.

„Woher haben Sie die Diamanten?", setzte Charlotte unerbittlich nach.

„Sie haben mir mein Eigentum geraubt. Sie waren das!" Seine Augen verengten sich zu schmalen Schlitzen. „Sie sind in meine Privatsphäre eingedrungen und haben meinen Besitz an sich genommen. Von wegen Polizei. Gemeine Verbrecher sind Sie!"

„Sagen Sie uns, woher Sie die Steine haben, beweisen Sie, dass sie Ihnen gehören, dann bekommen Sie sie zurück." Sie wagte einen einen Schuss ins Blaue: „Ebenso wie den Ring." Der Teichwächter setzte sich mit geradem Rücken auf die Couch und trommelte mit den Fingern auf seine Knie. Sein Hirn arbeitete offensichtlich auf Hochtouren, der Blick wanderte nervös im Zimmer umher.

Charlotte hielt die Luft an. Es war naheliegend, dass sich auch der Ring im Besitz des Teichwächters befunden hatte. Sie war gespannt, was er dazu sagen würde, hatte jedoch nicht viel Hoffnung, eine brauchbare Antwort zu erhalten.

„Sie haben die Diamanten in der Mordnacht aus dem Wasser gefischt." Torsten wurde langsam ungeduldig. „Hat Sie Karl Hügelschäffer dabei beobachtet? Musste er deshalb sterben?"

Das Gesicht des Teichwächters lief rot an.

„Was fällt Ihnen ein! Ich bin doch kein Mörder! Das ist eine infame Behauptung!"

„Dann erzählen Sie uns endlich, was in der Nacht zum Freitag wirklich passiert ist."

Torstens Stimme wurde eindringlicher, fordernder. Schluss mit Etikette und Rücksichtnahme. Schließlich wurde ein Mensch umgebracht.

„Es geht niemanden etwas an, womit ich meine Zeit verbringe, das ..."

Jetzt platzte auch Charlotte der Kragen.

„Natürlich können Sie tun und lassen, was Sie wollen, aber wenn im Zuge Ihrer ach so geheimen Freizeitgestaltung Schmuck im Wert von mehreren Millionen Euro auftaucht und zeitgleich ein Mensch erschlagen wird, müssen wir uns das näher ansehen. Ich kann Sie auch abführen lassen. Vielleicht hilft eine Nacht in der Arrestzelle Ihrer Mitteilungsbereitschaft auf die Sprünge?"

Waldemar Rossdeutsch sank in sich zusammen, knetete die Hände in seinem Schoß. Fast tat es Charlotte leid, dass sie ihn so heftig angegangen hatte, aber wie es schien, hatte sie den richtigen Ton getroffen.

„Erst der Ring, dann auch noch die Diamanten", stieß der Teichwächter erschöpft hervor.

„All die Jahre habe ich meinen Schatz gut bewacht. Jetzt habe ich ihn verloren."

„Ihren Schatz?" Torsten blickte ihn überrascht an. „Wie lange haben Sie ihn denn bewacht?"

Er versuchte, den Mann zum Erzählen zu bewegen, Interesse zu zeigen.

„Länger als Sie auf der Welt sind, junger Mann." Torstens Rechnung schien aufzugehen. Rossdeutsch legte langsam seine Abwehrhaltung ab. „Ich habe die Kostbarkeiten in einem der Nummernweiher gefunden und anschließend in dem hohlen Baum versteckt. Wissen Sie, die Leute sind so ignorant, so desinteressiert an ihrer Umgebung, so egoistisch. Es ist nie jemandem aufgefallen. Immer nachts habe ich meinen Schatz besucht."

Sein Blick wurde verklärt, verträumt, liebevoll. Er strich zärtlich über imaginäre Gegenstände in seiner Hand. „Er ist wunderschön, einzigartig."

„Sie haben einen Ring und Diamanten im Wert von mehreren Hunderttausend Euro in einem der Nummernweiher gefunden?" Diese Erklärung hörte sich mehr als unglaubwürdig an. „Und wer soll sie dort hineingelegt oder verloren haben?"

„Die Steine sind so glatt, so weich, so perfekt."

Er führte die Hand an seine Wange, schloss die Augen, lächelte in sich hinein.

„Herr Rossdeutsch! Wie kam der Schatz in den Weiher?"

Widerwillig kehrte der Teichwächter zurück in die Realität.

„Das entzieht sich meiner Kenntnis. Ich habe ihn gefunden. Er gehört mir. Dieses edle Säckchen mit den prächtigen Steinen und der wunderschöne Ring lagen einfach im schmutzigen Wasser. Ich habe sie hervorgeholt und gereinigt und dann im Baum versteckt. Mein Vater hat uns das Sparen gelehrt", flüsterte er kaum hörbar. „Wir mussten als Kinder auf vieles verzichten, was für andere selbstverständlich war. Das Schicksal wollte, dass ich den Schmuck finde, dass ich endlich für all die Entbehrungen belohnt werde."

„Herr Rossdeutsch, kann es sein, dass der Schmuck Karl Hügelschäffer gehört hat?" Torsten wagte erneut einen Schuss ins Blaue. „Er hat herausgefunden, dass Sie die Diamanten und den Ring an sich genommen haben und wollte sie zurückhaben. Im Streit haben Sie ihn dann erschlagen."

Waldemar Rossdeutsch sah ihn entrüstet an.

„Ich verbitte mir diese wiederholten, völlig haltlosen Verdächtigungen! Der Baum, in dem der Schatz versteckt war, ist in den Teich gestürzt, dann hat dieser Vogel den Ring gefunden. Ich wollte die Diamanten holen, bevor sie auch jemand anderes an sich nimmt. Dabei habe ich die beiden Unbekannten gesehen, von denen ich Ihnen bereits berichtet habe. Ich habe niemanden erschlagen. Ich bin ein friedlicher Mensch."

Charlotte seufzte. Sie kamen nicht weiter.

„Bitte bleiben Sie in der Stadt. Vermutlich müssen wir noch einmal mit Ihnen sprechen."

29

Nachdenklich liefen Torsten und Charlotte zum Auto.

„Das passt doch hinten und vorne nicht zusammen. Waldemar Rossdeutsch findet angeblich wertvollen Schmuck im Nummernweiher und versteckt ihn jahrelang in einem hohlen Baum. Dann wird Karl Hügelschäffer, den er einst in der DDR inhaftierte hatte, an genau diesem Nummernweiher erschlagen. Ist es wirklich denkbar, dass sich die beiden nie in Nürnberg getroffen haben?"

Charlotte zuckte mit den Schultern. „Scheint so. Glaubst du ihm, dass er nichts mit Hügelschäffers Tod zu tun hat?"

„Immerhin war er zur Tatzeit am Tatort. Vielleicht hatte Hügelschäffer den Schatz im Baum gefunden? In diesem Fall hätte unser Teichwächter ein Motiv."

„Er hat ausgesagt, dass er zwei Gestalten gesehen hat. Eine davon hinkte."

„Hügelschäffer."

„Genau. Aber wer war die andere Person? War sie überhaupt da, oder will er uns an der Nase herumführen?"

„Wenn wir das manchmal so genau wüssten."

Torsten sperrte gerade den Wagen auf, als eine bekannte Melodie zu hören war.

Die Legende lebt ...

Die zarten Flötenklänge schienen aus Charlottes Tasche zu kommen. Unter Torstens ungläubigem Blick zog sie augenzwinkernd ihr Handy heraus.

„Ja, was gibt es? ... Gut, wir kommen."

Torsten startete den Motor. „Wohin?"

„Nach Brunn. Es gab einen Überfall auf Frau de Jong."

Bertram de Jong öffnete den beiden Beamten die Tür und bat sie ins Haus. Im krassen Gegensatz zu dem charmanten, gut aussehenden, überheblichen Gastgeber des vergangenen Tages stand nun ein besorgter Ehemann mit Jogginghose und dunklen Ringen unter den Augen vor ihnen. Sein Haar war nachlässig gekämmt, sein Gesicht unrasiert.

Das Wohnzimmer sah aus wie ein Schlachtfeld. Mitten in dem Chaos zwischen benutzten Gläsern, schmutzigen Tellern und zerknüllten Servietten lag Inga de Jong mit geschlossenen Augen und zerzausten Haaren auf dem Sofa. An ihrem Hals klebte ein Pflaster.

„Gut, dass Sie so schnell kommen konnten", flüsterte de Jong und wies auf die Küche, in der ein ähnliches Durcheinander herrschte. „Bitte entschuldigen Sie, aber wir konnten noch nicht aufräumen. Möchten Sie etwas trinken? Espresso vielleicht? Ich glaube, ich brauche jetzt einen Doppelten."

Er schaltete einen Vollautomaten ein, der vermutlich mehr gekostet hatte als Charlottes komplette Kücheneinrichtung. Verschiedenfarbige Lämpchen leuchteten auf, es gurgelte leise, ein erstaunlich großes Display fragte nach den Wünschen des Konsumenten.

Warum nicht einen Vergleich zu Attilas perfektem Kaffee wagen?

„Für mich bitte einen einfachen Espresso. Danke."

Auch Torsten sagte dankbar zu.

Mit einigen Handgriffen räumte Charlotte einen Teil des Bartresens frei und setzte sich auf einen Hocker.

„Sie sagten, Ihre Frau sei überfallen worden."

„Ja, ich bin am frühen Morgen aufgewacht und habe meine Frau draußen in der Pergola gefunden. Jemand hat sie bedroht und ihr mit einem Messer eine Verletzung am Hals zugefügt", berichtete de Jong. „Sie sagte, es sei um den Auftrag am Dutzendteich gegangen."

Charlotte sah auf die Uhr. „Am frühen Morgen?", wunderte sie sich. „Warum haben Sie uns erst jetzt verständigt?"

Bertram de Jong senkte den Kopf. „Inga hat mich darum gebeten. Sie wollte keinen Trubel."

„Es wäre besser gewesen, die Kollegen von der

Spurensicherung hätten sich die Örtlichkeiten gleich ansehen können", gab Charlotte mit einem leichten Vorwurf in der Stimme zurück. Sie gab Torsten ein Zeichen, Markus Metz Bescheid zu geben.

„Was hat Ihre Frau gesehen? Hat sie die Person erkannt?"

„Sie war sehr durcheinander, das müssen Sie verstehen, aber ich vermute, dass Friedhelm Eck an der Sache beteiligt war." Er bemühte sich, seine Wut im Zaum zu halten.

„Sie glauben, Friedhelm Eck sei in der Nacht in Ihren Garten eingedrungen und habe Ihre Frau bedroht und verletzt, weil er den Auftrag nicht bekommen hat?" Das klang in Charlottes Augen doch reichlich unwahrscheinlich.

„Sie haben doch gesehen wie wütend er war, als ich den Zuschlag bekommen habe. Er hat gemeint, er würde dafür sorgen, dass ich in Nürnberg nicht Fuß fassen kann. Sie waren doch im Rathaus dabei!", brauste de Jong auf. „Sie müssen uns vor diesem Wahnsinnigen beschützen!"

„Liebling, was ist los?", hörte man Ingas brüchige Stimme aus dem Wohnzimmer.

Bertram sprang auf und eilte zu ihr. Zärtlich strich er über ihre Wange. „Die Polizei ist da, Liebes. Jetzt wird alles gut."

„Sie müssen diesen Eck aus dem Verkehr ziehen", murmelte die Frau und schloss wieder die Augen.

Charlotte zog einen Sessel heran und setzte sich.

„Frau de Jong, es tut mir sehr leid, was passiert ist. Brauchen Sie einen Arzt? Ich kann auch unsere Polizeipsychologin bitten, nach Ihnen zu sehen."

„Nein, es geht schon wieder. Die Wunde ist nicht schlimm. Ich hatte nur so fürchterliche Angst." Ihre Augen wurden feucht. „Er kam von hinten und packte mich. Dann hielt er mir ein Messer an den Hals und sagte, er würde das nächste Mal zustechen, wenn mein Mann nicht auf den Auftrag verzichten würde. Es war so furchtbar."

Tränen rannen über ihr Gesicht.

„Warum waren Sie draußen? Es war doch schon spät."

„Ich habe die letzten Gäste zum Auto begleitet und wollte vor dem Aufräumen noch etwas frische Luft schnappen. Bertram hat schon auf dem Sofa geschlafen." Sie griff nach seiner Hand. „Er hatte wohl etwas zu viel Tequila getrunken."

„Wie spät war es da?"

„So etwa vier Uhr."

„Haben Sie den Mann erkannt? Seine Stimme? Seine Kleidung? Irgendetwas?"

„Nein, tut mir leid. Es ging alles so schnell. Mir wurde dann schwarz vor Augen. Ich bin erst wieder zu mir gekommen, als Bertram mich gerufen hat."

„Das ist natürlich nicht viel. Denken Sie, es könnte Herr Eck gewesen sein?"

„Ich weiß es nicht. Ich konnte auch die Stimme nicht erkennen, weil er geflüstert hat. Bitte finden Sie den Mann. Bitte! Ich habe so schreckliche Angst und fühle mich hier nicht mehr sicher."

„Wir tun, was wir können", versuchte Charlotte, die Frau zu beruhigen. „Die Kollegen von der KTU schauen, ob sie noch verwertbare Spuren im Garten finden."

„Sie müssen auch Friedhelm Eck befragen. Er ist doch der Hauptverdächtige."

Charlotte lächelte die Frau an.

„Vertrauen Sie uns. Wir wissen schon, was zu tun ist." Sie stand auf. „Vielen Dank für den Kaffee. Sagen Sie uns Bescheid, wenn Ihnen noch etwas einfällt, oder wenn Sie doch mit der Psychologin sprechen wollen."

Bertram de Jong brachte sie noch zur Tür. „Bitte helfen Sie uns."

„Wir tun unser Möglichstes. Auf Wiedersehen."

Auf dem Weg zurück in die Stadt kam ihnen das Auto von Markus Metz entgegen. Charlotte konnte sich nicht vorstellen, dass der Unbekannte verwertbare Spuren hinterlassen hatte, aber wenn doch, würde Markus und sein Team sie sicher finden.

Friedhelm Eck und immer wieder Friedhelm Eck.

War es dem Mann wirklich zuzutrauen, die Frau seines Konkurrenten mit dem Messer zu bedrohen? Matthias hatte schon den Auftrag, die Verbindungsdaten seines Handys zu erfragen. Sollte es tatsächlich in Brunn eingeloggt gewesen sein, würde es langsam richtig eng für ihn werden. Noch hielt Hauptkommissar Peter seine schützende Hand über ihn, aber bei so eindeutigen Indizien musste damit Schluss sein.

Ihr Handy brummte. Eine SMS. Sie las die Nachricht aus dem Präsidium und ballte triumphierend die Faust.

„Ja! Wir haben ihn."

Torsten sah neugierig zu ihr hinüber.

„Eck?"

„Genau der. Sein Apparat war von gestern Abend bis heute Morgen um vier Uhr in Brunn eingeloggt. Wenn das kein Beweis ist. Wir fahren gleich zu ihm. Ich sage dem Chef Bescheid."

Endlich ein konkreter Hinweis.

Charlotte freute sich, wenn sie auch noch nicht wusste, ob und wie Eck an der Ermordung des Lebensmittelkontrolleurs beteiligt gewesen war. Zur Tatzeit war Ecks Handy ausgeschaltet, was alles bedeuten konnte und nichts. Wichtig war, dass sie ihm nun endlich den längst überfälligen Besuch abstatten würden.

Der Kommissariatsleiter hatte sich überrascht und besorgt über den Verlauf der Ermittlungen gezeigt und angekündigt, ebenfalls nach Erlenstegen zum Anwesen des Ehepaares Eck zu kommen.

Als Torsten kurz darauf den Dienstwagen am Straßenrand parkte, fuhr Tilman Peter gerade auf den Hof des Grundstücks und stellte sein Auto direkt vor der riesigen Garage ab. Charlotte vermutete hinter dem gigantischen Tor mindestens vier Fahrzeuge verschiedenster Größe. Ein Cabrio, einen SUV, den jetzt offenbar alle fahren mussten, die etwas auf sich hielten, bestimmt auch einen Sportwagen für die Ehefrau und einen repräsentativen Mercedes oder BMW.

Das Haus, eine Villa im Jugendstil, hätte Platz für geschätzte vier Großfamilien geboten, wurde aber nur von zwei Personen bewohnt. Dafür gab es reichlich Betätigungsfelder für verschiedene Angestellte. Vielleicht ging die Phantasie mit Charlotte durch, aber sie sah vor ihrem geistigen Auge Heerscharen von Köchen, Hauswirtschafterinnen, Gärtnern, Wäscherinnen und Putzfrauen lautlos und diskret durch die Räume huschen, um den Herrschaften jeden Wunsch von den Augen abzulesen.

„Na, dann wollen wir mal." Peter nickte seinen beiden Mitarbeitern zu und klingelte an der altehrwürdigen Haustür.

„Bitte überlassen Sie das Reden zunächst mir."

Charlotte seufzte innerlich und kniff genervt die Lippen zusammen.

Ähnlich überraschend wie im Hause de Jong öffnete auch hier keiner der vermuteten Angestellten, sondern die Hausfrau persönlich die Tür.

Angelika Eck, die darauf bestand, Angelique genannt zu werden, legte großen Wert darauf, auch zu Hause stets gut gekleidet und perfekt frisiert zu sein. Sie trug hochhackige Pumps und ein eng anliegendes, weißes Kleid, das ihre schlanke Figur gekonnt in Szene setzte. Ihr dezent geschminktes Gesicht hatte bereits die eine oder andere OP hinter sich und wirkte dadurch wie Mitte dreißig, also über zwanzig Jahre jünger.

Im Geiste addierte Charlotte zu dem Kreis der Hausangestellten auch noch eine Schneiderin, eine Kosmetikerin und eine Friseurin dazu.

„Oh, Tilman, was für eine Überraschung!", flötete sie. Mit einer Geste, die allen Mitgliedern der so genannten gehobenen Gesellschaft zu eigen war, legte sie ihre üppig beringten Hände auf die Schultern ihres Gastes und hauchte einen angedeuteten Kuss links und rechts an seinen Wangen vorbei.

Anschließend nahm der Kommissar die Hand der Dame und führte sie galant in die Nähe seiner Lippen.

„Hallo, Angelique. Du siehst wie immer bezaubernd aus."

Charlotte drehte sich zur Seite und musste einen Brechreiz unterdrücken. Diese Heuchelei war widerlich.

In Wirklichkeit wollte Frau Eck vermutlich sagen, Peter solle sofort verschwinden, während dieser sich seinen Teil über die aufgetakelte Aufmachung der Dame dachte.

„Ich nehme an, du bist nicht privat hier. Guten Tag, Frau Kommissarin, Herr ...?"

„Klein, Torsten Klein."

Charlotte und Torsten schüttelten die Hand, die sich anfühlte, als würde sie einen normalen Händedruck nicht unbeschadet überstehen.

„Du möchtest sicher Friedhelm sprechen, habe ich recht?"
„Gerne, ist er da?"
„Er ist noch beim Joggen." Es gelang ihr nicht, ihre Abneigung gegen diese Art der Freizeitgestaltung zu verbergen. „Ich denke, er ist in zehn Minuten zurück. Du kannst gerne mit deinen Kollegen in der Bibliothek warten." Auch die Art und Weise, wie sie von *seinen Kollegen* sprach, zeugte nicht gerade von überschäumendem Respekt. Charlotte grinste in sich hinein, als sie den Raum erreicht hatten, der im Hause Eck als *Bibliothek* bezeichnet wurde. Sie war sich sicher, dass sie mindestens dreimal so viele Bücher in ihrem Wohnzimmer hatte. Vielleicht sollte sie den Raum in Zukunft auch *Bibliothek* nennen?

Die drei Polizisten ließen sich in die riesigen, weichen Ledersessel fallen und hatten alle drei ihre Zweifel daran, ob und wie sie sich jemals wieder aus den schwarzen Ungetümen würden befreien können.

„Darf ich dir etwas anbieten? Scotch, Whiskey, Gin?"
Charlotte hätte beinahe laut aufgelacht.
„Danke, nein, ich bin im Dienst." Tilman Peter schien sich nicht im Geringsten über das Angebot zu wundern.
„Vielleicht eine Tasse Kaffee?"
Charlotte war gespannt, ob Torsten und sie auch gefragt werden würden, oder ob sie sich zu dritt den Kaffee ihres Chefs würden teilen müssen.
Alles deutete darauf hin, als sich die Gastgeberin doch noch einmal umdrehte.
„Für Sie auch?"
Für mich bitte einen Scotch mit viel Eis, lag Charlotte auf der Zunge, doch sie beherrschte sich.
„Danke, sehr freundlich."
Torstens Antwort wartete sie gar nicht erst ab und stöckelte die Treppe hinunter in die Küche, um entweder selbst den Knopf des Vollautomaten zu drücken, oder das Hausmädchen zu instruieren.
„Glauben Sie ernsthaft, Friedhelm hat die Frau angegriffen?", fragte Peter, als Angelika Eck den Raum verlassen hatte. „Er ist ein Ehrenmann."
„Der Leute besticht und sich Informationen kauft", ergänzte

Charlotte nüchtern. Sie beugte sich vor, soweit das in dem riesigen Polster möglich war. „Er war zur Zeit des Überfalls bei einem Handymast in Brunn eingeloggt. Was sonst hatte er dort mitten in der Nacht zu suchen?"

„Er wird uns sicher eine einfache Erklärung dafür liefern." Tilman Peter versuchte, Zuversicht zu verbreiten, doch seine Mitarbeiter zeigten sich seinen Versuchen gegenüber äußerst resistent.

„Da bin ich ja mal gespannt." Charlotte lehnte sich wieder zurück und sah ungeduldig auf ihre Uhr. Sie hatte eine Mordermittlung zu leiten und vergeudete ihre Zeit damit, auf den Hochwohlgeborenen zu warten, der vorgab zu joggen, sich aber stattdessen womöglich mit einer seiner jungen Geliebten im Hotel vergnügte. Im Rahmen des Henker-Falls vor einem halben Jahr hatte sich herausgestellt, dass es der Gastronom mit der Treue nicht so genau nahm und es um die Ehe der Ecks nicht allzu gut bestellt war.

„Na, Geli, erwartest du heute noch Besuch von George Clooney, oder warum hast du dich so aufgetakelt?"

Die bissige Stimme des Hausherrn tönte bis hinauf in die Bibliothek. Charlotte warf Torsten einen vielsagenden Blick zu. Es war allgemein bekannt, dass man Frau Eck niemals mit Angelika ansprechen durfte. Wie demütigend musste es für sie dann sein, Geli genannt zu werden?

„Du hast Besuch", antwortete Angelika Eck mit einer Kälte, die sogar den Wartenden eine Gänsehaut über den Rücken jagte. „Nimm das mit."

„Oh, Kaffee, wie lieb von dir." Da war er wieder, der überaus charmante, zuvorkommende, über den Dingen stehende Tonfall, den Charlotte von Friedhelm Eck kannte und den er immer an den Tag legte, wenn er nicht mit seiner Frau alleine war.

Charlotte hoffte, nie in die fürchterliche Situation zu kommen, den Mann, mit dem sie verheiratet war, so zu verabscheuen, wie es Angelika Eck allem Anschein nach tat. Warum zogen die beiden nicht endlich einen Schlussstrich unter das, was schon lange keine Beziehung mehr war? Warum quälten sie sich gegenseitig? Lag es nur am Geld?

Am Status? Dem Ansehen?

Das war ein denkbar hoher Preis.

Die Tür wurde langsam aufgeschoben und ein voll beladenes Tablett wurde sichtbar. Statt der erwarteten und zugegebenermaßen auch erhofften edlen Kaffeespezialität in feinem Porzellan, garniert mit ausgesuchtem dänischem Gebäck hatte die Hausfrau in ihrer grenzenlosen Gastfreundschaft zu einer fleckigen, weißen Thermoskanne und einigen Kaffeebechern mit Werbeaufdruck gegriffen. Erstaunlich, dass es solche Gegenstände in diesem Haushalt überhaupt gab. Das Gebäck war weder dänisch, noch italienisch, es war schlichtweg nicht vorhanden.

Friedhelm Eck balancierte die wertvolle Fracht zum niedrigen Couchtisch und ließ sich anschließend erschöpft in den letzten freien Sessel fallen.

„Uff, ich bin vielleicht fertig. Wahrscheinlich ist die Fünf-Kilometer-Runde doch langsam zu viel für mich."

Charlotte musste wohl oder übel ihre Vermutungen zu seinen Aktivitäten der vergangenen Stunden revidieren. Der Mann trug verschwitzte Sportkleidung, Laufsocken und ein in die Jahre gekommenes, weißes Frotteestirnband, mit dem womöglich Björn Borg vor Urzeiten seine Tennismatches bestritten hatte. Darüber hinaus zeugte ein strenger Schweißgeruch, feuchte Haare und ein puterrotes Gesicht vom Wahrheitsgehalt seiner Aussage.

„Leider werde ich auch nicht jünger." Er lachte und wischte sich mit seinem Schweißband, das augenscheinlich auch aus der Generation Björn Borg stammte, über die erhitzte Stirn.

„Darf ich?" Er griff zur Thermoskanne und füllte schwungvoll die bereitstehenden Becher mit einer schwarzen Flüssigkeit, die schwach nach Kaffee roch und nicht mehr heiß genug war, um zu dampfen.

Charlotte schmunzelte über den vergeblichen Versuch, den unerwünschten Besuch mit lauwarmem Kaffee und unappetitlichen Tassen hinauszukomplimentieren.

Dazu müsste Angelika Eck schon härtere Geschütze auffahren.

„Was führt dich zu mir, mein Freund? Geht es immer noch um den Tod des bedauernswerten Herrn Hügelschäffer?"

Charlotte erwartete nicht, dass ihr Chef Friedhelm Eck mit den neuesten Ermittlungsergebnissen und den damit verbundenen Anschuldigungen konfrontierte, schließlich waren die beiden ja so gute Freunde, auf dem Golfplatz und bei einem Glas Scotch.

„Tut mir leid, dass ich dich so direkt fragen muss, aber warum warst du gestern Abend stundenlang in Brunn?"

Charlotte traute ihren Ohren nicht.

Friedhelm Eck ging es offensichtlich genauso. Er verschluckte sich an seinem Kaffee und musste ordentlich husten.

„Was sagst du da?", röchelte er und wischte sich hustend die Tränen aus den Augen.

Tilman Peter blieb ernst.

„Dein Handy war von 22:00 Uhr bis 04:00 Uhr morgens in Brunn eingewählt. Warum?"

„Was meinst du? Hast du etwa meine Handydaten überprüft?"

„Friedhelm, es wurde ein Mann ermordet, den du dessen Aufzeichnungen zufolge wiederholt geschmiert hast. Außerdem wurde vergangene Nacht ein Angriff auf die Frau deines Konkurrenten verübt. Es sei um den Auftrag am Dutzendteich gegangen. Was hast du dort gemacht?"

Peters Stimme wurde eindringlicher.

Friedhelm Eck wurde bleich.

„Ich dachte, wir sind gute Freunde", presste er zwischen zusammengekniffenen Lippen hervor.

„Das hat nichts damit zu tun."

Es war offensichtlich, dass Peter nicht gewillt war, die jahrelange Freundschaft als Freibrief gelten zu lassen.

„Hast du die Frau unter Druck gesetzt?"

Eck sprang entrüstet auf, was Charlotte angesichts der Beschaffenheit des Sessels und der körperlichen Erschöpfung des Mannes doch sehr bewundern musste.

„Ich verbiete dir, so mit mir zu reden!"

„Friedhelm, es geht um Mord," meinte Peter etwas versöhnlicher.

Eck stand am Fenster und starrte nach draußen.

„Dieses Projekt am Dutzendteich liegt mir sehr am Herzen.

Ich habe als Jugendlicher viel Zeit dort draußen verbracht, war dabei, als in den 60er Jahren die Märzfeldtürme gesprengt wurden, habe oft Tennis an der Rückseite der Zeppelintribüne gespielt. Es war fürchterlich für mich, als vor einigen Jahren das *Strandcafé Wanner* schließen musste. Auch wenn jetzt ein neues Lokal dort gebaut wurde, für mich wird es immer das *Wanner* bleiben. Ich träume davon, das Gelände neu in altem Glanz erstrahlen zu lassen, ihm die Bedeutung zurückzugeben, die es einst hatte. Vor allem die kleinen Weiher jenseits der Großen Straße haben mehr Aufmerksamkeit verdient, als lediglich die Anwesenheit einiger Hobby-Ornithologen."

Mit angehaltenem Atem hörte Charlotte zu. Noch nie hatte sie den Gastronomen so ehrlich und authentisch erlebt, so wenig aufgesetzt, so echt. Bei dem Auftrag schien es ihm tatsächlich in erster Linie um die Verwirklichung eines lange gehegten Traumes zu gehen und nicht um den Profit. Erstaunlich.

Langsam drehte er sich zu ihnen um und straffte die Schultern.

„Ja, ich war in Brunn. Ich habe tatsächlich überlegt, diesem jungen Schnösel an den Kragen zu gehen, ihn wie auch immer dazu zu zwingen, auf den Auftrag zu verzichten. Lange saß ich im Auto und habe mit mir gerungen. Ich gebe zu, ich habe das eine oder andere Bier getrunken und bin dann irgendwann eingeschlafen. Gegen vier bin ich dann nach Hause gefahren. Du kannst mich also wegen Alkohol am Steuer festnehmen, wenn du unbedingt willst auch wegen Stalking, aber nicht, weil ich eine Frau überfallen oder jemanden umgebracht habe."

Er drehte sich wieder zum Fenster und beobachtete die beiden Gärtner beim Harken der Kieswege.

Stille.

Die Ansprache, die fast einer Beichte gleichkam, hatte alle Anwesenden beeindruckt, ihnen den Wind aus den Segeln genommen.

Auch der Hauptkommissar war sichtlich ratlos, bedankte sich für den Kaffee und blies zum Rückzug.

Die Fahrt zum Präsidium verlief schweigend. Charlotte wusste nicht, was sie denken sollte.

Genauso könnte es gewesen sein – oder eben doch ganz anders ...

Er könnte von seinem Wagen aus Inga de Jong gesehen haben, wie sie da stand in ihrem hübschen Kleid, zwanzig Jahre jünger als seine Frau, genau in sein Beuteschema passend. Er könnte die Beherrschung verloren, sich auf die Frau gestürzt, ihr ein Messer an den Hals gehalten haben.

Wie weit würde er gehen, um seinen Traum zu verwirklichen?

Karl Hügelschäffer hatte seine Ideen an den Konkurrenten verkauft und ihn verraten. Das war ein starkes Motiv, aber war Friedhelm Eck, der erfolgreiche, smarte, über die Grenzen der Stadt hinaus bekannte Gastronom wirklich bereit, dafür einen Menschen zu töten?

Oder war es doch ein Unfall gewesen?

War ein Gespräch zwischen den beiden aus dem Ruder gelaufen? Eskaliert? Hatte Eck den Lebensmittelkontrolleur, der mit seiner Prothese sicher nicht allzu stabil auf den Beinen war, im Streit geschubst, sodass dieser unglücklich mit dem Kopf auf einen Stein aufgeschlagen war? Der Rechtsmediziner hatte diese Möglichkeit nicht ganz ausgeschlossen.

Totschlag? Körperverletzung mit Todesfolge? Eine Auseinandersetzung mit tragischem Ende? Oder doch kaltblütiger Mord? Hatte Eck doch zu einem Stein gegriffen und dem anderen den Kopf eingeschlagen?

Und was war mit dem Teichwächter und seinen Diamanten?

Seit Jahrzehnten hatte er seinen Schatz gehütet wie seinen Augapfel. Plötzlich kam jemand und wollte ihn ihm wegnehmen. Dabei hatte er nicht tatenlos zusehen können.

Aber warum hätte er Frau de Jong überfallen sollen? Das war völlig abstrus, machte überhaupt keinen Sinn.

Charlottes Schädel brummte. Es waren heute so viele Informationen gewesen, die sie erst einmal ordnen musste.

„Kannst du mich bitte nach Hause fahren?", bat sie ihren Praktikanten. „Wir machen für heute Feierabend. Vielleicht haben wir morgen die zündende Idee."

30

Joachim Kohl erhob sich stöhnend aus seiner Koje. Vielleicht sollte er doch seinen Bierkonsum am Abend etwas herunterfahren, aber seit dieser Adam bei ihm arbeitete und mit ihm im Wohnwagen logierte, gefiel es ihm, sich nach getaner Arbeit zusammenzusetzen und das eine oder andere Fläschchen aufzumachen. Ein Blick auf die Uhr verriet ihm, dass es bereits nach acht war und er noch sein Fahrgeschäft für den Mittwochswahnsinn rüsten musste. Mäßig dynamisch schwang er die Beine über die Bettkante und rieb sich die Augen.

„Adam? Bist du schon wach?"

Erstaunt stellt er fest, dass die zweite Koje leer war. Hatte der Kollege etwa schon Frühstück gemacht? Oder gar schon mit der Reinigung der Wagen begonnen? Das wäre Premiere. Die vergangenen Tage hatte Joachim immer Mühe gehabt, den anderen aus dem Bett zu bekommen. Und trotzdem genoss er es, nicht alleine zu sein. Er hatte ihn auch schon gefragt, ob er nicht Lust hätte, mit ihm weiterzuziehen. Er wolle es sich überlegen.

Joachim fröstelte, als er die Tür des Wohnwagens öffnete und ein kühles Lüftchen hereinwehte. Vielleicht war Adam ja zum Toilettenhäuschen gegangen. Er traute Joachims erstklassiger, wieder in Betrieb genommener Campingtoilette noch nicht über den Weg. Schnell zog er sich wieder in die verbrauchte, aber einigermaßen warme Luft seines Domizils zurück und setzte Kaffee auf. Bald breitete sich einer der besten Düfte aus, die die Menschheit je hervorgebracht hatte. Er beugte sich über die gurgelnde Maschine und inhalierte genüsslich.

Wenige Handgriffe später lag das Paket mit dem Supermarktbrot und der Käseaufschnitt von Aldi auf dem winzigen Tischchen. Joachim Kohl schob sich auf die enge Bank und griff hungrig zu.

Wo war nur Adam abgeblieben? Hatte er sich womöglich den Magen verdorben und kam nicht mehr von der Toilette herunter? Oder ging er zum Äußersten und suchte gar die Duschen auf?

Schwer vorstellbar.

Vielleicht hatte ihm ja einer der Nachbarn ein hochwertigeres Frühstück angeboten, mit Biobrotaufstrichen und Dinkelbrötchen? Joachim grinste bei der Vorstellung, wie Adam Latzko völlig überfordert vor Kräutertee und Vollkornbrot saß.

Zugegeben kannte er keinen Schausteller, bei dem regelmäßig vegane Bioprodukte auf den Tisch kamen. Viele wussten vermutlich gar nichts von der Existenz solcher Lebensmittel.

Nach drei Scheiben Brot mit Käse und zwei Bechern Kaffee begann er, sich dann doch Sorgen zu machen. Wollte Adam über Nacht in seine Wohnung fahren? Er hatte nichts davon erwähnt, hatte immer wieder betont, wie angenehm er es fand, hier vor Ort schlafen zu können und nette Gesellschaft zu haben. Sie hatten gestern nach Feierabend noch zusammengesessen und getrunken, zu viel getrunken, wie sich heute herausgestellt hatte. Adam war gewesen wie immer. Etwas zurückhaltend und nicht sehr redselig, so wie Joachim es schätzte. Er hielt nichts von Angebern, Besserwissern oder Leuten, die einem andauernd uninteressante und wahrscheinlich auch erfundene Geschichten aus ihrem Leben aufdrängten. Da war ihm ein schweigsamer Zeitgenosse doch tausendmal lieber.

Noch lieber wäre es ihm gewesen, wenn sich sein schweigsamer Zeitgenosse langsam mal blicken lassen würde. Es war nach neun, und bald würden Tausende von Familien mit ihren lästigen Gören kommen.

Seufzend stapelte er das benutzte Geschirr in der Spüle. Bis übermorgen würden die sauberen Teller noch reichen, dann würde er um das verhasste Abwaschen nicht mehr herumkommen. Er stellte den kleinen, blauen Eimer unter den Wasserhahn und ließ ihn halbvoll laufen.

Musste er jetzt ernsthaft alleine sämtliche sechzehn Wagen reinigen, von Müll und Kaugummi befreien, womöglich noch Pipi-Pfützen aufwischen?

Hatte er sich in Adam Latzko so getäuscht?

Ließ er ihn jetzt am Familientag wirklich hängen? Wie sollte er alleine den Betrieb aufrechterhalten?

Grummelnd marschierte er hinüber zu seinem Fahrgeschäft, das über Nacht mit einer bunten Plane verhängt war. Er ging ins Kassenhäuschen und schaltete die Lichter ein, um zu überprüfen, ob alle Lämpchen funktionierten. Dann machte er sich daran, die Plane abzuhängen, was alleine gar nicht so einfach war. Er schimpfte und fluchte während er Öse für Öse ausfädelte und die schwere Plane auf die silbern glänzende Arena, wie er es immer nannte, fallen ließ.

Plötzlich hielt er inne. Ein ungutes Gefühl beschlich ihn. Es war doch alles wie sonst, oder?

Fragend schob er sein ausgebleichtes Käppi in den Nacken, kratzte sich am Kopf und sah sich um. Im bunten Licht der blinkenden Lampen konnte er die grellen Spinnen-Wagen erkennen, die fein säuberlich nebeneinander zunächst auf ihre Reinigung, dann auf ihren Einsatz warteten. Ein Anflug von Stolz erfüllte ihn. Dieses *Spider Crash* war eine Goldgrube. Kein Autoscooter, wie es auf jeder kleinen Dorfkirchweih zu finden war, sondern etwas Besonderes, Außergewöhnliches, Einzigartiges.

Er schob die Bedenken zur Seite, legte mehr schlecht als recht die Plane zusammen und verstaute sie unter dem Aufbau auf dem staubigen Boden.

Und doch war etwas anders.

Stumm ging er die vordere Reihe der Wagen ab, strich mit der Hand über die glatt lackierten Spinnenbeine, pflückte hie und da eine zerknüllte Serviette von einem der Sitze.

Alles war wie immer.

Er umrundete die Arena und wollte die Wagen auf der hinteren Seite unter die Lupe nehmen, als ihm auffiel, dass zwei der Wagen nicht exakt an ihrem Platz standen. Sie waren leicht nach vorne geschoben, etwas schräg, nicht so wie er sie am Abend zuvor hinterlassen hatte.

Joachim Kohl schluckte, trat näher heran, hatte die Wagen

fast erreicht, als sein Blick auf etwas Dunkles fiel, das sich unter dem breiten Gummirand einer der Riesenspinnen auf der glatten, glänzenden Arena wie eine Pfütze ausgebreitet hatte.

Es kam manchmal vor, dass sich ein Besucher übergeben musste, aber das hätte er doch am Abend merken müssen. Außerdem war das, was da aus den Mägen der Leute kam, selten so dunkel.

Seine Nackenhaare stellten sich auf.

Widerwillig schlich er näher heran und schnellte zurück.

Zwischen den beiden Wagen, nahezu unsichtbar mit den Farben der grellbunten Lackierung verschmelzend, erkannte er eine menschliche Hand. Wie hilfesuchend ragte sie zwischen den beiden Spinnenkörpern hervor, leblos, tot.

Ein Schrei entfuhr seiner Kehle, als er den blutüberströmten Rest des Körpers fand, eingeklemmt zwischen der hölzernen Umfassung der Arena und den bunt schimmernden Spinnen.

Die Stimmung auf dem Volksfestplatz war an diesem Vormittag eigenartig still, beinahe gespenstisch. Keine laute Musik aus den Fahrgeschäften, keine auffordernden Stimmen aus den Lautsprechern, kein Kinderlachen. Die einzigen blinkenden Lichter waren die der Polizeiautos. Das *Spider Crash* war mit rot-weißem Flatterband abgesperrt, überall waren die Spurensicherer in ihren futuristischen, weißen Overalls unterwegs, stellten kleine, nummerierte Schildchen auf, fotografierten, sammelten mögliche Beweisgegenstände in Asservatenbeutel und stellten Fingerabdrücke sicher.

Joachim Kohls außergewöhnliches Fahrgeschäft, seine Goldgrube, war zum Tatort geworden.

„Er wurde erstochen", berichtete der Rechtsmediziner, als Charlotte und Torsten eingetroffen waren. „Etwa zwischen ein und drei Uhr morgens."

„Danke."

Charlotte warf nur einen kurzen Blick auf den Toten und wandte sich dann schnell wieder ab. Sie fühlte sich heute morgen nicht so gut, musste ständig niesen, hatte Kopfschmerzen und ein flaues Gefühl in der Magengegend, das sich beim Anblick einer blutverschmierten Leiche nicht unbedingt besserte.

„Wisst ihr schon, wer es ist?"

Jens Kohlbrenner deutete auf Markus Metz und sein Team.

„Da musst du ihn fragen."

Zwei Tote innerhalb weniger Tage an nahezu demselben Ort. Es musste nicht sein, dass die beiden Morde etwas miteinander zu tun hatten, aber die Vermutung lag nahe. Charlotte hatte die Erfahrung gemacht, dass ein zweiter Toter oft neue Aspekte in eine bis dahin festgefahrene Ermittlung brachte.

„Guten Morgen, Kollegin", begrüßte sie der Spurensicherer und verbreitete seine gewohnt gute Laune. „Vielleicht solltest du dich mal in die Sonne stellen, du bist so blass."

„Sehr witzig", gab sie zurück. Mitunter waren stets gut gelaunte Leute auch anstrengend.

„Wir haben heute Glück. Das Opfer hatte seine Brieftasche mit Ausweis bei sich. Es handelt sich um Adam Latzko, geboren am 26. März 1962 in Meiningen / Thüringen, wohnhaft ..."

„Was sagst du da?", unterbrach ihn Charlotte überrascht. Auch Torsten blickte erstaunt auf und kramte nach seinem Notizbuch.

„Wann und wo ist der Mann geboren?", fragte er aufgeregt nach.

„Am 26.03.1962 in Meiningen", antwortete Markus irritiert. „Warum fragt ihr?"

„Weil unser erstes Opfer, Karl Hügelschäffer, im selben Jahr auch in Meiningen geboren wurde."

„Oha! Dann haben sich die beiden womöglich gekannt."

Charlotte nickte zufrieden.

„Das könnte eine erste vielversprechende Spur sein."

„Vielleicht kannte ihn ja auch der Teichwächter?", mutmaßte Torsten.

„Ich habe Matthias schon den Namen durchgegeben", berichtete Markus weiter. „Ich denke, er wird schon bald nähere Informationen über den Mann haben."

„Gut. Danke dir. Wer hat den Toten gefunden?"

„Der Betreiber des Fahrgeschäftes. Ein Herr Kohl. Er wartet

in seinem Wohnwagen auf dich."

„Na prima", gab Charlotte mäßig erfreut zurück. „Dann wollen wir mal."

„Ich glaube, du schaffst das alleine", grinste Torsten. Markus braucht mich hier."

Charlotte hatte ein Déjà-vu-Erlebnis, als sie dem glatzköpfigen, tätowierten, schweigsamen Schausteller in seinem muffeligen Wohnwagen an der winzigen Sitzgruppe gegenüber saß. Die gleiche Unordnung, der gleiche Gestank, der gleiche ungenießbare Kaffee, der gleiche verschlossene Gesichtsausdruck. Wie es schien, würde es wieder ein hartes Stück Arbeit werden.

Sie holte tief Luft. Eigentlich hatte sie keine Lust, Fragen zu stellen, deren Antworten sie schon ahnte.

Sie beschloss, darauf zu warten, was Joachim Kohl zu berichten hatte und lehnte sich mit verschränkten Armen zurück.

Der Schausteller rutschte unruhig auf der Bank herum, sah auf die Uhr, blickte nervös durch das winzige Fenster nach draußen. Es war klar, dass er Umsatzeinbußen befürchtete, wenn sich die polizeilichen Aktivitäten noch länger hinzogen. Im schlimmsten Fall würde er sein Fahrgeschäft heute gar nicht mehr öffnen können.

„Jetzt fangen Sie schon an. Ich kann es mir nicht leisten, untätig herumzusitzen", brummelte er ungeduldig.

Das war doch so etwas wie Gesprächsbereitschaft, stellte Charlotte zufrieden fest.

„Sie sagten, der Tote habe bei Ihnen gearbeitet?", begann sie und hoffte, Kohl nicht jedes Wort aus der Nase ziehen zu müssen.

„Ja, seit Freitag. Er war fleißig und gewissenhaft. Ich habe ihm angeboten, auch nach dem Nürnberger Volksfest für mich zu arbeiten." Ein gewisses Bedauern schwang in seiner Stimme mit. „Aber das hat sich ja jetzt erledigt."

„Wann haben Sie ihn zum letzten Mal gesehen?"

Joachim Kohl erzählte vom vergangenen Abend, wie sie etliche Flaschen Bier getrunken und sich dabei unterhalten hatten. „Alles war wie immer, als ich mich so gegen halb zwei hingelegt habe."

„Und Herr Latzko? Hat er sich auch hingelegt?"

„Er wollte noch einmal zum Toilettenwagen."

„Haben Sie gehört, dass er wieder zurückkam?"

„Nein, ich bin sofort eingeschlafen." Er zuckte entschuldigend mit den Schultern. „Wir hatten jeder fünf Bier."

„Haben Sie mitbekommen, ob er jemanden getroffen oder mit jemandem gesprochen hat?"

„Adam redete nicht gerne."

„Wissen Sie sonst noch etwas über ihn?"

Das Gespräch wurde dann doch anstrengend und mühsam.

Im ersten Moment hatte Charlotte den Gedanken gehabt, Kohl selbst könnte den Mann erstochen haben. Aber warum hätte er ihn zwischen seine kitschigen Spinnen-Wagen fallen lassen, ihn dann selbst finden und anschließend die Polizei verständigen sollen? Für so dumm hielt sie ihn nicht. Auf der anderen Seite traute sie ihm aber auch nicht so viel Raffinesse zu, das Ganze als Ablenkungsmanöver aufgezogen zu haben. Es schien sogar, als sei ihm der Mann in der kurzen Zeit ans Herz gewachsen.

„Er saß wohl längere Zeit im Knast. Warum, wollte er nicht sagen, war mir auch egal. Jedenfalls war er ein feiner Kerl."

„Hat er von Leuten aus dem Gefängnis erzählt?"

„Nein, er hat nie vom Gefängnis erzählt. Er war froh, draußen zu sein."

„Wir nehmen an, dass er Karl Hügelschäffer gekannt hat. Haben Sie die beiden zusammen gesehen?"

Kohl überlegte.

„Jetzt, wo Sie es sagen. Er ist richtig erschrocken, als er das Bild in der Zeitung gesehen hat. Da hatte ich auch schon den Verdacht, dass er ihn gekannt hat. Ich habe ihn danach gefragt, aber er wollte nichts dazu sagen."

„Vielen Dank, Herr Kohl. Meine Kollegen können Ihnen sagen, ob und wann Sie ihr Fahrgeschäft wieder öffnen können."

Der Schausteller brummelte etwas Unverständliches, nicht sehr freundlich Klingendes vor sich hin, als Charlotte die Tür des Wohnwagens hinter sich schloss.

Sie atmete zunächst einmal tief durch, füllte ihre Lungen bis in den letzten Winkel mit frischer Luft und hoffte, den Geruch nach Schweiß, Alkohol und Zigaretten möglichst schnell aus ihrer Nase zu bekommen. Sie lehnte sich an die Wand des Caravans und schloss die Augen.

Langsam wirkte der Sauerstoff, und ihr Hirn nahm seine Arbeit wieder auf.

Was war das nur wieder für ein verworrener Fall?

Ein Lebensmittelkontrolleur wird erschlagen, der Verdacht fällt auf die beiden Kontrahenten, die um den Zuschlag für ein neues Gastronomieprojekt buhlen. Dann taucht wertvoller Schmuck auf und ein skurriler Ex-Grenzer aus der DDR gerät in den Fokus. Und jetzt liegt ein Strafentlassener erstochen auf dem Volksfest, der im gleichen Jahr in der gleichen Stadt geboren wurde wie das erste Opfer. Wie hängen all diese Ereignisse zusammen? Wer hat wen gekannt, wollte sich womöglich an wem rächen? Wo liegt das Motiv für die beiden Taten? Sie brauchte dringend mehr Informationen über Adam Latzko. Warum und wie lange war er im Gefängnis gewesen? War er gemeinsam mit Hügelschäffer aus der DDR geflohen? Hatte er etwas mit den Diamanten oder dem Ring zu tun?

„Alles in Ordnung? Du bist etwas blass um die Nase." Torsten kam besorgt auf sie zu.

„Alles gut", beruhigte sie ihn. „Das Klima in dem Wagen ist nur alles andere als frisch, wenn du verstehst, was ich meine."

Er nickte verständnisvoll.

„Ich glaube, ich weiß, wovon du sprichst. Matthias hat sich gemeldet. Er hat interessante Neuigkeiten über Latzko. Er hat auch Waldemar Rossdeutsch ins Präsidium bringen lassen. Es ist anzunehmen, dass er das Opfer gekannt hat."

31

„Sie haben nicht die Befugnis, mich hier festzuhalten. Das ist Freiheitsberaubung! Ich möchte Ihren Vorgesetzten sprechen!"

Die durchdringende Stimme des Teichwächters drang in jedes Büro auf dem Flur.

Charlotte grinste amüsiert, als sie hörte, dass sich bereits der ranghöchste Beamte, den das Präsidium im Moment zu bieten hatte, des Mannes angenommen hatte.

„Herr Rossdeutsch, jetzt beruhigen Sie sich doch." Tilman Peter klang leicht verzweifelt. „Hier will Sie keiner Ihrer Freiheit berauben, wir müssen Ihnen lediglich einige Fragen stellen."

„Es ist unerhört, dass friedliche Bürger behandelt werden wie Schwerverbrecher. Nicht nur, dass Sie als verlängerter Arm des Gesetzes ihre Pflicht, das ausschweifende Treiben im Volkspark Dutzendteich zu unterbinden, sträflich vernachlässigen, nein, Sie halten auch noch die Leute, die sich ehrenamtlich und unentgeltlich dieser Herausforderung stellen, von ihrer Tätigkeit ab. Schämen Sie sich!"

Charlotte beschloss, Ihren Chef noch eine Weile mit dem überaus engagierten Hüter von Recht und Ordnung alleine zu lassen und schlüpfte gemeinsam mit ihrem Praktikanten in Matthias' Büro, um sich anzuhören, was er über Adam Latzko recherchiert hatte.

„Unser lieber Kommissariatsleiter hat ganz schön zu kämpfen, was?", freute sich auch Matthias über die ungewohnte Herausforderung, die ihr Vorgesetzter zu meistern hatte.

„Warum stellen Sie dann nicht endlich Ihre Fragen. Wollen Sie mich zermürben? Seit über vierzig Minuten sitze ich nun schon hier auf diesem unbequemen Sitzmöbel, ohne dass etwas passiert. Gebietet es nicht die Höflichkeit, mir etwas zu trinken und zu dieser mittäglichen Stunde auch eine kleine Mahlzeit anzubieten?"

„Bitte entschuldigen Sie, wir werden uns bemühen ..."

Charlotte kicherte und schloss die Tür. Worum sich der überforderte Hauptkommissar bemühen wollte, blieb offen. Wahrscheinlich wäre er sogar bereit, dem Zeugen ein Drei-Gänge-Menü mit weißer Tischdecke und Kerzenlicht zu organisieren, wenn er nur endlich von ihm erlöst werden würde.

„Wir lassen ihn noch eine Weile schmoren", freute sich Charlotte und nahm ihrerseits auf einem dieser unbequemen Sitzmöbel Platz, die es hier im Präsidium massenweise gab. „Was hast du für uns?"

„Dieser Latzko war kein unbeschriebenes Blatt", begann Matthias mit dramatischem Unterton.

„Ja, er kam erst vor Kurzem aus dem Knast. Das hat der Schausteller erzählt, bei dem er gearbeitet hat."

„Wisst ihr auch, warum er gesessen hat?"

Charlotte hörte förmlich den Trommelwirbel in seiner Stimme und blickte ihn erwartungsvoll an.

„Er hat einen ehemaligen Grenzbeamten erschossen."

„Ach! Einen Kollegen von Rossdeutsch?"

„Nein, einen von der anderen Seite. Latzko hat damals ausgesagt, er sei illegal über die Grenze gekommen und habe die Grenzer auf der West-Seite um Hilfe gebeten. Die hätten ihn aber angeblich an die DDR-Behörden ausliefern wollen. Er habe wieder fliehen müssen und sich später an dem Grenzpolizisten gerächt."

„Ausliefern?", wiederholte Charlotte ungläubig. „Das habe ich ja noch nie gehört."

„Ich auch nicht." Matthias war jetzt richtig in Fahrt. Es war offensichtlich, dass ihn dieses Thema sehr interessierte. „Auch die Kollegen, die ihn damals verhört haben, haben ihm das nicht abgenommen. Üblicherweise haben die Grenzer den Flüchtlingen geholfen und sie anschließend in ein Notaufnahmelager nach Gießen überstellt, wo alle Republikflüchtlinge zunächst untergebracht waren. Was wirklich sein Motiv war, hat er nie gesagt."

„Seit wann war Latzko hier in Nürnberg?"

„Seit 1992."

„Wie bitte?"

„Ja, er saß hier im Gefängnis. Der Mann, den er erschossen hat, ein Herr Gotthilf, ist nach seiner Pensionierung 1991 nach Nürnberg gezogen. Latzko hat ihn hier ausfindig gemacht und erschossen. Ich habe die Akten angefordert."

„Sehr gut. Wir sollten auch versuchen, die Kollegen von diesem Gotthilf ausfindig zu machen."

„Angenommen, Latzko und Hügelschäffer wollten gemeinsam über die Grenze", überlegte Torsten. „Sie traten auf eine Mine, Hügelschäffer verlor ein Bein, wurde vom Teichwächter aufgegriffen und inhaftiert, während es Latzko über die Grenze geschafft hat."

Die drei Polizisten sahen sich an.

„Klingt bis dahin logisch", meinte Charlotte und trommelte mit ihre Fingern auf die Tischplatte. „Aber warum hat Latzko Gotthilf erschossen?"

Matthias und Torsten zuckten ratlos mit den Schultern.

„Vielleicht hat der Mord an dem Grenzer gar nichts mit dem jetzigen Fall zu tun?", meinte Torsten, klang aber nicht sehr überzeugend.

„Erstaunlicherweise leben drei der Protagonisten über zwanzig Jahre lang in derselben Stadt, ohne sich zu begegnen", fuhr Charlotte fort. „Gut, einer ist in der JVA, aber die beiden anderen?"

„Ich nehme an, Hügelschäffer und Latzko sind davon ausgegangen, dass der jeweils andere bei der Explosion ums Leben gekommen war", vermutete Matthias.

„Deshalb war Latzko auch so überrascht, als er das Foto von Hügelschäffer in der Zeitung gesehen hat, wie der Schausteller ausgesagt hat", ergänzte Charlotte.

„Dann scheidet Latzko als Mörder von Karl Hügelschäffer aus", resümierte Torsten. „Bleibt der Teichwächter."

„Oder Bertram de Jong, oder Friedhelm Eck, oder doch unser Spinnenmann vom Volksfest." Charlotte schüttelte den Kopf. „Es fehlen einfach noch zu viele Puzzleteile. Beim Mord an dem Lebensmittelkontrolleur kann das Motiv in dem Streit der beiden Gastronomen liegen. Beide haben den

Mann bestochen, beide womöglich ein Hühnchen mit ihm zu rupfen gehabt. Aber was hat Adam Latzko mit der Auftragsvergabe zu tun? Und was ist mit den Diamanten? Hat sie der Teichwächter wirklich im Nummernweiher gefunden, oder haben sie auch etwas mit den Ereignissen zu tun? Wir müssen herausbekommen, wo dieser Schmuck herkommt. Matthias, kannst du dich darum kümmern? Seit wann war Latzko eigentlich wieder auf freiem Fuß?"

„Seit vergangenem Donnerstag."

„Das ist ja wirklich bitter. Er konnte die Freiheit gerade einmal sechs Tage genießen."

„Also mein Mitleid hält sich in Grenzen", bemerkte Matthias trocken. „Immerhin hat er einen Menschen getötet. Außerdem glaube ich nicht, dass er während der sechs Tage nur die Füße still gehalten hat."

Aus seinem Computer war ein leises *Pling* zu hören.

„Ah, eine Nachricht aus der Rechtsmedizin. Das ging aber schnell."

„Und? Was schreibt er?"

Wenn sich Jens Kohlbrenner so schnell schon mit Neuigkeiten meldete, war das oft ein Zeichen dafür, dass es sich um etwas Spektakuläres handeln musste.

Genau das war der Fall.

Aufgeregt beugten sich Charlotte und Torsten über Matthias´ Schultern und lasen, was der Mediziner geschrieben hatte.

„Wow!", entfuhr es Charlotte zufrieden. „Zumindest was das angeht, gibt es keine Zweifel mehr. Hügelschäffer und Latzko sind auf dieselbe Mine gelaufen. Der eine hat sein Bein verloren, der andere nur einige Splitter abbekommen."

„Dann könnte ihn der Teichwächter gesehen haben", vermutete Torsten.

„Richtig. Deshalb müssen wir dringend mit ihm sprechen. Und dann brauche ich eine kleine Pause bei Attila." Charlotte stand auf. „Danke dir, Matthias. Halte uns auf dem Laufenden. Torsten, kommst du? Wir sollten endlich unseren Chef erlösen."

„Ja, ich komme sofort nach", brummelte Torsten geistesabwesend und tippte auf seinem Smartphone herum.

„Gibt es etwas Neues von Markus?", wollte Charlotte wissen

und machte Anstalten, ihrem Praktikanten über die Schulter auf sein Display zu schauen. Mit einer leichten Röte im Gesicht drückte er das Gerät schnell an seine Brust und blickte seine Kollegin unschuldig an.

„Ich bin gleich soweit."

Charlotte schmunzelte. „Sag Sandra liebe Grüße von mir. Wir treffen uns gleich in unserem Büro."

Die leichte Röte verwandelte sich in ein tiefes Dunkelrot.

„Mach ich."

Im Flur war es ruhig. In den vertrauten Geruch nach Kaffee, Kopierer und Linoleum mischte sich etwas, was es in diesen Räumen nur selten zu schnuppern gab. Es roch irgendwie verlockend, gleichzeitig süß und sauer, fruchtig und würzig. Charlotte spürte deutlich, wie ihr das Wasser im Munde zusammenlief. Der Duft verstärkte sich, je näher sie der angelehnten Tür zum Büro der Kommissariatsleiters kam. Leises Klappern von Besteck war zu hören, gedämpftes Gemurmel, vermischt mit wiederholten Ahs und Ohs.

Vorsichtig schob sie die Tür einige Zentimeter weiter auf, lugte durch den Spalt und traute ihren Augen kaum.

Mit unterdrücktem Lachen schlich sie zurück in Matthias' Büro und machte den beiden Männern ein Zeichen, ihr zu folgen. Lautlos klebten sie wenig später zu dritt übereinander an dem Türspalt und spähten in das Büro hinein.

Kriminalhauptkommissar Tilman Peter saß gegenüber des Teichwächters an seinem heiligen Mahagonischreibtisch. Beiden steckte eine weiße Stoffserviette im Kragen, beide hielten edles Besteck in den Händen, unter beiden Tellern lag ein gewebtes Tischset. Der letzte Rest von Ente süß-sauer auf Duftreis fand in diesem Moment den Weg vorbei an vornehm gespitzten Lippen in die Münder der beiden Herren.

„Das mundete wirklich vorzüglich", ließ sich der Teichwächter vernehmen, nachdem er fertig gekaut und sich die Mundwinkel getupft hatte. „Meinen herzlichsten Dank für dieses ungewöhnliche, aber äußerst wohlschmeckende Mahl, Herr Kriminalhauptkommissar. Ich gebe zu, ich hatte zunächst Vorbehalte dieser fremdländischen Kost gegenüber, aber ich wurde dennoch eines Besseren belehrt."

Charlotte beschloss, diesem exklusiven Stelldichein ein abruptes Ende zu bereiten und stieß schwungvoll die Tür auf.

„Herr Peter ...", sie zuckte kurz zurück, „oh, entschuldigen Sie, ich wollte Sie nicht beim Essen stören, aber wir hätten noch einige Fragen an Herrn Rossdeutsch. Oder sollen wir erst nach dem Dessert wiederkommen?"

Peter zuckte nun seinerseits peinlich berührt zusammen. „Nein, nein, kommen Sie nur, Frau Gerlach. Herr Rossdeutsch hatte, ich meine, wir beiden hatten, also wir sind eben fertig. Setzen Sie sich."

Er deutete auf die Sitzgruppe in einer Ecke des Büros, doch Charlotte blieb stehen.

„Ach, die junge Kommissarin. Ich bin gleich soweit."

Der Teichwächter legte seine Serviette fein säuberlich neben den leeren Teller, bettete förmlich das Besteck darauf und nahm noch einen kleinen Schluck aus dem Wasserglas.

Immerhin Wasser und kein wohltemperierter, halbtrockener Weißwein. Charlotte musste sich wundern, was ihr Chef alles in den Tiefen seiner Mahagonimöbel bereithielt. Wie sich herausstellte, sah es sein Gast ähnlich.

„Gut, dass Sie über eine kleine Auswahl an Geschirr und Besteck verfügen, Herr Kriminalhauptkommissar. Mit diesem inakzeptablen Plastikbesteck wäre das Konsumieren der Speisen kaum möglich gewesen."

Charlotte schüttelte innerlich den Kopf. Sie konnte einfach nicht glauben, dass dieser modisch etwas aus der Zeit gefallene, aber mit exzellenten Manieren ausgestattete Herr zwei Menschen umgebrachte haben sollte, auch, wenn im Moment vieles dafür sprach. Diese gepflegte Hand, die eben noch mit abgespreiztem kleinen Finger elegant die Gabel zum Mund geführt hatte, soll einem anderen ein Messer in den Bauch gerammt oder mit einem Stein den Schädel zertrümmert haben?

Niemals! Oder doch?

Wozu war ein Mensch aus Gier fähig? Oder aus Angst, etwas zu verlieren, das ihm mehr wert war, als ein

Menschenleben?

„Was kann ich für Sie tun? Warum haben Sie mich hierher bringen lassen? Haben wir nicht am gestrigen Abend bereits über alles Wesentliche gesprochen?"

„Wir haben ein zweites Opfer." Charlotte hatte nicht vor, ihr Gegenüber zu schonen, wie gewählt er sich auch ausdrücken konnte. „Bitte folgen Sie mir. Dann kann der Herr Kriminalhauptkommissar in Ruhe aufräumen."

Sie zwinkerte ihrem Chef zu und hoffte, er habe den Scherz richtig verstanden. Ein nach oben gezogener Mundwinkel zeigte ihr, dass das der Fall war. Sie war erleichtert.

Seit sie ihn als Fußballfan geoutet hatte, hatte es immer wieder Situationen gegeben, in denen Ansätze von Kollegialität oder Teamfähigkeit hervorgeblitzt waren. Vielleicht gab es diesbezüglich doch noch Hoffnung?

Sie hatte sogar schon überlegt, ihn zu fragen, ob sie nicht gemeinsam zum nächsten Heimspiel gehen wollten, aber sie wollte zunächst einmal abwarten, ob der Stimmungswandel länger als zwei Wochen Bestand hatte. Immerhin gab es bis zum Saisonende noch einige Heimspiele.

„Können Sie mich zeitnah davon in Kenntnis setzen, wie das Auffinden eines zweiten bedauernswerten Opfers mit meiner Person in Verbindung zu bringen ist? Warum lassen Sie mich nicht endlich in Ruhe? Reicht es Ihnen nicht, dass Sie meinen Schatz unrechtmäßigerweise an sich genommen haben?"

„Die Diamanten und der Ring gehören Ihnen nicht und ..."

„Ihnen sicher auch nicht, Fräulein. Ich habe beides jahrelang sicher verwahrt."

„Wir werden herausfinden, wem der Schmuck gehört", fuhr Charlotte unbeirrt fort und legte ihm ein Foto des Toten vor. „Kennen Sie einen Adam Latzko?"

Waldemar Rossdeutsch zog mit spitzen Fingern sein Monokel hervor, klemmte es sich ans Auge und sah sich das Foto ausgiebig an. In seiner Miene war kein Zeichen des Wiedererkennens sichtbar, kein Zucken, kein Zwinkern.

„Nein, tut mir leid. Da kann ich Ihnen leider nicht helfen." Er packte das Monokel wieder ein und erhob sich. Für ihn war die Befragung damit zu Ende.

„Ich wünsche Ihnen noch einen schönen Tag, junge Frau. Der Herr." Er machte eine leichte Verbeugung vor Charlotte und Torsten und hatte schon die Klinke in der Hand, als ihn Charlotte wieder zurückpfiff.

„Wir sind noch nicht fertig. Bitte setzen Sie sich wieder."

Ihr Tonfall ließ keinen Raum für Interpretationen. Bevor der Mann wieder mit seiner Sie-haben-keine-Befugnis-Leier anfangen konnte, kam sie ihm zuvor.

„Adam Latzko war dabei, als Karl Hügelschäffer im Februar 1988 an der innerdeutschen Grenze in der Nähe des Grenzübergangs Eußenhausen-Meiningen auf eine Mine getreten war und dabei sein Bein verloren hatte. Die kriminaltechnische Untersuchung hat ergeben, dass die Vernarbungen, die sich auf seinem Körper befanden, von derselben Mine stammten. Sie müssen beide Männer gesehen haben."

Waldemar Rossdeutsch schwieg und starrte an Charlotte vorbei aus dem Fenster. Er zitterte innerlich bei der Erinnerung an diese eiskalte Februarnacht.

Es war kurz vor Schichtwechsel gewesen, er hatte bereits *keine besonderen Vorkommnisse* in das Schichtbuch eingetragen und dem Kollegen die Schlüssel übergeben, als plötzlich die Flakscheinwerfer angingen.

„Flucht!!!", hatte der Diensthabende gebrüllt. Alle hatten sich ihre Jacken und Gewehre geschnappt und waren nach draußen gerannt.

Das unheimliche Licht, die flüchtenden Schatten, die Schüsse. Er hatte einige Male erlebt, wie Leute versucht hatten, aus der Deutschen Demokratischen Republik zu flüchten, wie sie ihre gesamte Existenz aufgegeben und ihr Leben und das ihrer Familie riskiert hatten, um dem geordneten Leben zu entfliehen in eine beängstigend freie und unberechenbare Zukunft im feindlichen Westen.

Natürlich konnte er sich daran erinnern, dass es damals zwei junge Männer gewesen waren, die von der Mine zerrissen worden waren. Er hatte die Blutspur gesehen, hatte sie verfolgt, bis er gesehen hatte, dass sich der Verletzte hinübergeschleppt hatte, hinüber in den Westen, in das gelobte Land, in die Verheißung.

32

Die langsam erwachende Natur zog am Autofenster vorbei, ohne dass Charlotte ihr wirklich Beachtung schenken konnte. Sie hing ihren Gedanken nach, dachte an den Teichwächter und die beiden toten Männer, die sich einst eine rosige Zukunft im Westen ausgemalt hatten. Die Welt schien ihnen offen zu stehen, sobald sie die Grenzanlagen hinter sich gelassen haben würden.

Doch alles war anders gekommen.

Einer der beiden hatte einen Großteil seines Lebens im Gefängnis verbracht, hatte die Mauern der DDR gegen Gefängnismauern eingetauscht, während der andere mit nur einem Bein unauffällig durch sein West-Leben gehumpelt war.

So hatten sie sich das sicher nicht vorgestellt.

Und was war mit den Diamanten und dem Ring? Hatten die beiden Opfer etwas mit dem Auftauchen der Schmuckstücke zu tun?

Charlotte hatte bei den Kollegen in Thüringen, in Sachsen und Sachsen-Anhalt angefragt, ob es sich um Diebesgut handeln könnte. Um Hehlerware. Doch es war kein Einbruch gemeldet, bei dem der Ring entwendet worden wäre, kein Juwelier hatte den Diebstahl der Diamanten angezeigt. Auch in keinem der anderen Bundesländer hatte sie Erfolg gehabt. Es schien fast so, als hätte jemand die Steine selbst aus einer Mine geschlagen.

Außerdem war immer noch unklar, welche Rolle der Teichwächter spielte. Matthias hatte recherchiert, dass Waldemar Rossdeutschs Vater auch bei der Nationalen Volksarmee gedient hatte und sowohl privat als auch dienstlich ein strenges Regiment geführt haben musste. Die Thüringer Kollegen hatten gemeint, Waldemar sei als Kind oft geschlagen und für vergleichsweise geringe Verfehlungen in den Keller gesperrt worden. Nach der Schule habe er eigentlich eine Ausbildung als Bäcker machen wollen, sein Vater habe aber darauf bestanden, dass auch er zur NVA gehe, um sein Vaterland zu verteidigen. Vor diesem Hintergrund war es nicht weiter verwunderlich, dass Rossdeutsch all diese wunderlichen Ticks an den Tag legte.

Torsten fuhr schweigend die A71 entlang, die teuerste Autobahn Deutschlands, wie er zu Beginn ihrer kleinen Reise berichtet hatte.

Tags zuvor hatte sie Attila von dem verworrenen Fall erzählt. Manchmal tat es einfach gut, ihm von all den losen Enden zu berichten, von den Verdächtigen und den möglichen Motiven, von bemerkenswerten Persönlichkeiten und traurigen Schicksalen. Und wie so oft hatte sie ihr ehemaliger Chef auch diesmal auf eine gute Idee gebracht. Vor einigen Jahren hatte er im Zusammenhang mit Ermittlungen auf einer italienischen Insel Hartmut Öchsner kennengelernt, einen Rentner aus Unterfranken, der seinerzeit als Polizist an der innerdeutschen Grenze gearbeitet hatte. Charlotte hatte den Mann kontaktiert und erfahren, dass er einer der Beamten gewesen war, die im Februar 1988 am Grenzübergang Eußenhausen/Meiningen Dienst gehabt hatten. Er hatte erzählt, der ermordete Ernst Gotthilf sei sein Vorgesetzter gewesen.

Zu Charlottes Überraschung hatte er angeboten, sie an Ort und Stelle über die Vorkommnisse der Februarnacht 1988 zu informieren und ihr zugleich das zu zeigen, was einundzwanzig Jahre nach der Wende noch von dem Grenzwahnsinn zu sehen war.

Sie hatte das verlockende Angebot gerne angenommen, zumal sie bisher noch nie eine Gedenkstätte der innerdeutschen Geschichte besucht hatte.

Nach knapp zwei Stunden Fahrt verließen sie die Autobahn, fuhren durch Mellrichstadt und erreichten wenig später Eußenhausen. Heute lag der Ort mitten in Deutschland, nahe der landschaftlich reizvollen Rhön und hatte sogar eine Anbindung an die teuerste Autobahn des Landes. Noch vor fünfundzwanzig Jahren hatte das ganz anders ausgesehen. Zonengrenzbezirk, Sackgasse.

Hier musste das Ende der Welt gewesen sein. Kleine Dörfer im Niemandsland, die nächste größere Stadt weit entfernt, im Norden an die unüberwindliche Todeszone angrenzend.

Charlottes Freundin Sandra hatte erzählt, sie habe Verwandtschaft hier im äußersten Norden Bayerns, in einem Dorf nahe Bad Königshofen. Ihre Cousins und Cousinen waren lange der Meinung gewesen, jedes Land sei von einem Zaun umgeben, da das Grundstück der Familie bis an die Grenzanlagen gereicht hatte.

Es war kurz vor zwölf Uhr. Sie hatten sich mit Herrn Öchsner zum Mittagessen im Gasthaus *Zum Stern* verabredet. Torsten parkte den Wagen, stieg aus und streckte sich.

„Beschauliches Örtchen", bemerkte er und nickte einer älteren Frau in Kittelschürze zu, die mit einem uralten Reisigbesen den ohnehin sauberen Gehweg kehrte. Vermutlich konnte sie bei dieser Tätigkeit das wenige, das sich hier ereignete, am besten überblicken.

„Lass uns reingehen", schlug Charlotte vor, bevor sie noch in die Situation kam, der Frau mit dem Besen erklären zu müssen, was sie denn hier zu tun hatten und zu wem sie denn wollten.

„Sehr gerne. Ich freue mich jetzt auf eine ordentliche Portion fränkischen Schweinebraten."

Charlotte zog die schwere Holztür auf und trat in den freundlichen, hellen Gastraum, der aussah, als sei er frisch renoviert worden. An einem großen, runden Tisch im Erker des Raumes saß ein Mann um die siebzig und studierte die Speisekarte.

Sonst war das Lokal leer.

Der Mann blickte auf.

„Frau Gerlach? Herr Klein?"

Er stand auf und reichte den Beamten die Hand.

„Hallo, Herr Öchsner", grüßte Charlotte und setzte sich.

„Warten Sie schon lange?"

„Nein, ich bin vor zehn Minuten angekommen und konnte schon einen ersten Blick in die Speisekarte werfen. Der

Schweinebraten soll hier sehr gut sein."

Torstens Augen leuchteten.

„Darauf hatte ich gehofft."

Ein junges Mädchen in enger Jeans und Sweatshirt kam mit gezücktem Block an ihren Tisch.

„Was darf ich Ihnen bringen?"

„Für mich bitte den Schweinebraten und ein großes Wasser", preschte Torsten vor. Er schien richtig Hunger zu haben.

„Für mich bitte das Gleiche", schloss sich Charlotte an. Auch Herr Öchsner wählte den Braten, bestellte aber Bier statt Wasser.

„Waren Sie schon einmal in dieser Gegend?", begann er, als sie auf das Essen warteten.

„Nein, bisher noch nicht", gab Charlotte zu. „Es ist sehr ...", sie suchte nach Worten.

„Einsam und verlassen", schlug Öchsner vor. „Ist es das, was Sie sagen wollten?"

Charlotte zuckte verlegen mit den Schultern.

„Ja, ich glaube schon. Wie einsam muss es dann erst vor der Wende hier gewesen sein?"

„Wir haben zehn Jahre lang hier gelebt", erzählte Hartmut Öchsner. „Ich muss gestehen, ich war froh, als ich die Stelle in Würzburg bekommen habe und wir von hier weggezogen sind."

„Das kann ich mir gut vorstellen. Mein ehemaliger Chef Herr Benkö hat erzählt, Sie hätten als Grenzpolizist hier gearbeitet."

„Kommissar Attila." Hartmut Öchsner lachte. „Das war schon aufregend damals in Italien auf der Insel. Ohne ihn hätte der zuständige Kommissar den Fall nie gelöst. Warum ehemaliger Chef? Hat er sich etwa nach Italien versetzen lassen?"

„Nein, das heißt, so ähnlich. Er hat sich vorzeitig pensionieren lassen und zusammen mit seiner Frau in Nürnberg eine Espressobar aufgemacht."

„Ach, das ist ja interessant", freute sich Öchsner. „Er war ja schon immer begeistert von allem, was mit Kaffee zu tun hat. Sagen Sie ihm herzliche Grüße."

„Das richte ich gerne aus."

In diesem Moment verbreitete sich ein verführerischer Duft im Gastraum. Die Küche schien nur auf die drei Gäste gewartet zu haben, denn keine zwanzig Minuten nach der Bestellung brachte die junge Bedienung auch schon jedem einen riesigen Teller mit einer ansehnlichen Fleischportion, zwei dampfenden Klößen und einem See Bratensoße. Damit war an eine Fortsetzung des Gespräches zunächst einmal nicht mehr zu denken. Hungrig ließen sie es sich schmecken.

„Allein schon deswegen hat sich die Fahrt hierher gelohnt", seufzte Torsten, als er auch das letzte Tröpfchen Bratensoße mit dem restlichen Brocken Kloß aus seinem Teller gewischt hatte. Glücklich und zufrieden lehnte er sich zurück.

Auch Charlotte hatte ihren Teller geleert und wünschte sich jetzt ein schönes, bequemes Bett und zwei Stunden Mittagsschlaf. Doch leider sah ihr Zeitplan anders aus. Sie sammelte all ihre Kräfte und versuchte, sich auf ihren Fall und das Gespräch mit Herrn Öchsner zu konzentrieren.

„Attila hat erzählt, Sie hätten im Laufe Ihrer Dienstzeit einige spektakuläre Dinge erlebt."

„Das kann man so sagen", stimmte der ältere Herr zu, als die Teller abgeräumt waren. „Wir haben einige Flüchtige aufgegriffen. Wissen Sie, für uns im Westen war die Grenze gar keine anerkannte Landesgrenze, sondern lediglich eine Zonengrenze. Wir haben ja die DDR nicht als Staat anerkannt. Wir hatten nichts dagegen, wenn jemand rüberkam oder, was selten vorkam, jemand nach drüben wollte."

„Kam das wirklich vor? Wollte wirklich jemand aus dem Westen hinüber in den Osten?", fragte Charlotte ungläubig.

„Ja, natürlich. Die Leute mussten von uns belehrt werden und diese Belehrung dann unterschreiben. Wir haben sie anschließend zu einem eigens dafür vorgesehenen Übergang gebracht und sozusagen den Kollegen im Osten übergeben."

„Und das hat geklappt?"

„Nicht immer", gab Öchsner zu. „Einmal hat sich ein Mann nicht an die Vorgaben gehalten und ist einfach über das freie Feld gelaufen. Er hat Glück gehabt, dass er nicht auf eine Mine getreten ist."

„Und dann? Haben die Ost-Grenzer auf ihn geschossen?"

„Das kann man wohl sagen. Dreimal haben sie mit ihren Maschinengewehren auf ihn gezielt."

„Und?" Charlotte hörte gebannt zu. Sie hatte schon öfter von Republikflüchtigen gehört, die den Versuch, in den Westen zu fliehen, nicht überlebt hatten, aber eine solche Geschichte aus erster Hand erzählt zu bekommen, war nochmal etwas anderes.

„Ich habe ihn nicht mehr gesehen, habe mir aber Sorgen um ihn gemacht."

„Sie sind ihm aber nicht hinterher, oder?"

Hartmut Öchsner grinste verschmitzt.

„In diesem Moment war mir nicht klar, wie lebensgefährlich diese Aktion war, aber, ja, ich wollte nach ihm sehen."

„Haben die von drüben ...?"

„Ja, sie haben auch auf mich geschossen. Ich habe gespürt, wie die Kugel direkt an meinem Ohr vorbeigeflogen ist. Noch zwei Zentimeter näher und ich könnte jetzt nicht mit Ihnen sprechen."

Charlotte blieb der Mund offen stehen.

„Ich habe mich dann auf die Lauer gelegt. Das Schicksal des Mannes hat mir keine Ruhe gelassen. Nach sage und schreibe drei Stunden ist drüben eine Pioniereinheit ausgerückt, die mit langen Stäben ausgerüstet das verminte Gebiet nach dem Flüchtigen abgesucht hat."

„Haben sie ihn gefunden? War er tot?" Auch Torsten war fasziniert von der Erzählung.

„Ja und nein. Ja, sie haben ihn gefunden und nein, er war nicht tot. Er ist mit erhobenen Armen aufgestanden und abgeführt worden."

Charlotte atmete tief durch.

„Was für eine Geschichte! Und wie war das mit Adam Latzko?"

„Daran kann ich mich noch gut erinnern. Es war eine eiskalte Februarnacht 1988. Wir wollten vor dem Ende unserer Schicht noch einmal nach dem Rechten sehen und haben zwei Flüchtende beobachtet, die auf eine Mine gelaufen sind."

„Fürchterlich", entfuhr es Charlotte. „Wie muss ich mir das vorstellen? Ist das eine richtige Explosion mit Feuer?"

„Nein. Diese Minen sollten eigentlich niemanden töten, sondern nur fluchtunfähig machen. Es ist schon lauter als ein Gewehrschuss, aber nicht vergleichbar mit einer Explosion."

„Was passierte dann?"

„Wir haben gesehen, wie die Pioniere mit ihren Stangen ausgerückt sind. Dann haben wir leise Hilferufe gehört und den Mann unter dem Zaun hervorgezogen. Er hat geblutet und kurz darauf das Bewusstsein verloren. Ob der zweite Mann überlebt hat, weiß ich nicht. Wir haben unseren Chef verständigt und den Verwundeten ins Krankenhaus bringen lassen. Zwei Jahre später kam er zurück, um sich für die Hilfe zu bedanken."

„Und dann hat er aus Dankbarkeit Ernst Gotthilf erschossen", ergänzte Torsten zynisch.

Hartmut Öchsner schüttelte verständnislos den Kopf.

„Nicht, dass wir Herrn Gotthilf besonders gemocht hätten, im Gegenteil. Er hat uns herumkommandiert und kontrolliert, was oft sehr unangenehm und manchmal auch demütigend war, aber ein solches Ende hätte selbst er nicht verdient gehabt. Wie kann ein Mensch nur so grausam und undankbar sein? Latzko hat ihn erschossen, weil er ihn angeblich verraten hatte und an die DDR-Behörden ausliefern wollte. So ein Quatsch!" Er trank sein Bier aus und stellte das Glas geräuschvoll auf dem Tisch ab. „Wir haben ihm das Leben gerettet und er hat behauptet, wir wollten ihn ausliefern."

„Ich habe gehört, die Flüchtlinge wurden ins Notaufnahmelager nach Gießen gebracht", meldete sich nun Charlotte wieder zu Wort.

„Richtig. Wir haben ihre Personalien aufgenommen und sie nach den Umständen ihrer Flucht befragt. Dann haben sie ein Zugticket nach Gießen bekommen. Es sind allerdings höchstens die Hälfte der Leute auch wirklich dort angekommen."

„Warum das denn?"

„Weil es Spione von der Stasi waren."

„Wie bitte?"

„Sie wurden als Flüchtlinge eingeschleust, um uns Grenzbeamte und die Örtlichkeiten auszuspionieren. Dann sind sie untergetaucht. Nach der Wende haben wir erfahren, dass von uns allen Stasiakten existieren. Einige meiner Kollegen haben sie aus Berlin angefordert."

„Sie wurden ausspioniert?"

Charlotte konnte es nicht glauben.

„Natürlich hatten wir damals schon den Verdacht, aber das ganze Ausmaß wurde erst nach der Wende bekannt. Beispielsweise wurde nach der Grenzöffnung ein geheimer Tunnel entdeckt, der unter der Todeszone hindurch bis in den Westen geführt hat."

„Unfassbar!"

„In unserer Hütte, in der wir uns zwischen unseren Kontrollgängen aufgehalten haben, hat man hinter der Eckbank eine Abhöranlage gefunden. Das muss man sich mal vorstellen."

Charlotte musste feststellen, dass sie bisher nur sehr wenig von alldem gewusst hatte. Hartmut Öchsner könnte sicher noch viele solcher Geschichten erzählen, aber leider drängte die Zeit.

„Das ist ja wirklich interessant. Ich bin gespannt, was heute von der ganzen Anlage noch zu sehen ist."

Sie zahlten und verließen den Gasthof.

„Wissen Sie, warum Ernst Gotthilf wirklich sterben musste?", fragte Öchsner auf dem Weg zu ihren Autos.

„Nein, das ist uns auch noch ein Rätsel. Es sind im Zusammenhang mit den beiden Tötungsdelikten Diamanten und ein wertvoller Ring aufgetaucht." Charlotte zeigte dem Mann einige Fotos. „Haben Sie dies schon einmal gesehen?"

Hartmut Öchsner blickte fragend auf die Aufnahmen.

„Nein, woher kommt das? Und was hat dieser Schmuck mit Latzko und Gotthilf zu tun?"

„Vielleicht gar nichts. Wir versuchen zu ermitteln, wem der Schmuck gehört. Er wurde nirgends als gestohlen gemeldet."

„Sie sagten, auch Latzko wurde ermordet. Wissen Sie warum?"

„Auch darüber können wir nur spekulieren."

„Haben Sie Informationen über den Verbleib des zweiten Flüchtigen?"

„Ja, er hat durch die Mine ein Bein verloren und wurde in

der DDR wegen Republikflucht inhaftiert. Auch er wurde vor einigen Tagen in Nürnberg umgebracht."

Hartmut Öchsner holte tief Luft.

„Schlimm, dass sich die Menschen gegenseitig umbringen. Leider kann ich Ihnen nicht weiterhelfen. Lassen Sie uns jetzt hinauffahren. Zur Schanz."

Die gleichnamige Straße zog sich den Hügel hinauf durch den Wald und führte dann in einer langgestreckten Kurve auf eine Anhöhe zu, auf der seit 1996 das *Nationaldenkmal Skulpturenpark Deutsche Einheit* installiert war. In unmittelbarer Nähe befand sich ein Freilandmuseum mit typischer Grenzübergangsstelle.

„Torsten!", rief Charlotte unvermittelt. „Halt mal schnell an!"

Torsten erschrak und trat abrupt auf die Bremse.

„Was ist denn los? Geht es dir nicht gut?"

Charlotte sprang aus dem Wagen und lief ein paar Meter die Straße entlang bis zu einem braunen Schild.

„Komm!", forderte sie ihren Praktikanten auf. „Sieh dir das an."

Torsten ließ das Auto langsam zurückrollen, bis er das Schild sehen konnte. Es zeigte die Umrisse Europas, das von einer weißen Linie in Nord-Süd-Richtung durchzogen wurde.

Hier waren Deutschland und
Europa bis zum 10. November 1989
um 3:40 Uhr geteilt

Schweigend starrten sie auf die nüchternen Worte, hinter denen das bewegende Schicksal einer ganzen Nation steckte.

Eine Gänsehaut überzog Charlottes Rücken, ihre Augen wurden feucht.

„Ich bin froh, dass wir hierher gefahren sind."

Auch Hartmut Öchsner hatte sein Auto am Straßenrand geparkt.

„Für mich ist es großartig zu sehen, was aus dieser trostlosen Grenze, dieser Sackgasse geworden ist. Wir hätten uns das damals nie träumen lassen. Niemals."

Sie parkten die Autos und wanderten durch die beeindruckenden Skulpturen des Parks. Viele schräg stehende, bunte Fahnen, eine überlebensgroße, fallende Gestalt mit Loch im Herzen, Figuren aus buntem Glas, ein silberner Reichsadler, eine über zehn Meter hohe, hölzerne Brücke, zwei bronzene, dicht aneinander gedrängte Figuren. Ergriffen ließen sie die Kunstwerke auf sich wirken und gingen dann den Hügel hinab auf einen mächtigen, rot-weiß gestreiften Schlagbaum zu, der auf rostigen Schienen stand. Auf der Rückseite war ein Schild angebracht:

Fahrzeugrammbock

Dahinter ein hoher Zaun und eine verbeulte Ampel:

Sicherungsanlagen
des
ehemaligen
Grenzüberganges

Daneben ein schwarz-rot-gelb gestrichener Pfosten, ein verwittertes Wartehäuschen und ein grauer Betonbunker mit zwei Schlitzen, die aussahen wie Augen.
Charlotte dachte an das, was Hartmut Öchsner über die Spionagetätigkeiten der Stasi berichtet hatte und fühlte sich von den beiden Schießscharten regelrecht beobachtet. Nachdenklich sah sie zu dem ehemaligen Grenzbeamten hinüber. Er stand tief in Gedanken versunken inmitten all dieser Überbleibsel, die vor über zwanzig Jahren sein Arbeitsplatz gewesen waren. Sicher spielten sich vor seinem geistigen Auge verschiedene Szenen und Momente aus dieser Zeit ab, traurige, langweilige und sicher auch lustige Situationen, die seinen Berufsalltag geprägt hatten.
„Es ist gut, immer wieder hierher zu kommen", murmelte er und lächelte. „Er war eine schlimme Zeit und trotzdem bin ich froh, sie erlebt zu haben."
Charlotte nickte und ließ die Atmosphäre auf sich wirken. Es war beklemmend und zugleich hoffnungsvoll. All diese Sicherheitszäune, Absperrungen und Warnschilder hatten

ausgedient, hatten ihre Größe, Macht und Stärke eingebüßt, waren überflüssig geworden, dem Verfall preisgegeben.

Eine wohlbekannte Melodie brachte sie in die Realität zurück. Sie zog ihr Handy aus der Tasche.

„Ja? Matthias?" Ihre Augen weiteten sich. „Danke dir. Bitte schicke mir noch die genaue Adresse. Wir halten dich auf dem Laufenden."

Sie ging auf Herrn Öchsner zu und schüttelte ihm herzlich die Hand.

„Es tut mit leid, aber wir haben einen wichtigen Hinweis einer Zeugin erhalten und müssen dringend nach Thüringen. Schade, dass wir so überstürzt aufbrechen müssen, ich hätte gerne noch mehr über die ganze Anlage und die Abläufe an der damaligen Grenze erfahren. Vielen Dank, dass Sie uns hierher begleitet und all die Geschichten erzählt haben. Ich denke, ich werde mich in Zukunft noch etwas mehr mit der jüngsten Vergangenheit unseres Landes befassen. Auf Wiedersehen und alles Gute."

Hartmut Öchsner winke verständnisvoll ab. „Kein Problem, gerne geschehen. Ich freue mich, wenn sich jemand für die Geschehnisse von damals interessiert. Alles Gute für Sie beide und viel Erfolg bei den Ermittlungen."

Auch Torsten verabschiedete sich schweren Herzens und folgte Charlotte zum Auto.

„Warum müssen wir denn jetzt so schnell aufbrechen?", wunderte er sich. „Was gibt es Neues?"

„Wir haben einen Hinweis darauf, wo der Schmuck herkommt. Wir müssen zum *Alten Rittergut Stillberg*."

33

Nach nur zwanzig Minuten Fahrt erreichten sie ein stattliches, aber sichtlich in die Jahre gekommenes Herrenhaus. Das parkähnliche Grundstück lag mitten im Wald und ließ nur noch einen Hauch vergangener Größe und Schönheit erkennen.

Das über vier Meter hohe, schmiedeeiserne Tor war rostig und hing schief in den Angeln, auf der einst sicher prachtvollen Auffahrt wuchsen Gräser, die Bäume und Büsche hätten dringend geschnitten werden müssen. Vor dem Haupteingang stand ein Brunnen mit Figuren aus weißem Marmor, in dem eine Pfütze Regenwasser und braune Blätter aus dem vergangenen Herbst hässliche Ränder hinterlassen hatten. An dem Gebäude selbst bröckelte der Putz ab, das ehemals farbige Wappen der Familie über der Tür war kaum noch zu erkennen. Lediglich das bronzene Schild mit der Aufschrift

Rittergut Stillberg

hatte dem Verfall getrotzt und leuchtete in der Frühlingssonne.

Sie parkten den Wagen vor dem Tor und stiegen aus.

„Das muss früher einmal sehr imposant gewesen sein", meinte Charlotte beeindruckt. „Edle Damen in rauschenden Gewändern mit extravaganten Hüten und feinen Spitzenschirmchen, die mit winzigen Trippelschritten auf den frisch gerechten Kieswegen um den weißen Marmorbrunnen flanieren ..."

Torsten warf ihr einen amüsierten Blick zu.

„Das klingt ja richtig sehnsüchtig. Wärst du wohl gerne eine dieser privilegierten Damen gewesen?"

Charlotte lachte.

„Gott bewahre! Es kostet mich schon genug Überwindung, zu besonderen Anlässen einen Rock oder eine schicke Hose anzuziehen. Alleine die Vorstellung, meinen Brustkorb von einem grässlichen Mieder einquetschen zu lassen und eine stinkende, gepuderte Perücke tragen zu müssen, treibt mir den Angstschweiß auf die Stirn."

„Hallo, Kollegen", hörten sie eine fröhliche Stimme hinter sich. „Die alte Hütte muss Ihnen doch keinen Angstschweiß auf die Stirn treiben."

Zwei Uniformierte kamen auf sie zu.

„Polizeihauptmeister Heller von der Inspektion Meiningen", stellte sich der ältere der beiden vor. „Das ist mein Kollege Weiß. Und Sie sind Frau Gerlach und Herr Klein, richtig?"

Der Beamte war Charlotte auf Anhieb sympathisch. Er war etwa Anfang sechzig, hatte dichtes, graues Haar, ein freundliches Gesicht und leuchtende Augen mit unzähligen Lachfältchen. Der junge Kollege wirkte dagegen etwas blass und schüchtern.

Charlotte schüttelte den beiden herzlich die Hand.

„Richtig. Freut mich, dass Sie so schnell kommen konnten. Und - keine Angst, der Schweißausbruch war nicht auf das Haus bezogen."

„Da bin ich aber beruhigt", lachte Heller und schob das große Tor einen Spalt auf. „Kommen Sie, die Gräfin wartet schon."

„Wissen Sie, worum es geht?", wollte Charlotte wissen, als sie die Auffahrt hinaufgingen.

„Ihr netter Kollege hat uns informiert", antwortete Heller. „Es geht um zwei Tote, die beide hier aus Meiningen stammten. Eine schreckliche Geschichte."

„Kannten Sie die beiden?"

„Natürlich. Die Burschen waren damals ortsbekannt, wenn Sie verstehen, was ich meine."

„Was meinen Sie denn?"

„Das waren Halunken, Spitzbuben. Sie haben immer wieder mit der Polizei zu tun gehabt."

„Weswegen?"

„Meist kleinere Diebstähle oder Sachbeschädigung."

„Waren sie deshalb jemals in Haft?"

Heller schüttelte den Kopf.

„Nein, dafür hat es nicht gereicht. Es blieb immer bei Verwarnungen, Geldstrafen oder Arbeitsstunden."

„Wissen Sie etwas über den Schmuck, der im Zusammenhang mit den beiden Morden aufgetaucht ist?"

„Nein, ich habe den Ring nie gesehen. Sind Sie sicher, dass ein Zusammenhang besteht?"

„Wir wissen es nicht, müssen aber jeder Spur nachgehen. Ich hoffe, Freifrau von Stillberg kann uns diesbezüglich weiterhelfen."

Inzwischen hatten sie die massive Eingangstür erreicht. Auf Höhe von Charlottes Stirn befand sich ein Türklopfer in Form eines bronzenen Löwenkopfes. Beherzt griff sie nach dem schweren Ring und ließ ihn dreimal auf die Metallplatte fallen. Sie fühlte sich wie in einem gruseligen Vampirfilm, in dem sie mitten in der Nacht bei strömendem Regen nach einer Autopanne an die Tür dieses verwunschenen Herrenhauses klopfte und um Hilfe bat. Jetzt würde jeden Augenblick ein schwarz-weiß gekleideter Butler mit riesiger Nase, starrem Gesichtsausdruck und wachsverschmiertem Kerzenleuchter in der Hand quietschend die Tür öffnen und sich mit schnarrender Stimme nach ihrem Begehr erkundigen.

„Da sind Sie ja schon", drang die tiefe, weiche Stimme der Hausherrin in ihr Bewusstsein. „Kommen Sie herein."

Also kein Vampirfilm, kein mürrischer Butler, kein Kerzenlicht.

Dafür eine freundliche, alte Dame in Sporthose und Turnschuhen. Sie hatte schneeweißes, kurz geschnittenes Haar und unfassbar viele Falten im Gesicht.

„Sibylle Freifrau von Stillberg", stellte sie sich vor. „Bitte entschuldigen Sie meine unangemessene Garderobe, aber ich hatte erst in einer Stunde mit Ihnen gerechnet."

Sie führte ihre staunenden Gäste durch eine riesige Halle, an deren hohen Wänden unzählige Ölbilder und präparierte Tiere hingen. Ein beachtlicher Elchkopf starrte ihnen misstrauisch mit seinen braunen Augen hinterher. Charlotte war froh, die Halle mit all den düsteren Gemälden, flügelschwingenden Adlern und Hirschgeweihen verlassen zu können, doch auch in dem mindestens zwanzig Meter langen Gang fühlte sie sich von Rüstungen, Ahnen derer von Stillberg und einem lebensecht aussehenden Tigerkopf verfolgt. Wie konnte die Dame nur den ganzen Tag unter all den toten Tieren leben?

„Dieses Getier ist fürchterlich." Die Freifrau schien Gedanken lesen zu können. „Mein Mann hatte eine Schwäche für die Jagd."

Nach weiteren Eichhörnchen, Dachsen und Falken rechnete Charlotte damit, auch hier in der Bibliothek empfangen zu werden, einem düsteren Raum mit hohen, verstaubten Regalen aus dunklem Holz und von schweren Vorhängen verdeckten Fenstern.

Umso überraschter war sie, als sie ihr Ziel erreicht hatten. Staunend betraten sie eine moderne Küche mit Kaffeevollautomat, Mikrowelle und einem Bartresen mit passenden Hockern. Auch das angrenzende Wohnzimmer hatte nichts mit dem bedrückenden Ambiente des Eingangsbereiches zu tun, sondern erinnerte mehr an ein Musterzimmer eines schwedischen Möbelhauses. Eine helle Sitzgarnitur, ein großer Flachbildfernseher, wunderschönes Parkett und ein Kaminofen, in dem ein Feuer behagliche Wärme verbreitete. Vor einem der großen Fenster lag eine Gymnastikmatte, aus den futuristischen Boxen tönten sphärische Klänge.

Charlotte hätte alles mögliche erwartet, aber nicht das.

Die Gräfin schmunzelte.

„Haben Sie etwa gedacht, ich möchte meine letzten Jahre in einem Haus mit derart geschmackloser Einrichtung verbringen?"

Jetzt wurde die Dame Charlotte beinahe unheimlich. Offensichtlich konnte sie wirklich Gedanken lesen.

„Darf ich Ihnen einen Kaffee anbieten? Ich habe mir vergangenen Monat diese großartige Maschine angeschafft, die auf Knopfdruck die köstlichsten Spezialitäten ausspuckt."

Sie wies die Beamten an, auf den Barhockern Platz zu nehmen und schaltete den Vollautomaten an.

„Für mich gerne einen Cappuccino." Die Kollegen schlossen sich Charlottes Wahl gerne an und schoben sich auf die etwas wackelig wirkenden Hocker. Freifrau von Stillberg stellte Tassen bereit und holte einen Beutel Milch aus dem Kühlschrank.

„Sie sagten, Sie hätten den Ring und die Diamanten erkannt", begann Charlotte das Gespräch, als jeder eine Tasse vor sich stehen hatte.

„Ja, der Schmuck gehört meiner Familie und war seit Jahrzehnten verschwunden. Als ich gestern aus dem Urlaub nach Hause kam und die Zeitungen der letzten Wochen durchgeblättert habe, habe ich das Bild des Ringes entdeckt."

„Was ist mit dem Schmuck passiert?"

„Dieses Haus ist der Stammsitz des Hauses Stillberg. Meine Familie war sehr wohlhabend. Wir besaßen ausgedehnte Ländereien, ein Gestüt mit über vierzig erstklassigen Reitpferden und eine nicht unerhebliche Menge an wertvollem Schmuck und Diamanten."

„Was ist daraus geworden?"

„Gegen Ende des Zweiten Weltkrieges wurden viele Großgrundbesitzer enteignet und zum Verlassen ihrer Anwesen gezwungen. Dieses Schicksal ging leider auch an meiner Familie nicht vorüber. Bevor wir in die Schweiz ausgewandert sind, haben wir einen Großteil des Schmucks und der Edelsteine im Garten vergraben, in der Hoffnung, nach den Kriegswirren wiederzukommen und damit einen neuen Anfang wagen zu können."

Charlotte hing gebannt an der Lippen der Frau. „Was offenbar nicht geklappt hat."

Freifrau von Stillberg blickte traurig aus dem Fenster.

„Die Russen haben das Haus ab 1945 als Stützpunkt für ihre Soldaten genutzt und nach dem Mauerbau an die Stadt Meiningen übergeben. Leider hat sich niemand um die Instandhaltung gekümmert, wie man auch heute noch sehr deutlich sehen kann. Ein so großes Haus zu unterhalten, ist teuer und aufwendig."

„Seit wann wohnen Sie wieder hier?"

„Ich bin erst vor zwei Jahren wieder eingezogen. Es war mir

wichtig, das Anwesen wieder in den Besitz der Stillbergs zu bringen, was allerdings nicht einfach war."

„Dann war das Haus fast fünfzig Jahre lang unbewohnt?"

„Nein, das nicht. Die Stadt hatte Teile des Gebäudes vermietet und einen Verwalter bestellt."

„Und der Schmuck?"

Freifrau von Stillberg seufzte.

„Der war natürlich nicht mehr da. Es gab Gerüchte im Ort, nach denen bestimmte Leute zu unverhofftem Reichtum gekommen waren, sich plötzlich ein Haus kaufen oder eine teure Weltreise machen konnten. Nachweisen konnte man niemandem etwas."

„Wann war das?"

„Kurz nach der Wende. Wissen Sie, wir lebten zwar all die Jahre in der Schweiz, aber im Herzen waren wir immer hier zu Hause und haben fest daran geglaubt, eines Tages wieder zurückzukommen. Wir haben intensiven Kontakt mit ehemaligen Nachbarn und Freunden gepflegt und waren immer auf dem neuesten Stand. Mit der Zeit hatten wir die Hoffnung aufgegeben, unsere Wertsachen noch in ihrem Versteck vorzufinden. Jetzt ist mein Mann seit drei Jahren tot und meine Kinder über ganz Europa verteilt. Aber ich bin noch da." Sie straffte die Schultern. „Und ich möchte in dem Haus sterben, in dem ich geboren wurde." Nach einigen Augenblicken zwinkerte sie den Beamten belustigt zu. „Aber jetzt noch nicht. Ich bin ja erst sechsundachtzig."

Charlotte lächelte und legte Fotos des Ringes und der Diamanten auf den Tresen.

Freifrau von Stillberg starrte auf die Fotos und bekam feuchte Augen. Behutsam nahm sie die Aufnahmen in die Hand und fuhr liebevoll mit dem Zeigefinger darüber.

„Der Verlobungsring meiner Mutter", flüsterte sie ehrfürchtig. „Er ist wieder da."

Charlotte ließ der alten Dame etwas Zeit, bevor sie das Gespräch fortsetzte.

„Sie sagten, Sie hätten den Schmuck in der Zeitung erkannt. Sind Sie sich ganz sicher?"

„Aber natürlich. In der Innenseite ist die Aufschrift *In Liebe, Theo* eingraviert."

Charlotte nickte Torsten zu. Im Bericht der Spurensicherung hatte sie von der Gravur gelesen.

„Diesen Ring hätte ich 1950 bei meiner Hochzeit tragen sollen, doch da lag er wahrscheinlich noch in seinem feuchten, dunklen Versteck. Und bei der Hochzeit meiner Tochter? Wo war er 1982? Wer hat ihn ausgegraben und an sich genommen?" Sie sah Charlotte fragend an. „In der Zeitung stand, ein Vogel hätte ihn gefunden. In einem kleinen Weiher in Nürnberg. Kann man das wirklich glauben?"

„Ja, so unwahrscheinlich es auch klingt, es war wirklich ein kleiner Wasservogel, der den Ring in einem hohlen Baum im See gefunden hat."

„Aber wie kam er dorthin?"

„Das wissen wir noch nicht. Ein ehemaliger Grenzbeamter auf DDR-Seite hat ausgesagt, er hätte die Wertsachen vor vielen Jahren in dem Weiher gefunden und in dem Baum versteckt, der vergangene Woche in den See gestürzt ist. Kurz nach dem Fund des Schmucks sind zwei Männer umgebracht worden, die nachweislich 1988 hier in der Nähe des Grenzüberganges Eußenhausen-Meiningen in den Westen flüchten wollten."

„Haben sie es hinüber geschafft?"

„Sie sind auf eine Mine getreten. Einer hat ein Bein verloren und wurde anschließend in der DDR wegen Republikflucht inhaftiert, der andere hat es in den Westen geschafft."

„Und wer waren die Männer?"

„Karl Hügelschäffer und Adam Latzko. Die Kollegen aus Meiningen sagten, die beiden stammten hier aus dem Ort und seien in den 80er Jahren öfter straffällig geworden."

„Ja, ich habe von ihnen gehört. Vielleicht haben sie den Schmuck hier im Garten gefunden und mit über die Grenze genommen", vermutete Freifrau von Stillberg.

Charlotte und Torsten sahen sich an.

Das war es!

Das war das fehlende Puzzleteil!

Hügelschäffer und Latzko hatten womöglich den Schmuck gefunden und auf der Flucht verloren. Waldemar Rossdeutsch, der diensthabende Beamte, hatte ihn gefunden und an sich genommen. Unmittelbar nach der Wende war er nach Nürnberg gegangen und hatte seinen Schatz im Baum versteckt. Als der Vogel den Ring gefunden hatte, erkannte ihn Hügelschäffer in der Zeitung und hatte sich gefragt, wo die Diamanten waren. Er hatte Rossdeutsch ausfindig gemacht und war im Streit von ihm erschlagen worden. Das Gleiche war dann wenig später mit Latzko passiert.

Das könnte auch ein mögliches Motiv für den Mord an Ernst Gotthilf gewesen sein. Latzko hatte vermutet, dass er ihm die Diamanten abgenommen hatte, als er ohnmächtig war.

Charlottes Puls beschleunigte sich.

So könnte es gewesen sein.

Könnte.

Jetzt fehlten nur noch die Beweise.

Unruhe hatte sie gepackt.

Dann war es doch der Teichwächter, der harmlose, skurrile Mann mit den guten Manieren und der gewählten Ausdrucksweise.

Sie mahnte sich zur Vorsicht.

Es war nichts erwiesen.

Nicht, dass Hügelschäffer und Latzko den Schatz ausgegraben hatten.

Nicht, dass sie ihn bei ihrer Flucht bei sich hatten.

Auch nicht, dass ihn der Teichwächter an sich genommen, und erst recht nicht, dass er die beiden umgebracht hatte.

Sie mussten schnellstmöglich den Teichwächter treffen.

34

Der Freitagmorgen war kühl und neblig. Charlotte wollte sich um 8:00 Uhr mit Torsten und Hauptkommissar Peter im Präsidium treffen, um das weitere Vorgehen zu besprechen. Sie konnte es kaum erwarten, Waldemar Rossdeutsch mit den neuesten Ermittlungsergebnissen zu konfrontieren.

Die Legende lebt ...

Sie zog ihr Handy aus der Tasche und schaute auf das Display. Es war keine Nummer, die ihr bekannt vorkam.
„Gerlach, hallo."
„Hallo, Frau Gerlach. Hier ist Volker Weiß aus Meiningen. Ich bin der Kollege von Polizeihauptmeister Heller."
„Ja, Herr Weiß, gibt es Neuigkeiten?"
Ihr Herz klopfte einen Takt schneller. Wenn sich der schüchterne Beamte zu dieser Uhrzeit bei ihr meldete, musste es wichtig sein.
„Mir ist noch etwas zum Verwalter des Herrenhauses eingefallen."
„Ja?"
„Mein älterer Bruder war damals mit Hügelschäffer und Latzko befreundet. Er hat erzählt, dass die Tochter des Verwalters mit Adam Latzko zusammen war. Angeblich wollten sie sogar heiraten, weil sie schwanger von ihm war."
„Und?"
Charlotte blieb stehen und presste den Apparat fester ans Ohr, um den Mann verstehen zu können.
„Dann wollte Adam gemeinsam mit Karl plötzlich in den Westen fliehen. Dabei sind sie dann wohl auf eine Mine getreten und umgekommen. Jedenfalls hat man sich das damals erzählt."

„Und was war mit dem Mädchen?"

Der Beamte zuckte mit den Schultern.

„So genau weiß ich das nicht mehr, ich war ja noch ein Kind."

„Wie hieß das Mädchen?"

„Ingrid Schneiderhahn."

Charlotte hatte den Namen noch nie gehört.

„Wissen Sie, wo die Frau heute wohnt und ob sie noch so heißt?"

„Nein, das wissen wir leider noch nicht, aber wir sind dran."

„Vielen Dank für die Information. Das klingt sehr interessant."

„Wir melden uns wieder."

Charlotte steckte das Telefon ein und beschleunigte den Schritt. Auch das könnte die Lösung sein. Eine enttäuschte junge Frau, die sich an ihrem betrügerischen Ex-Liebhaber gerächt hat.

Aber was war mit dem Teichwächter? Im Moment sprachen alle Indizien gegen ihn.

Außer Atem kam sie wenige Minuten später in ihrem Büro an, in dem schon Torsten und der Kommissariatsleiter warteten.

„Wir haben einen Anruf aus Meiningen bekommen", berichtete Torsten, noch bevor Charlotte die Chance hatte, von ihren Neuigkeiten zu erzählen. „Die Tochter des Verwalters ..."

„... war schwanger von Adam Latzko", vervollständigte sie den Satz. „Der Kollege aus Thüringen hat mich vorhin angerufen. Wisst ihr schon mehr?"

„Nein, leider nicht. Matthias hat sich gleich an den PC gesetzt, um herauszubekommen, wo diese Ingrid Schneiderhahn heute lebt."

„Für mich ist trotz allem der Teichwächter die vielversprechendste Spur", beharrte Charlotte und blieb an der Tür stehen. „Wir sollten gleich zu ihm fahren."

„Sie dürfen sich nicht nur alleine darauf konzentrieren", wies sie Tilman Peter zurecht. „Wir haben bisher nur Indizien, keine Beweise."

Charlotte verdrehte innerlich die Augen.

„Das ist doch genau der Grund, warum wir jetzt schleunigst mit ihm sprechen müssen. Bitte geben Sie uns Bescheid, wenn Sie mehr über diese Frau Schneiderhahn wissen."

Hauptkommissar Peter sah ihr kopfschüttelnd hinterher. So sehr er die Arbeit der jungen Kollegin auch schätzte, manchmal hörte sie für seine Begriffe etwas zu viel auf ihr Bauchgefühl.

„Das gibt es doch nicht!", hörte er plötzlich Matthias rufen und eilte in dessen Büro.

„Ich habe herausgefunden, wo diese Ingrid Schneiderhahn heute lebt und wie sie heißt."

Matthias sah seinen Chef triumphierend an.

„Machen Sie es nicht so spannend."

„Sie heißt Inga de Jong."

Charlotte und Torsten standen vor der Wohnungstür des Teichwächters und klingelten, doch niemand öffnete.

„Das hatten wir doch schon einmal", raunte Charlotte und wies unauffällig zur Tür der Nachbarwohnung. „Ich schätze, du bist gefragt."

Torsten nickte, setzte sein freundlichstes Lächeln auf und klingelte bei Frau von Thun. Im gleichen Moment wurde vorsichtig die Tür aufgeschoben.

„Hallo, kann ich Ihnen helfen?"

„Guten Morgen", säuselte Torsten, „Kripo Nürnberg, wir haben bereits am Dienstag miteinander gesprochen."

„Ja, ich erinnere mich. Sie wollten den Schlüssel zu Herrn Rossdeutschs Wohnung. Ich bin ja so froh, dass ihm nichts passiert ist."

„Wir waren auch erleichtert", stimmte Torsten geduldig zu, während Charlotte immer zappeliger wurde.

„Wir würden sehr gerne noch einmal mit ihm sprechen. Sie wissen nicht zufällig, wo er ist?"

Die alte Dame riss die Augen auf.

„Er hat doch nichts mit den schrecklichen Ereignissen am Dutzendteich zu tun, oder? Er ist ein so feiner Mensch mit außergewöhnlich guten Manieren. Wissen Sie, das findet man heutzutage so selten. Die jungen Leute haben ja keinen

Anstand mehr."

Das hatte Charlotte gerade noch gefehlt: Schimpftiraden auf die Verkommenheit der Jugend.

„Sie haben vollkommen recht, Frau von Thun", fuhr Torsten unverändert freundlich fort. „Können Sie uns vielleicht sagen, wo er sich im Moment aufhält?"

„Er ist zur Arbeit gegangen, wie jeden Morgen um diese Zeit. Der gnädige Herr nimmt es mit seinen Pflichten sehr genau. Sie können sich nicht vorstellen, wie sich die Leute im Volkspark benehmen. Und die Polizei sieht tatenlos zu! Wenn sich Herr Rossdeutsch nicht regelmäßig darum kümmern würde, dass ...'"

„Herzlichen Dank für die Auskunft," unterbrach Torsten lächelnd den Redefluss der Dame. „Wir wünschen Ihnen noch einen schönen Tag. Auf Wiedersehen."

„Einen Moment bitte!", rief ihnen Frau von Thun noch hinterher.

„Ja?"

„Sind Sie sicher, dass Herr Rossdeutsch nicht in irgendetwas Gefährliches verwickelt ist?" Sie machte ein besorgtes Gesicht. „Haben Sie nicht eine Telefonnummer, unter der ich Sie erreichen kann, falls etwas wäre?"

„Natürlich. Das ist eine gute Idee", stimmte Charlotte zu und reichte der alten Dame ihre Karte.

Kriminalhauptkommissar Tilman Peter hatte das Anwesen des Ehepaars de Jong in Brunn erreicht. Entgegen aller Bestimmungen hatte er beschlossen, Inga de Jong alleine zu befragen und nicht darauf zu warten, bis Charlotte und Torsten zurückkamen. Er würde die beiden später über die neue Identität von Ingrid Schneiderhahn informieren. Möglicherweise spielte sie ja in dem Fall gar keine entscheidende Rolle. Zugegebenermaßen hatte sie ein starkes Motiv und keine Alibis für die beiden Morde. Die Recherchen hatten ergeben, dass sie kurz nach Hügelschäffers und Latzkos Flucht eine Abtreibung hatte. Aus ihren Plänen, mit Adam Latzko und dem gemeinsamen Kind ein neues Leben zu beginnen, war offenbar nichts geworden. Möglicherweise hatte sie sich an Karl und Adam dafür gerächt, dass die beiden ohne sie, dafür mit dem Schmuck in den Westen flüchten wollten. Aber auch hierfür fehlten die Beweise.

In Tilman Peters Augen konnte diese attraktive Frau unmöglich eine kaltblütige Mörderin sein, ebenso wenig wie der galante Teichwächter. Ein Gespräch mit ihr würde den Verdacht sicher schnell aus der Welt schaffen.

Er ging den geschwungenen Weg entlang zur Haustür und drückte auf den Klingelknopf.

Nichts geschah.

Alles war ruhig.

Er klingelte noch einmal, klopfte an die Tür.

„Hallo? Frau de Jong? Sind Sie zu Hause?"

Die Tür wurde geöffnet.

„Ja?" Inga de Jong sah den Besucher überrascht an. „Was kann ich für Sie tun?"

Sie war barfuß, trug einen engen Rock und eine weit ausgeschnittene Bluse. Ihre Wangen waren leicht gerötet, am Hals klebte ein Pflaster.

„Guten Tag, Frau de Jong", begann der Kommissariatsleiter und zeigte ihr seinen Dienstausweis. „Hauptkommissar Peter, Kripo Nürnberg. Ich habe noch einige Fragen an Sie."

„Haben Sie endlich Friedhelm Eck gefasst? Immerhin hat mich der Mann überfallen und verletzt."

Demonstrativ berührte sie das Pflaster an ihrem Hals.

„Darf ich vielleicht hereinkommen?"

„Aber natürlich." Sie führte ihn ins Wohnzimmer. „Möchten Sie etwas trinken?"

„Nein, danke."

Er setzte sich auf einen Sessel, während sie ihm gegenüber auf dem Sofa Platz nahm und aufreizend langsam die Beine übereinander schlug. Sie wirkte ruhig, entspannt, lässig.

„Worum geht es?"

„Frau de Jong, wir sind im Rahmen der Ermittlungen auf einen Hinweis gestoßen, dass Sie möglicherweise die beiden Opfer gekannt haben."

Inga de Jong zog erstaunt eine Augenbraue nach oben.

„Was soll das für ein Hinweis sein?"

Tilman Peter beschloss, in die Offensive zu gehen.

„Ihr Mädchenname ist Ingrid Schneiderhahn. Sie haben 1988 im *Alten Rittergut Stillberg* gewohnt und waren schwanger von Adam Latzko. Ist das richtig?"

„Ist das Ihr Hinweis?"

Sie schmunzelte.

„Adam Latzko hat Sie damals sitzen lassen und ist mit dem Schmuck, den Sie im Garten des Rittergutes gefunden haben, in den Westen geflohen. Gemeinsam mit seinem Freund Karl Hügelschäffer. Ohne Sie und ohne sein ungeborenes Kind."

Inga de Jong lachte laut auf.

„Erzählt man sich das, ja? Die tragische Geschichte der verlassenen Schwangeren? Das glauben Sie doch nicht wirklich, oder? Und was ist das für ein Schmuck, den ich angeblich im Garten gefunden haben soll?"

„Ein wertvoller Ring und ein Säckchen mit Diamanten."

Die Reaktion der Frau irritierte ihn. Er hatte mit vielem gerechnet, aber nicht damit, dass sie ihn auslachen würde.

„Etwa der Ring, den dieser Vogel vor ein paar Tagen im Nummernweiher gefunden hat? Ich habe davon in der Zeitung gelesen."

Hauptkommissar Peter nickte.

„Bitte verzeihen Sie, aber das ist doch lächerlich. Wie sollte ein Ring, den ich im Übrigen noch nie gesehen habe, von einem Garten in Meiningen in einen kleinen Weiher in Nürnberg gekommen sein? Und was hat es mit diesen Diamanten auf sich?"

Frau de Jong musterte ihn belustigt.

„Wir nehmen an, dass Hügelschäffer und Latzko beides über die Grenze schmuggeln wollten. Dann wurde es ihnen vermutlich von einem Grenzbeamten abgenommen und hierher nach Nürnberg gebracht."

„Hat dieser kleine Vogel wohl auch die Diamanten gefunden?"

„Nein, die haben wir bei dem ehemaligen Grenzbeamten sichergestellt."

„Das ist ja eine unglaubliche Geschichte. Leider habe ich damit nichts zu tun. Ich weiß nichts von Diamanten, habe damals im Garten des alten Hauses keine Löcher gegraben und kannte die beiden bedauernswerten Männer nur flüchtig. Die Geschichte mit der Schwangerschaft ist nichts weiter als ein Gerücht. Sie wissen ja, was die Leute immer so reden. Tut mir leid."

Peter war verunsichert. Am liebsten wäre es ihm, der Teichwächter hätte die Männer umgebracht und die gutaussehende, charmante Frau wäre unschuldig.

„Eine letzte Frage noch. Kennen Sie Waldemar Rossdeutsch?"

Inga de Jong überlegte.

„Ist das nicht der komische Kauz, der draußen am Dutzendteich für Ordnung sorgt?"

„Kennen Sie ihn näher?"

Sie holte tief Luft. Er spürte, dass sie langsam die Geduld verlor. „Nein, warum sollte ich?"

„Immerhin ist er der Grenzbeamte, der den Schmuck an sich genommen hatte."

„Ach, wirklich? Dieser eigenartige Herr war damals bei der Grenztruppe? Das hätte ich ihm gar nicht zugetraut."

Sie stand auf und strich ihren Rock glatt.

„Wenn Sie dann keine Fragen mehr haben, wünsche ich Ihnen noch einen schönen Tag."

Kurz darauf saß Peter im Auto und wurde das Gefühl nicht los, etwas übersehen zu haben.

Charlotte und Torsten hatten den Wagen auf der Großen Straße abgestellt und machten sich auf die Suche nach Waldemar Rossdeutsch. Ihr erster Anlaufpunkt war die Imbissbude an der Ecke zum großen Dutzendteich. Die Besitzerin war gerade dabei, die ersten Würste auf den Grill zu legen.

„Dauert noch ein Weilchen", rief sie fröhlich, doch Charlotte winkte ab.

„Danke, wir wollen nichts essen, wir brauchen nur eine Auskunft. Haben Sie heute schon den Teichwächter gesehen?"

Die Frau blickte erstaunt auf.

„Sie suchen den Teichwächter? Aber warum denn?"

„Wir sind von der Polizei und müssen dringend mit ihm

sprechen. Wissen Sie, wo er ist?"
Die Frau überlegte und sah sich nach allen Seiten um.
„Komisch. Normalerweise kommt er um diese Zeit hier vorbei und fragt, ob mir etwas Besonderes aufgefallen ist." Sie schmunzelte. „Er ist schon wirklich eigenartig."
Charlotte legte ihre Karte auf den Tresen. „Bitte sagen Sie uns Bescheid, wenn Sie ihn sehen. Es ist sehr wichtig."
„Ist etwas passiert? Hat er etwas mit dem Toten am Nummernweiher zu tun? Oder mit dem armen Schausteller, dem man ein Messer in den Bauch gerammt hat?"
Charlotte schüttelte innerlich den Kopf.
„Darüber dürfen wir Ihnen keine Auskunft geben. Bitte melden Sie sich."

Waldemar Rossdeutsch lief zielstrebig an der Kongresshalle vorbei in Richtung Volksfestplatz. Anders als sonst hielt er heute nicht Ausschau nach Verfehlungen, hatte keine Maßregelungen und Zurechtweisungen auf den Lippen, nahm die Leute um sich herum nicht ins Visier.
Er war von einer beängstigenden Unruhe erfasst.
Die Ereignisse der vergangenen Tage hatten ihn zutiefst erschüttert, ihm die Sicherheit seines sonst so geordneten Alltags geraubt. Man hatte ihm seinen Schatz genommen, ihn des Mordes verdächtigt, verhört, des Diebstahls bezichtigt.
Der Schmuck gehörte ihm. Niemand außer ihm hatte das Recht, die wertvollen Steine zu besitzen. Seine gesamte Kindheit und Jungend hindurch war er kurz gehalten worden, hatte mit dem Nötigsten auskommen müssen, nie etwas Besonderes besessen.
Das Schicksal hatte ihm die Kostbarkeiten zugespielt, hatte beschlossen, ihn für all die Entbehrungen zu entschädigen.
Den Blick starr auf den Weg vor sich geheftet ließ er den Anruf noch einmal Revue passieren, den er einige Minuten zuvor erhalten hatte.
Die Frau dieses Gastronomen wollte ihn sprechen, ihn, wie sie sagte, *mit ins Boot* nehmen.
Er fragte sich, in welches *Boot*.
Er wollte in kein *Boot*, das in Zusammenhang mit den

geplanten Umbaumaßnahmen hier im Volkspark stand, wollte keine Veränderungen und erst recht keine Modernisierungen. Alles Neue, Moderne, Technische oder gar Digitale machte ihm Angst. Nur widerwillig hatte er sich einige Monate zuvor ein Mobiltelefon gekauft, musste sich aber eingestehen, dass er mit Hilfe dieser technischen Neuerung viel schneller die Behörden über die zahlreichen Verfehlungen der Menschen hier im Volkspark in Kenntnis setzen konnte.

Was wollte diese Person von ihm? Warum interessierte sie sich plötzlich für ihn? Und woher hatte sie seine Telefonnummer?

Zunächst hatte er gezögert, das Gespräch überhaupt anzunehmen, doch die Neugier hatte gesiegt. Sie wollte sich mit ihm treffen. Jetzt. Am westlichen Nummernweiher.

Inga de Jong raste auf der Regensburger Straße stadteinwärts. Nach fast dreißig Jahren hatte sie die Vergangenheit eingeholt, kam alles wieder hoch, was sie versucht hatte, zu vergessen.

Doch nichts war vergessen, nichts verziehen.

Erst der Schock, als sie plötzlich Karl Hügelschäffer bei der Präsentation im Rathaus gesehen hatte.

Dann der Ring, den angeblich dieser kleine Vogel aus dem Wasser gezogen hatte.

Ihr Ring!

Sie hatte ihn im Garten des alten Hauses gefunden, das ihr Vater verwaltet hatte. Sie allein!

Aber was war mit den Diamanten und den anderen wertvollen Stücken? Wo waren die geblieben?

Sie hatte sich mit Karl getroffen, über die gute alte Zeit gesprochen. Angeblich hatte er nicht gewusst, wo der Schmuck geblieben war, hatte ihn auf der Flucht verloren.

Auch was aus Adam geworden war, hatte er nicht gewusst.

Adam.

Plötzlich war er vor ihr gestanden, hatte sie überfallen, ihr das Messer an die Kehle gesetzt. Auch er war angeblich auf der Suche nach dem Schmuck, vermutete ihn bei ihr.

Sie hätte sich damals denken können, dass sie diesen beiden

Kleinganoven nicht hätte trauen dürfen. Adam hatte sie um den Finger gewickelt, ihr schöne Augen gemacht, sie ins Bett gelockt.

Als sie dann von ihrer Schwangerschaft erfahren hatte, war sie zunächst schockiert gewesen, überfordert, ratlos. Doch dann hatte sie begonnen, sich ein neues Leben auszumalen, ein Leben im Westen, ohne finanzielle Sorgen, an Adams Seite. Gemeinsam hatten sie begonnen, ihre Flucht zu planen. Alles war perfekt gewesen, bis dann ...

Ingas Lippen bebten und ihre Augen wurden feucht, als sie an den Moment zurückdachte, in dem ihr klar geworden war, dass Adam seinen Freund mitgenommen hatte. Nicht sie, nicht ihr ungeborenes Kind, sondern Karl, Karl Hügelschäffer und den Schmuck, der ihr und ihrer kleinen Familie einen Neuanfang hätte ermöglichen sollen.

Auch nach all den Jahren spürte sie wieder die grenzenlose Enttäuschung, die Einsamkeit und Verlassenheit und vor allem die alles übersteigende Wut auf diese beiden Männer, die sie bestohlen, betrogen und zurückgelassen hatten.

Jetzt war ihr alles klar geworden. Der Polizist hatte das fehlende Puzzleteil geliefert.

Karl und Adam hatten doch die Wahrheit gesagt. Sie hatten tatsächlich nicht gewusst, wo der Schmuck geblieben war, den sie bei ihrem Fluchtversuch bei sich gehabt hatten.

Ihren Schmuck!

Jetzt, da sie wusste, dass dieser alte, abgedrehte Wichtigtuer all die Jahre in Besitz ihres Eigentums gewesen war, tat ihr fast leid, was passiert war.

Aber nur fast.

Die beiden hatten sie bestohlen und betrogen.

Sie hatten den Tod verdient!

Konnte es wirklich sein, dass Inga de Jong Adam Latzko nur flüchtig gekannt hatte? War ihre Schwangerschaft nur ein Gerücht gewesen? Und was war mit der Abtreibung?

Hauptkommissar Peter überlegte fieberhaft. War da nicht ein leichtes Zucken in ihrem Gesicht gewesen, als er ihr erzählt hatte, dass der Teichwächter an der Grenze den Schmuck an sich genommen hatte?

Mit quietschenden Reifen wendete er den Wagen mitten auf der Regensburger Straße und raste zurück nach Brunn.

Bertram de Jong öffnete ihm.

„Kripo Nürnberg, Peter, ist Ihre Frau noch einmal zu sprechen?"

„Nein, sie ist gerade in die Stadt gefahren", antwortete de Jong verwundert. „Waren Sie nicht eben erst hier?"

„Hat sie gesagt, wo sie hin will?" Kommissar Peter wurde zunehmend ungeduldig.

„Sie wollte sich mit diesem Teichwächter treffen. Sie wissen schon, dieser skurrile ..."

„Wann? Und Wo? Kennen sich die beiden?"

„Warum wollen Sie das wissen?", gab Bertram de Jong leicht verärgert zurück.

„Es ist wichtig für unsere Ermittlungen. Kennt sie Waldemar Rossdeutsch?"

„Wir haben im Zuge der Auftragsvergabe des Öfteren mit ihm gesprochen. Schließlich kommt man an ihm nicht vorbei, wenn man ..."

„Warum will sie ihn treffen?"

„Sie hat gemeint, es sei hilfreich, wenn wir uns gut mit ihm stellen."

„Wo haben sie sich verabredet?", unterbrach ihn Peter erneut.

„Ich glaube, beim Eisbärenfelsen, aber ..."

„Danke."

Der Kommissariatsleiter sprang in seinen Wagen und fuhr davon.

Charlotte und Torsten hatten den Streifen zwischen Dutzendteich und Großer Straße nach dem Teichwächter abgesucht. Ohne Erfolg.

Die Legende lebt ...

Charlotte zog ihr Handy aus der Tasche.

„Es ist der Chef", meinte sie und nahm das Gespräch an.

„Was? ... das ist ja interessant ... glauben Sie? ... gut,

machen wir. Bis später."

Torsten hing an ihren Lippen.

„Was hat er gesagt?"

„Sie wissen jetzt, wie Ingrid Schneiderhahn heute heißt", berichtete sie und machte eine dramaturgische Pause.

„Jetzt mach´s nicht so spannend!"

„Es ist Inga de Jong."

„Das ist ja unglaublich!"

„Und sie ist auf dem Weg hierher. Sie ist beim Nummernweiher mit dem Teichwächter verabredet."

Torsten riss die Augen auf.

„Inga de Jong ist Ingrid Schneiderhahn!", wiederholte er perplex. „Dann könnte es tatsächlich sein, dass sie die beiden Männer getötet hat, nicht der Teichwächter."

„Könnte sein, muss aber nicht", schränkte Charlotte ein und beschleunigte den Schritt. „Wir müssen uns beeilen."

Sie erreichten das Fundament des Eisbärenfelsens und sahen sich um. Die Absperrungen waren entfernt worden. Lediglich zusammengetretenes Gras und abgeknickte Büsche erinnerten daran, was hier vor einigen Tagen passiert war.

Plötzlich hörten sie Stimmengewirr vom anderen Ende des kleinen Teiches. Eine kleine Gruppe Menschen in Sportkleidung stand kreisförmig um etwas herum, das Charlotte und Torsten nicht erkannten. Schnell rannten sie den Uferweg entlang und sahen einen Körper auf dem Boden liegen. Sofort erkannten sie das braunkarierte Jackett des Teichwächters.

„Polizei! Bitte machen Sie Platz", rief Charlotte und zeigte ihren Ausweis in die Runde. „Was ist passiert?"

„Wir haben ihn vor ein paar Minuten hier gefunden", berichtete eine ältere Dame aufgeregt. „Er ist bewusstlos. Wir haben gleich den Notarzt alarmiert."

Charlotte kniete sich hinab und fühlte den Puls. Er war kaum spürbar. Am Kopf war eine blutige Wunde erkennbar.

„Herr Rossdeutsch", sprach sie den Verletzten an, während sie ihn mit ihrer Jacke zudeckte. „Können Sie mich hören?"

Keine Antwort.

„Haben Sie gesehen, was passiert ist?", fragte sie die

Umstehenden.

„Nein, aber eine schick gekleidete Dame mit langen, dunklen Haaren kam uns entgegen", antwortete ein älterer Herr. „Sie hatte es sehr eilig. Wir haben uns noch gewundert, dass man mit so hochhackigen Schuhen so schnell rennen kann."

„Wann war das?"

„Vor etwas mehr als fünf Minuten."

„Danke für Ihre Hilfe." Sie zog ihren Praktikanten zur Seite. „Torsten, du bleibst hier bei ihm. Lass dir die Personalien von den Leuten geben. Ich vermute, Frau de Jong ist unterwegs zur Wohnung von Herrn Rossdeutsch. Sag doch bitte im Präsidium Bescheid und ruf den Chef an. Wir brauchen Verstärkung."

Inga parkte den Wagen in der Baldurstraße, blieb mit klopfendem Herzen am Steuer sitzen und versuchte, ruhig zu werden. Sie atmete tief durch, konzentrierte sich, war überzeugt, das Richtige getan zu haben.

Er hätte ihr sagen müssen, wo die fehlenden Schmuckstücke sind, dann würde er jetzt noch leben.

Er hatte sich alles selbst zuzuschreiben.

Es war Zeit, ihr Eigentum wieder in Besitz zu nehmen.

Entschlossen stieg sie aus, zog den Schlüssel hervor, den sie dem Teichwächter abgenommen hatte und betrat das Haus mit der Nummer 4.

Im zweiten Stock angekommen öffnete sie die Wohnungstür, schloss sie leise hinter sich und sah sich um. Wo in dieser perfekt aufgeräumten Wohnung hatte er den Schmuck versteckt? In der altmodischen Schrankwand? Der abgewetzten Kommode? Der hellblauen Resopalküche?

Sie machte sich nichts vor. Die Polizei würde über kurz oder lang hier sein. Sie hatte nicht viel Zeit.

Plötzlich hörte sie, wie ein Schlüssel ins Schloss gesteckt wurde.

Charlotte rannte zu ihrem Wagen, stellte ein Blaulicht auf das Dach, nahm die Straße entlang der Kongresshalle und bog anschließend in die Bayernstraße ein.

Was, wenn Inga de Jong nicht in Rossdeutschs Wohnung war? Wo sollten sie dann nach ihr suchen?

Zeitgleich mit Hauptkommissar Peter und zwei Streifenwagen erreichte sie die Baldurstraße.

„Sind Sie sicher, dass Frau de Jong hier ist?", fragte Peter, reichte Charlotte eine kugelsichere Weste und klingelte bei den beiden Wohnungen im Erdgeschoss. Keine zehn Sekunden später summte der Türöffner.

Auf die Neugier der Nachbarn ist doch meist Verlass.

„Ich vermute es", gab Charlotte zurück. „Womöglich gibt es noch mehr Schmuckstücke, die Frau de Jong bei Herrn Rossdeutsch vermutet."

Charlotte ging voran, Peter und die Streifenbeamten folgten ihr leise. An der Wohnungstür stutzte sie. Ein Schlüssel mit einem auffälligen Anhänger steckte von außen im Schloss - der Schlüssel, den sie einige Tage zuvor von Frau von Thun bekommen hatten.

Die Wohnungstür der alten Dame stand offen.

Ein Schreck durchfuhr Charlotte.

Vorsichtig betrat sie die Wohnung. Die Geräusche eines laufenden Fernsehers waren zu hören.

„Frau von Thun?", rief sie und schob die Tür zum Wohnzimmer auf.

Niemand war da.

„Sind Sie hier?"

Auch in den anderen Räumen konnte sie die Frau nicht finden. Ein fürchterlicher Verdacht kam in ihr hoch.

Was würden sie hinter Waldemar Rossdeutschs Wohnungstür vorfinden?

„Womöglich hat Inga de Jong Frau von Thun in ihrer Gewalt", flüsterte Charlotte Hauptkommissar Peter zu, griff nach ihrer Waffe und drehte behutsam den Schlüssel um. Langsam schob sie die Tür auf.

Leises Wimmern drang aus der Küche.

Mit vorgehaltener Pistole stürmte Charlotte in den Raum.

Frau von Thun saß weinend auf einem Stuhl, während ihr Inga de Jong mit wutverzerrtem Gesicht ein Messer an den Hals hielt.

„Stehenbleiben und Waffe weg", kreischte Inga, „sonst

steche ich zu!"

Charlotte ließ die Waffe sinken.

„Frau de Jong, lassen Sie die Frau gehen. Sie hat Ihnen nichts getan."

„Sie haben doch keine Ahnung!"

Ingas Stimme überschlug sich.

Charlotte kam einen kleinen Schritt näher.

„Ich sagte stehenbleiben!"

Sie drückte das Messer fester an den Hals der alten Frau.

Frau von Thun stöhnte. Ein erster Tropfen Blut rann über ihre runzelige Haut.

„Ja, ich weiß, wie sich das anfühlt, wenn man die kalte Klinge eines Messers am Hals spürt. Wie hilflos man ist, wie ausgeliefert! Ich bin kein Opfer mehr! Jetzt nehme ich mein Schicksal selbst in die Hand!"

„Bitte lassen Sie die Frau gehen."

Charlotte Stimme wurde eindringlicher. Fieberhaft überlegte sie, was nun zu tun war. Es hatte schon genug Opfer gegeben.

„Ich bin zur Mörderin geworden, weil man mich belogen und betrogen hat. Ich habe mein Kind getötet, bevor es überhaupt leben durfte!"

Charlotte wagte wieder einen kleinen Schritt und streckte die Hand aus.

„Machen Sie es doch nicht noch schlimmer. Geben Sie mir das Messer."

„Bleiben Sie stehen!"

Verzweifelt riss Inga Frau von Thun vom Stuhl hoch und ging rückwärts in Richtung der offenen Balkontür. Die alte Dame jammerte und weinte. Inzwischen liefen mehrere Rinnsale Blut in den Kragen ihrer Bluse.

„Karl und Adam haben mein Leben zerstört und das unseres ungeborenen Kindes! Meine Träume sind zerplatzt, ich musste ganz von vorne anfangen. Sie können sich nicht vorstellen, wie es für mich war, nachdem die beiden weg waren. Ich war die Komplizin von zwei republikflüchtigen Dieben, habe ein Kind abgetrieben. Ich wurde verachtet!"

Inzwischen stand Inga mit ihrem Opfer auf dem winzigen Balkon. Frau von Thun war leichenblass. Sie war kurz davor, das Bewusstsein zu verlieren.

„Nach der Wende bin ich fort, in den Westen. Musste ganz von vorne anfangen, mein früheres Leben aufgeben."

Die alte Frau sank in sich zusammen, doch Inga zerrte sie wieder auf die Beine.

„Alles war gut gewesen. Bertram ist ein liebevoller Mann. Er hat mich immer unterstützt. Doch dann ist Karl aufgetaucht und alles kam wieder hoch."

Ingas Fassade bröckelte. Ihre Wut wurde zusehends zur Verzweiflung. Sie lehnte sich rückwärts an das Balkongeländer.

Frau von Thun jammerte. Es fiel Inga immer schwerer, die Frau festzuhalten.

„Es ist mein Schmuck! Ich habe ihn gefunden!"

„Sie wissen genau, dass auch Sie den Schmuck gestohlen haben", widersprach Charlotte. Noch ein Schritt und sie würde die alte Dame erreicht haben. „Er gehört der Familie Stillberg. Sie hatten ihn am Ende des Krieges im Garten vergraben. Frau de Jong, Sie können nicht wirklich glauben, dass der Ring und die Diamanten Ihnen gehören."

Jetzt!

Charlotte schnellte nach vorne, doch Inga de Jong war schneller. Sie schubste ihr Opfer von sich und kletterte auf das Balkongeländer.

„Ich bin eine Mörderin und Diebin. Mein Leben liegt ein zweites Mal in Trümmern. Ich habe keine Kraft mehr."

„Nein!"

Charlotte versuchte noch, die Frau festzuhalten, doch Inga de Jong sprang.

35

Der Sonntag zeigte sich von seiner besten Seite. Die Temperatur näherte sich der 20°C-Marke, die Sonne schien vom wolkenlosen Himmel. Beim Tretbootverleih herrschte Hochbetrieb, vom Volksfestplatz tönten die Stimmen der Schausteller und die Musik der Fahrgeschäfte über den See. Unzählige Inliner, Spaziergänger und Radfahrer waren unterwegs.

Charlotte, Torsten, Matthias und Hauptkommissar Peter saßen auf der Terrasse der Gaststätte, die früher einmal *Strandcafé Wanner* hieß und für Charlotte auch immer so heißen würde. Sie hatten jeder eine große Tasse und ein ansehnliches Stück Torte vor sich stehen und streckten ihre blassen Gesichter der Sonne entgegen.

Der Kommissariatsleiter hatte sie zum erfolgreichen Abschluss der Ermittlungen zu Kaffee und Kuchen eingeladen, was seine Mitarbeiter zwar wunderte, aber dennoch freute.

„Wollte Markus nicht auch noch kommen?", fragte Charlotte und fischte den Teebeutel aus ihrer Tasse.

„Er hat gemeint, er kommt nach", wusste Matthias. „Er wollte vorher noch eine große Runde joggen gehen."

Charlotte schüttelte den Kopf. „Dieser Mann hat eine Energie. Bewundernswert."

„Ich habe gehört, unser Teichwächter hat sich wieder einmal selbst entlassen", berichtete Torsten schmunzelnd. „Er sei vollständig genesen und wolle niemandem das Bett in dieser wunderbaren Einrichtung des Gesundheitswesens wegnehmen."

„Es freut mich, dass er den Sturz auf den Stein so gut überstanden hat", meinte Charlotte. „Da hat Frau de Jong nicht so viel Glück gehabt, was? Wisst ihr, wie es ihr geht?"

Nach ihrem Sprung aus dem zweiten Stock lag sie mit schweren Kopfverletzungen und mehreren Brüchen auf der Intensivstation.

„Ihr Zustand ist kritisch", sagte Matthias. „Es ist noch nicht sicher, ob sie durchkommt."

Charlotte atmete tief durch. „Irgendwie kann sie einem leid tun. Erst lässt sie der Vater ihres Kindes sitzen, dann die Abtreibung und die Unsicherheit über den Verbleib der Schmuckstücke. Fast dreißig Jahre später taucht der Schmuck wieder auf und sie wird zur Mörderin. Das ist schon tragisch."

Matthias schüttelte verständnislos den Kopf. „Frauen - die letzten Rätsel unserer Zeit. Diese Dame hat einen Mann niedergeschlagen, einem anderen ein Messer in den Bauch gerammt und beinahe noch einen dritten getötet - aus Gier! Sie hat kein Mitleid verdient."

„Aber die Umstände ..."

„Papperlapapp. Wenn jeder, der einen Schicksalsschlag verkraften muss, anfängt, Leute umzubringen, dann gute Nacht."

Charlotte lehnte sich schulterzuckend zurück, rührte lustlos in ihrem Tee und warf einen sehnsüchtigen Blick auf die riesigen Kaffeetassen ihrer Kollegen.

„Ich hasse Tee", murmelte sie leise vor sich hin.

„Warum hast du dir dann einen bestellt?", wunderte sich Torsten und steckte sich ein erstes Stück Torte in den Mund.

„Naja", druckste sie. „Ich soll in nächster Zeit nicht mehr so viel Kaffee trinken."

Matthias und Torsten sahen sie verwundert an.

„Und warum nicht?", fragte Matthias nach.

„Es ist wegen ..." Sie warf einen Blick auf ihren Bauch.

„Du bist schwanger?"

Jetzt grinste sie über das ganze Gesicht und zwinkerte ihrem Chef zu.

„Ja, ich bin sehr froh, dass Sie die Ermittlungen so schnell abschließen konnten, denn Frau Gerlach wird die nächsten Monate keine Verbrecher mehr jagen, sondern gemeinsam mit Herrn Steffens das Büro hüten."

Matthias klopfte ihr freudig auf die Schulter.

„Na prima! Das freut mich ja doppelt! Ich bin nicht mehr alleine mit Computer und Telefon, und wir bekommen quasi ein Abteilungsbaby. Glückwunsch!"

„Es gibt noch eine gute Neuigkeit", teilte Hauptkommissar Peter mit. „Ich habe beantragt, dass Herr Klein nach Abschluss seines Praktikums unserer Abteilung zugewiesen wird. Ich hoffe, das ist in Ihrem Sinne. Sie sind ein engagierter Mitarbeiter, den ich auf keinen Fall an eine andere Abteilung abgeben möchte."

Torsten war sprachlos.

„Außerdem freue ich mich auf das nächste Heimspiel Club gegen Dortmund am 24.April. Frau Gerlach - ich hoffe, Sie sind dabei?"

Charlotte blickte sich verlegen um.

„Ich gehe davon aus, dass Ihnen Ihre Kollegin erzählt hat, dass ich regelmäßig in Trikot und Schal im Stadion die Clubfahne schwenke?"

Er sah amüsiert in die Runde.

„Darauf müssen wir anstoßen", schlug Matthias euphorisch vor und hob seine Kaffeetasse.

„Habe ich etwas verpasst?" Markus Metz ließ sich schwungvoll auf einen freien Stuhl fallen und sah erstaunt in die Runde.

„Kann man wohl sagen", grinste Matthias. „Charlotte ist schwanger, Torsten wird in Kürze in unserer Abteilung anfangen und unser Chef ist regelmäßig im Stadion zu finden. Ich finde, das sind genug Neuigkeiten."

ENDE

Epilog

Langsam spazierte der Teichwächter über die Kieswege. Ein seliges Lächeln umspielte seine Lippen, ein warmes Gefühl der Zufriedenheit durchströmte ihn. Vorsichtig berührte er den Verband an seinem Kopf. Die Schmerzen hatten deutlich nachgelassen, ein Aufenthalt im Krankenhaus war nun nicht mehr nötig. Die Ärzte hatten gemeint, er habe Glück gehabt, hätte sich bei seinem Sturz schlimmer verletzen oder gar bleibende Schäden zurückbehalten können.
Glück.
Er hatte Glück gehabt.
Wann hatte er in seinem Leben je Glück gehabt?
Es hatte lange auf sich warten lassen, dieses Glück.
Zum ersten Mal kam es, als er damals die wunderbaren Schmuckstücke gefunden hatte.
Und jetzt wieder.
Heute Morgen hatte er in der Zeitung gelesen, dass die Frau, die ihn vorgestern beinahe getötet hatte, vom Balkon gesprungen war. Sie war böse gewesen, hatte ihre gerechte Strafe erhalten.
Er blieb stehen und betrachtete den alten, morschen Baum, in dem sein Schatz über viele Jahre gut aufgehoben gewesen war. Plötzlich wich das angenehme Gefühl einer gewaltigen Sehnsucht, einem tiefen Bedauern. Er musste daran denken, dass man ihm die Diamanten und den Ring genommen hatte. Es fühlte sich an, als habe man ihm einen Teil seiner Seele entrissen, als fehle nun ein Stück, als klaffe ein fürchterliches Loch in seinem Inneren.
Er riss sich los, hatte das dringende Bedürfnis nach Trost, hastete weiter.
Er musste ihn sehen, musste die Gewissheit haben, dass es

ihn noch gab, er sich noch in seinem Besitz befand.

Schwer atmend ließ er seinen Blick über die glatte Wasseroberfläche des Silbersees schweifen. Friedlich schwammen die Enten auf dem mit Schwefelwasserstoff verseuchten Wasser. Der *Todesteich vom Dritten Reich*, der bereits vielen Menschen das Leben gekostet hatte, lag friedlich in der Morgensonne, als sei er ein idyllischer Badesee, der bald von fröhlich plantschenden Kindern bevölkert werden würde.

Doch der Schein trog.

Am Ufer verteilt standen Warntafeln, die das Baden untersagten und sogar mit einem Totenkopf auf die Gefährlichkeit des Wassers hinwiesen.

Die Leute hatten Respekt vor dem Silbersee, und genau deshalb hatte ihn der Teichwächter ausgewählt.

Er zwängte sich durch dichtes Gebüsch und erreichte das Ufer, das mit hohem Schilfrohr bewachsen war.

Hierher kam nie jemand. Hier war er sicher - sein Schatz!

Im Dickicht fand er das Schilfrohr, an dem er eine Schnur befestigt hatte. Ganz langsam zog er daran. Ein unscheinbarer, schwarzer Plastikbeutel kam zum Vorschein, einer der Beutel, die die Hundebesitzer neuerdings mit sich herumtrugen. Mit freudiger Erregung fischte er ihn aus dem Wasser und tastet ihn ab.

Ja, da waren sie, die in filigran gearbeitetes Silber eingefassten Steine dieses wunderbaren Colliers, die ebenmäßigen Perlen der dreireihigen Kette und die beiden kleinen, bezaubernden Ohrringe.

Er lächelte erleichtert. Alles war noch da.

Gut, dass er es nicht auch in dem hohlen Baum versteckt hatte.

Diesen Schatz würde ihm niemand nehmen. Niemand!

Mit zitternden Fingern löste er behutsam den Verschluss des Beutels. Er würde nur einen schnellen Blick auf die Kostbarkeiten werfen, sich an ihrer Schönheit erfreuen, bevor sie wieder abtauchen würden in die kalte Dunkelheit des todbringenden Wassers.

Zeittafel

im 13. Jhd.: künstliche Anlage des Dutzendteiches durch Aufstauen u.a. des Langwassergrabens

im 15. Jhd.: Errichtung von Getreidemühlen und Hammerwerken, Nutzung der Wasserkraft

im 16. Jhd.: Nutzung zur Fischzucht, Einsetzen eines Teichwächters zur Bewachung der Fische

im 17. Jhd.: Erteilung des Schankrechtes an den Teichwächter, erstes Gasthaus, Dutzendteich als Ausflugsziel

im 18. Jhd.: Bedeutung als Ausflugsziel nimmt zu

1790: erste Erwähnung der Gondel *Preciosa*

im 19. Jhd.: weitere Gasthäuser entstehen: *Waldlust, Seerose, Café Bellevue*

1876: Eröffnung des ersten öffentlichen Freibades

ab 1896: Dutzendteich ist mit der Straßenbahn, der sogenannten *Elektrischen,* zu erreichen

1906: Errichtung einer 18,5 m hohen Wasserrutsche und eines Leuchtturms im Rahmen der Landes- und Jubiläumsausstellung

1912: Anlage des Tiergartens zwischen dem heutigen kleinen Dutzendteich und der Bayernstraße

1939:	Verlegung des Tiergartens an den Schmausen-buck durch die Nationalsozialisten
1912:	Eröffnung *Wanner'scher Volksgarten*
1923-29:	Ausbau des Volksparks Dutzendteich als Volkserholungsstätte
1925-28:	Bau des Stadions
1933-38:	Schauplatz der alljährlichen Reichsparteitage der NSDAP und größte Baustelle der Welt
seit 1954:	Volksfest auf dem Platz vor der Kongresshalle
Nov. 2001:	Eröffnung des Dokumentationszentrums Reichsparteitagsgelände

Anmerkungen und Danksagung:

Jeder meiner *Krimis mit Geschichte* ist eine Mischung aus Fiktion und Wirklichkeit, aus Fakten und Fantasie. Vor dem Hintergrund wahrer Gegebenheiten und historischer Tatsachen entwickle ich meine Kriminalromane und lasse die Leser eintauchen in verschiedene Aspekte der Nürnberger Stadtgeschichte. Bei der Auswahl des geschichtlichen Hintergrunds ist es mir wichtig, Themen zu finden, die mich persönlich interessieren und die nicht in jedem Reiseführer zu finden sind.

Im *„Teichwächter"* habe ich mich für die wechselvolle Geschichte des Volksparks Dutzendteich entschieden. Dabei lege ich den Schwerpunkt auf die drei kleinen Weiher westlich der Großen Straße, die selbst vielen Nürnbergern weitgehend unbekannt sind.

Natürlich stellt sich meinen Lesern oft die Frage, was denn nun historisch belegt und was der überschäumenden Fantasie der Autorin entsprungen ist.

Gab es wirklich einen Leuchtturm am Dutzendteich? Eine Wasserrutsche? Die Gondel *Preciosa*?

Antworten auf diese Fragen liefert eine Zeittafel am Ende des Buches.

Die Geschehnisse an der innerdeutschen Grenze sind angelehnt an die Erzählungen meines Vaters, der zehn Jahre lang als Grenzpolizist im unterfränkischen Eußenhausen tätig war.

Herzlichen Dank dafür!

Das *Alte Rittergut Stillberg* ist allerdings frei erfunden. Bei meinen Recherchen bin ich auf verschiedene spannende Geschichten, verlassene Herrenhäuser und weit verzweigte Adelsgeschlechter gestoßen. Ich habe mich dafür entschieden, aus den unterschiedlichen Informationen mein eigenes Rittergut mit seiner ganz eigenen Vergangenheit zu kreieren und dort anzusiedeln, wo es dramaturgisch am besten hingepasst hat: in die Nähe von Meiningen in Thüringen.

Auch alle Personen und Charaktere sind frei erfunden. Sollte sich jemand in einem Protagonisten wiedererkennen, ist das reiner Zufall und von mir nicht beabsichtigt.

Ich möchte mich an dieser Stelle auch wieder bei allen bedanken, die mich bei der Ideenfindung und Umsetzung des Romanes unterstützt haben, bei meinem Vater für die vielen unglaublichen Geschichten von der Grenze, bei meiner Tochter Ida für die tolle Zeichnung des Geländes rund um den Dutzendteich und natürlich bei all meinen Lektoren und Korrektoren, die dem Manuskript mit viel Engagement den letzten Schliff gegeben haben.
Ganz besonders möchte ich auch wieder meinem Mann Michael DANKE sagen für all die Geduld bei der Entwicklung der Geschichte, für die konstruktiven Korrekturvorschläge, die Formatierungs- und Gestaltungsarbeit und die Unterstützung beim Marketing.